The Shakespeare Sisters

Livre 2

À la grâce de l'automne

Titre de l'édition originale :
By Virtue Fall, The Shakespeare Sisters

Première publication au Royaume-Uni en 2018, par PIATKUS
Collection de Little, Brown Book Group
Une société de Hachette UK

Édition en langue française :
À la grâce de l'automne The Shakespeare Sisters (Livre 2)
Photographie de couverture : © Zara's Gallery © Shutterstock
Design de couverture : Christophe Petit/Studio Hugo

Ouvrage dirigé par Isabelle Solal
Collection New Romance® créée par Hugues de Saint Vincent
Collection New Romance® dirigée par Arthur de Saint Vincent

34-36, rue La Pérouse
75116 - Paris
www.hugoetcie.fr

ISBN : 9782755640762
Dépôt légal : avril 2019
Imprimé en France par CPI Brodard et Taupin - N°d'impression : 3031882

CARRIE ELKS

NEW ROMANCE®

The Shakespeare Sisters

Livre 2

À la grâce de l'automne

Traduit de l'anglais
par Sylvie Del Cotto

Hugo Roman

DU MÊME AUTEUR

The Shakespeare Sisters

Summer's Lease
Les promesses de l'été

By Virtue Fall
À la grâce de l'automne

A Winter's Tale
La magie de l'hiver
parution mai 2019

Absent in the Spring
La fantaisie du printemps
parution juin 2019

À Diane. Parce que tu es forte.

1

« Qu'y a-t-il dans un nom ? Ce que nous appelons une rose, sous un autre nom, sentirait aussi bon »

Roméo et Juliette

– Mais j'ai toujours rêvé de roses jaunes, protesta la future mariée en se penchant en avant. Des roses jaunes combinées à des lis blancs, nouées par une ficelle.

– Le jaune, c'est trop vulgaire, Melanie, rétorqua Madame Milton, étouffant les protestations de sa future belle-fille d'un geste. Au mariage des Smithson, les fleurs étaient dans les tons pêche. Ça, c'est élégant, de bon goût.

D'un hochement de tête, elle signifia que le débat était clos.

Juliet mâchonnait le capuchon de son stylo tout en observant les deux femmes discuter de leurs préférences en matière de compositions florales de mariage. Depuis qu'elle avait ouvert sa boutique, un an plus tôt, elle assistait couramment à ce genre de chamailleries. Parfois, elle avait l'impression d'être davantage psy que fleuriste.

Ressortant le capuchon bleu de sa bouche, Juliet prit des notes dans son calepin.

– Remarquez, les roses jaunes et pêche se combinent à merveille, suggéra-t-elle, esquissant un rapide bouquet. Nous avons créé des compositions dans ces tons pour le mariage des Hatherly, l'été dernier. C'était magnifique.

Elle se pencha vers Madame Milton comme vers une amie intime.

– Et vous savez à quel point Eleanor Hatherly est exigeante.

Elle faisait du *name-dropping*, et alors ? Bien qu'étrangère, elle vivait dans le Maryland depuis assez longtemps pour savoir que dans ces cercles, le snobisme primait. D'ailleurs, elle avait été mariée à un snob de premier ordre.

Techniquement, elle était toujours sa femme. Pour l'instant. En raison des lois locales sur le divorce, Thomas et elle devaient vivre séparément pendant un an avant que le divorce ne soit prononcé. Au terme du sixième mois, elle comptait déjà les jours.

Melanie lança un regard plein d'espoir à Juliet.

– J'adorerais un bouquet pêche et jaune.

Lui tapotant la main, Madame Milton sourit.

– Je savais bien que nous finirions par nous accorder. Les petits détails font toute la différence. Vous l'apprendrez quand vous deviendrez une Milton, vous aussi.

Sur sa tablette, Juliet parcourut son catalogue pour leur présenter différents arrangements et les aider à affiner leur choix afin d'aboutir à l'agencement idéal.

Bienvenue dans la vie conjugale. Un monde où l'on se plie en quatre pour satisfaire son mari, ses beaux-parents et même ses amis, tout en mettant ses espoirs et ses rêves en veilleuse.

Les pensées de Juliet la ramenèrent à son mariage. À l'époque où elle avait rencontré Thomas, elle était élève aux Beaux-Arts de la Oxford Brookes University et lui, à la prestigieuse université d'Oxford en tant qu'Américain boursier de Rhodes[1]. Leur rencontre était le fruit du hasard :

1. Bourse scolaire et universitaire créée par Rhodes, un homme d'affaires, qui permet d'étudier gratuitement à Oxford. Bill Clinton fait partie des prestigieux boursiers. (NdT, ainsi que pour les notes suivantes)

le week-end, elle effectuait des livraisons pour un fleuriste en vue de rembourser son emprunt étudiant. Un jour où elle remontait le chemin de Christ Church College, slalomant entre les étudiants et les touristes en admiration devant la fontaine trônant sur la pelouse, elle avait quasiment foncé dans cet étudiant de troisième cycle en retard pour un dîner.

Ce jour-là, elle était tombée à la renverse, au propre comme au figuré. Elle avait été autant subjuguée par son intelligence et son raffinement que lui par sa beauté et sa sensibilité artistique. Ils avaient intensément vécu leur relation, comme une histoire d'amour de vacances, passant leurs journées ensemble dès le premier jour, pique-niquant dans le parc ou flânant dans l'arboretum. Il voulait tout savoir sur elle, sur ses rêves d'enfance aussi bien que sur ses projets d'avenir.

Puis elle était tombée enceinte.

Toutefois, ce n'est pas là que leur relation avait commencé à battre de l'aile. Ils étaient toujours follement épris, et leurs différences sociales et culturelles ne pesaient pas lourd face à la passion. Ainsi, quand Thomas lui avait demandé sa main, en parfait gentleman, elle avait spontanément accepté. Après tout, ils étaient faits l'un pour l'autre, non ?

Ils se marièrent à Londres. Sans la famille de Thomas – elle ignorait d'ailleurs s'il l'avait invitée. En revanche, ses trois sœurs l'entouraient. Lucy, l'aînée, la grande organisatrice, peu après la demande en mariage de Thomas, avait réservé la cérémonie à la mairie ainsi qu'une salle pour la fête. Kitty et Cesca, seulement âgées de dix-sept et dix-huit ans, lui avaient prêté main-forte, pour décorer les tables et envoyer les invitations. Elles n'avaient même pas hésité à porter les robes de demoiselles d'honneur cousues par Juliet.

Malgré la précipitation, elle avait eu droit à un mariage de conte de fées. À vingt ans, Juliet s'était sentie plus belle que jamais au bras de son père en remontant la nef de la petite église, son ventre de femme enceinte peu visible sous les épaisseurs de dentelle blanche. Et à l'instant où Thomas avait tourné vers elle son regard enflammé par ce qui ressemblait à de l'amour, elle pensait vivre le début d'une merveilleuse vie à deux.

Autant ne plus y penser. Le moment était mal choisi.

– Où vous êtes-vous rencontrés ? demanda Juliet à la future mariée.

– À Harvard, répondit Melanie.

Elle allait poursuivre quand sa future belle-mère la devança.

– David étudiait le droit. Imaginez notre surprise quand il en est revenu avec d'autres bagages qu'un diplôme.

Muette, Melanie rougit.

Juliet déglutit, repoussant de sa mémoire la réaction de sa belle-mère lorsque Thomas lui avait présenté sa jeune épouse. Alors marié depuis deux semaines, il réintégrait sa ville natale dans le but de collaborer à l'entreprise familiale, basée dans le Maryland. Il lui avait assuré que sa famille l'aimerait autant que lui.

Or, dès le début, elle ne s'était pas sentie à la hauteur. Leurs différences, dont il raffolait à Oxford, devenaient des sources d'embarras qui l'horripilaient. Elle ne s'habillait pas convenablement, elle était trop artiste, elle n'avait même pas décroché son diplôme de premier cycle, nom d'un chien.

Mais c'était de l'histoire ancienne. Du moins, ce serait du passé une fois leur divorce prononcé. Alors elle pourrait aller de l'avant, même si elle resterait liée à Thomas par Poppy, leur fille de six ans.

– Nous prendrons celui-ci, décréta Madame Milton, le doigt posé sur une photographie de l'iPad de Juliet. Passons à la décoration des tables maintenant.

Juliet regarda Melanie, qui hocha la tête.

– Vous serez superbe, lui dit Juliet.

Son sourire s'étira.

Une partie d'elle-même aspirait à prévenir Melanie que ça ne s'arrangerait pas. C'était après le mariage que le véritable jeu de pouvoir se mettait en place.

Arrête ça.

Peut-être que son fiancé ne dissimulait pas son côté crétin, qui se révélerait plus tard, contrairement à Thomas. Ou bien Juliet était trop désabusée. Après tout, sur les sept années de leur vie maritale, tout n'était pas à jeter. Si ? Quoi qu'il en soit, elle devait rester positive. Les mariages représentaient une source régulière de revenus pour *Shakespeare Flowers*. Et elle continuait de batailler pour construire sa clientèle et sa réputation. Selon les projections, elle dégagerait ses premiers bénéfices dans le courant de l'année suivante, mais pour l'instant, elle dépendait du flux des rentrées d'argent.

Son téléphone vibra dans sa poche, contre sa hanche. Elle le sortit en catimini, sachant combien cela déplairait à cette cliente attachée aux apparences. Son cœur se serra sitôt qu'elle découvrit le nom de l'appelant : la Surrey Academy.

L'établissement scolaire le plus prestigieux de Shaw Haven, à cinq mille dollars le trimestre, accueillait des enfants de la crèche au lycée. Poppy y était scolarisée depuis un an et semblait s'épanouir malgré sa vie familiale perturbée.

– Désolée, c'est l'école de ma fille. Je dois répondre. Je n'en ai pas pour longtemps.

Elle fit un sourire contrit. La gorge nouée, elle se réfugia dans le couloir de la luxueuse maison coloniale. Balayant l'écran du doigt pour prendre l'appel, elle se prépara à se faire incendier. Même si elle n'était pas responsable de l'arrivée tardive de Poppy ce matin-là. La faute incombait à ses voisins, qui emménageaient juste à côté de chez elle. Leur camion de déménagement bloquait son allée et le temps que le chauffeur le déplace, Poppy était en retard de vingt minutes pour l'école.

–Madame Marshall? C'est Marion Davies. (Le ton sévère de la directrice lui fit penser à sa belle-mère.) J'essaie de vous joindre depuis une demi-heure. Il est impératif que les parents décrochent quand nous cherchons à les contacter.

–Toutes mes excuses, j'étais en rendez-vous. Je n'ai pas entendu mon téléphone. (Elle se sentait comme une élève désobéissante.) Que se passe-t-il? Il n'est rien arrivé à Poppy?

–Elle va bien. Mais, par malheur, elle a été mêlée à un... incident. Venez au plus vite pour que nous en discutions de vive voix.

Juliet eut la bouche sèche.

–Tout de suite? C'est grave? Vous êtes sûre qu'elle n'est pas blessée?

–Elle n'a rien. Sinon de gros ennuis. Ce n'est pas un sujet dont je peux parler par téléphone. Je vous raconterai tout quand vous serez dans mon bureau.

Juliet vérifia l'heure et fit la grimace.

–Cela ne peut pas attendre la fin de la journée?

Elle avait dix livraisons à honorer d'ici là. Et c'était assez compliqué comme ça de les caser avant l'heure de la sortie, à quinze heures.

À voix basse, la directrice abattit sa carte maîtresse.

–Bien sûr, je peux convoquer Monsieur Marshall si vous préférez.

–Ce ne sera pas nécessaire. Je serai là au plus vite.

Elle ne devait surtout pas impliquer Thomas. Plus ils gardaient leurs distances, mieux c'était.

–Très bien. Je vous attends de pied ferme.

La directrice raccrocha avant que Juliet n'ait pu faire ouf.

Voilà qu'elle était forcée de demander à Lily de rester plus tard à la boutique et de se charger des livraisons. Même si Lily ne se plaignait jamais, elle détestait la solliciter. Comme Juliet, elle serrait les dents et faisait ce qu'elle avait à faire.

Comme c'était parti, leur journée ne s'annonçait pas sous les meilleurs auspices.

–Madame Marshall ? Entrez, je vous prie.

L'adjointe tendit le doigt vers le bureau de la directrice. Juliet se leva, les jambes prises de tremblements. Elle lissa son jean sur ses cuisses et rentra sa blouse sous sa ceinture pour se composer un semblant d'élégance. Le titre de « Madame Marshall » lui semblait étranger désormais. Étonnant qu'elle se soit aussi vite libérée de ce nom, ne serait-ce que mentalement. Dans sa tête, elle était redevenue Juliet Shakespeare, la fille de Londres. Dans les années suivant son mariage éclair, elle avait perdu sa joie de vivre, celle dont Thomas s'était épris. Victime de ses innombrables efforts pour entrer dans les cases.

Dès qu'elle ouvrit la porte du bureau, toutes les têtes se tournèrent vers elle. Mais seule Poppy l'inquiétait. Assise dans un coin, elle fixait Juliet de ses grands yeux écarquillés, l'air implorant.

Elle rassura sa fille d'un petit sourire. Bien que remuante et obstinée, Poppy était une douce enfant qui avait enduré trop d'épreuves.

–Asseyez-vous, ordonna Madame Davies, indiquant l'unique chaise libre.

Juliet prit place à côté de Poppy. Ce faisant, elle remarqua un second enfant –un petit blond, qui paraissait minuscule sur la chaise d'adulte, ses mains agrippant un petit train bleu.

Un hématome récent colorait sa joue.

Comme si on l'avait giflé.

Oh non !

–Madame Marshall, je vous présente Monsieur Sutherland. Son fils, Charlie, fait sa rentrée chez nous aujourd'hui.

–Madame Marshall? demanda une voix rauque. Des Marshall de Shaw Haven ?

Le cœur de Juliet se mit instantanément à cogner. Elle tourna lentement la tête vers lui. Tout était saisissant chez cet homme. Sa grande taille, visible bien qu'il fût assis. Ses épaules et son torse carrés. Mais ce fut à cause de son visage que ses mots restèrent collés à son palais. Ses pommettes sculptées, sa mâchoire puissante faisaient de lui l'un des plus beaux hommes qu'elle ait jamais vus.

– Euh... oui. Thomas Marshal est mon mari.

Il haussa les sourcils, mais ne dit rien.

– Madame Marshall, j'aimerais vous expliquer ce qui s'est passé entre Poppy et Charlie, intervint la directrice. Durant la récréation, ils jouaient avec le petit train. (Elle murmurait, obligeant Juliet à se pencher vers elle.) Ils se sont chamaillés à cause du train bleu et Poppy a giflé Charlie. La violence de son geste l'a fait tomber contre le mur et saigner du nez.

Juliet ouvrit la bouche pour parler, puis la referma, faute de savoir quoi dire. Le sang afflua à ses oreilles, étouffant tous les sons. La directrice et Monsieur Sutherland l'observaient comme si elle était la plus mauvaise mère du monde.

Peut-être avaient-ils raison.

– Poppy, dit-elle d'une voix chevrotante d'anxiété. C'est interdit de taper, tu sais que c'est mal.

– Tu as frappé l'amie de papa quand tu les as trouvés ensemble à la maison, se défendit Poppy. Tu as dit que c'était mal de prendre ce qui appartient aux autres.

Juliet plaqua la main sur sa bouche. Comment Juliet savait tout ça ? Un court instant, elle se repassa la scène où elle avait surpris Thomas et son assistante dans une situation clairement compromettante. L'image lui donna envie de vomir. Le visage en feu, elle guetta la réaction de Madame Davies. Son visage était impassible, comme toujours.

Monsieur Sutherland, pour sa part, tentait de réprimer un sourire. Il l'examinait avec un regain d'intérêt.

– Ce n'en est pas moins mal de taper, trésor, insista Juliet.

Sa bouche était plus sèche que le désert. Comment expliquer à sa fille de six ans sa fureur face à l'infidélité de son mari ? Que c'était la première fois de sa vie qu'elle donnait un coup de poing à quelqu'un.

– Je n'aurais pas dû, et toi non plus.

– C'est *mon* train, protesta Poppy avec son habituel entêtement. Je lui ai dit qu'il était à moi, mais il a quand même essayé de me le prendre. Il a toujours été à moi. Il n'a pas le droit de me le voler.

Juliet regarda l'homme du coin de l'œil. Curieusement, elle eut du mal à soutenir son regard. Certes, ses pommettes étaient saillantes et sa mâchoire ferme, mais sa repousse de barbe brune la surprit autrement plus. Son air sauvage, peu courant par ici.

Oups. Il la fixait sans ciller.

– Ce n'est pas ton train, observa Juliet. Il appartient à l'école, et tout le monde a le droit de jouer avec. Tu dois présenter des excuses à Charlie.

– Certainement pas !

Le petit garçon posa sur elle des yeux ronds. Juliet s'aperçut qu'il n'avait pas prononcé un seul mot. Ses cheveux blonds retombaient sur son front et ses vêtements étaient trop petits pour lui.

– C'est le premier jour de Charlie. Tu devrais te montrer plus accueillante, lui présenter ton école. Tu ne peux pas traiter les gens de cette façon. Excuse-toi maintenant.

Sa sévérité parut désarçonner sa fille.

– Je suis désolée.

– Recommence, avec plus de sincérité.

La lèvre inférieure de Poppy se retroussa, et elle se mit à la mordiller. Elle examina un instant Charlie, les yeux plissés comme si elle soupesait ses options.

– D'accord, je suis vraiment désolée. Ce train est nul de toute façon. Il manque la moitié des roues. La prochaine fois, joue avec le vert, il est plus rapide.

Charlie hocha la tête, comme si elle était le puits de science de l'école.

–Bien, c'est déjà un début, je suppose, déclara la principale. Mais vous serez d'accord avec moi, c'est inexcusable. Poppy a déjà frappé un enfant, nous devons la punir. Tous nos élèves sont tenus de respecter les règles de vie de cet établissement.

–Ce n'est pas nécessaire de punir cette gamine, contesta Monsieur Sutherland, de sa voix douce. Elle s'est excusée, non ? Nous ne pourrions pas en rester là ?

Quand il sourit à la directrice, ses fossettes se creusèrent. La principale secoua la tête.

–Je crains que non. Nous appliquons la tolérance zéro en matière de violence, à la Surrey Academy. Je vous demanderai de ramener Poppy et de la garder chez vous jusqu'à la fin de la semaine.

–Vous l'excluez de l'école ? fit Juliet, alarmée.

Comment expliquer cela à Thomas ?

–Allons, s'interposa Monsieur Sutherland. Charlie va bien, Poppy regrette son geste. Il n'est pas utile d'en faire toute une histoire. L'erreur est humaine, non ?

–Je ne sais pas... (Le regard de la principale alla de lui à Juliet.) Poppy est une enfant très agitée, je ne voudrais pas qu'elle pense que nous cautionnons la violence.

Juliet s'humecta les lèvres.

–Elle ne recommencera pas. Je vous le garantis.

Les mains jointes sous son menton, Davies croisa ses doigts en flèche. Elle tourna les yeux vers Poppy, toujours assise calmement.

–Poppy, tu comprends que c'est mal, ce que tu as fait ?

Poppy hocha vigoureusement la tête.

–Regrettes-tu ton geste ?

Une seconde salve de hochements de tête.

–Bon, très bien. Je ne t'exclus pas pour cette fois. Mais si jamais tu fais mal à un autre enfant, tu seras sévèrement punie. Tu as bien compris ?

Poppy répondit d'une petite voix, plus en phase avec son jeune âge.

– Oui, Madame Davies.

– Parfait, retourne en classe.

Si Poppy était moitié moins effrayée que Juliet, elle avait bien compris le message. Toutefois, Juliet était tellement soulagée de ne pas devoir en référer à Thomas que son anxiété s'atténua.

C'était une maigre consolation, mais elle était la bienvenue.

– On s'arrête chez le marchand de glaces en rentrant? demanda Poppy, balançant ses jambes de telle sorte que ses petits pieds tapaient contre le siège auto.

Juliet jeta un regard dans le rétroviseur et remarqua la voiture derrière elle. Un imposant tout-terrain cabossé.

– Sûrement pas, tu as tapé ce pauvre garçon. Tu files dans ta chambre en rentrant.

– C'est pas juste, grimaça Poppy. J'ai toujours une glace le jour de la rentrée. C'est une trad... tradi... je sais pas quoi. Tu avais promis.

– Ce n'est pas une tradition, nous n'y sommes allées qu'une seule fois.

Juliet s'efforçait de rester patiente.

– Mais tu avais promis, geignit Poppy, la voix tremblante.

Sa lèvre inférieure tremblotait.

– C'était avant que tu ne frappes Charlie, rétorqua Juliet.

Elle dut se mordiller la lèvre pour contrôler ses émotions. S'il y avait une chose qu'elle détestait, c'était voir Poppy pleurer. Et la pauvre gamine avait suffisamment pleuré pour elles deux, ces six derniers mois.

– J'ai dit que j'étais désolée. J'ai joué avec lui à la récré cet après-midi. Je lui ai même donné le train vert en plus du bleu. Il a dit que nous étions amis.

– Je suis contente que vous soyez réconciliés. C'est bien.

– Alors, on va chercher une glace? S'il te plaît, maman.

Poppy se pencha jusqu'à ce que sa ceinture la retienne.

Une longue file de voitures s'étirait devant elle, arrêtées au stop à l'entrée du carrefour. Juliet écrasa la pédale de frein, s'immobilisant progressivement. Le regard rivé sur le cortège de véhicules, elle se demanda comment sa vie était devenue aussi compliquée. Ce n'était déjà pas simple d'être parent quand on était deux, mais au moins on pouvait échanger des idées et compatir avec son compagnon.

En tant que parent isolé, la tâche semblait presque insurmontable. C'était l'une des rares occasions où Thomas lui manquait.

– S'il te plaît, maman ? répéta Poppy.

Devant elle, les voitures avancèrent lentement et Juliet jeta un regard dans le rétroviseur. Le pick-up lui collait au train, et lorsqu'elle releva les yeux, elle parvint à distinguer le conducteur, assis à côté de son fils à la tignasse blonde.

En un seul regard, son pouls s'emballa. Pourquoi diable cet homme avait-il cet effet sur elle ?

Il devait s'agir d'une nouvelle étape dans la séparation. Peut-être même d'une preuve qu'elle en avait fini avec Thomas. Ç'aurait pu tomber sur n'importe qui, mais il se trouvait que ce Monsieur Sutherland arrivait au bon – ou au mauvais – moment. La faute aux hormones. Elle avait à peine regardé un homme depuis leur rupture, six mois plus tôt, et avant cela, ils n'avaient plus de relations intimes depuis plusieurs mois. C'était une réaction physique au célibat forcé, rien de plus, rien de moins.

Oh, et puis zut ! Manger froid leur ferait du bien, à toutes les deux.

– D'accord, nous allons prendre une glace, céda Juliet. Mais si tu tapes encore quelqu'un, tu n'y remettras plus les pieds de toute l'année.

L'air grave, Poppy hocha la tête.

– Pareil pour toi, maman. Si tu tapes encore quelqu'un.

Touché. Juliet échoua à réprimer un sourire.

2

« Deux foyers, semblables en dignité »

Roméo et Juliette

– Hé, mon bonhomme, ça te dirait une glace ? Je connais une super-adresse dans le coin. J'y allais souvent quand j'étais petit.

Ryan redémarra et traversa le carrefour. Une lueur d'intérêt s'alluma dans les yeux de Charlie, comme chaque fois qu'il faisait allusion à son enfance.

– C'était quoi, ton parfum préféré ? demanda-t-il.

– Noix de pécan et sirop d'érable, répondit Ryan en souriant. Plus écœurant tu meurs, mais j'adorais. Je me demande s'ils le servent toujours.

– C'est ça que je veux commander, décréta Charlie, déterminé. J'adore les noix de pécan.

Le fait était que Charlie aimait presque tout ce qu'il goûtait. Dès son plus jeune âge, il s'était familiarisé avec toutes sortes de saveurs et de cuisines au cours de leurs fréquents voyages.

– Alors, ce sera pécan et sirop d'érable.

Ryan ne se faisait pas à l'idée qu'il était revenu à Shaw Haven après tout ce temps. Hormis quelques nouveautés

– une brasserie artisanale dans la rue principale, une galerie d'art en front de mer –, la petite ville restait fondamentalement un port paisible. Riche en maisons colorées et en air iodé, Shaw Haven existait depuis des siècles, depuis que le premier Shaw avait amarré son bateau et pris possession de ce territoire en bordure de Chesapeake Bay.

Ici, il avait l'impression de remonter le temps.

Ryan se gara sur le parking à côté du glacier. Il ne restait plus que quelques places libres. Tout le monde avait eu la même idée, apparemment.

Une fois à l'intérieur, Ryan survola du regard les nappes plastifiées à carreaux et les sièges dépareillés. Usagés et familiers. Étrangement, il eut l'impression de retomber en enfance. Sa dernière visite à Shaw Haven remontait à quatorze ans, aussi s'était-il convaincu qu'il avait tourné la page sur cette petite ville et les sentiments qu'elle lui inspirait.

De ce fait, il l'avait oubliée. Du moins jusqu'à cet instant.

– Qu'est-ce que je vous sers ?

Ryan cligna des yeux et se concentra sur la serveuse. Elle lui souriait chaleureusement, une cuillère à glace dans la main.

– Vous avez des glaces pécan et sirop d'érable, s'il vous plaît ? demanda-t-il.

– Bien sûr. Cornet ou pot ?

Il se tourna vers Charlie, qui scrutait la large vitrine réfrigérée remplie de bacs en plastique, attiré par l'étalage coloré de saveurs.

– Qu'est-ce que tu préfères ?

– Je peux avoir un pot ? demanda timidement Charlie.

Ce n'était pas un gamin exubérant, en dépit de la nature sociable de son père. Son visage affichait généralement une expression grave, comme si son cerveau était assailli par une kyrielle de pensées difficiles à formuler. Lors de son admission à la Surrey Academy, ils avaient insisté pour lui faire passer un test. Sans surprise, il avait largement le niveau d'un élève de CP, bien qu'il n'ait pas reçu d'instruction traditionnelle.

–Mettez trois boules, précisa Ryan, avec un sourire facile. Et deux cuillères. Mon fiston aura peut-être besoin d'un coup de main.

Elle éclata de rire comme si c'était la plaisanterie la plus drôle du monde, battant rapidement des cils. Il s'empourpra.

À l'heure de la sortie de l'école, l'affluence était telle qu'il ne restait de la place qu'au fond de la salle. Ils se dirigèrent dans ce coin, Charlie cramponnant fermement le pot coloré débordant de glace pendant que Ryan portait les cuillères. Ils avaient presque atteint la table inoccupée lorsqu'une femme et sa fille les devancèrent, tirant deux des quatre chaises vacantes.

Il la reconnut illico. Un rapide coup d'œil à la masse de cheveux roux et il sut qu'il s'agissait de la mère de Poppy Marshall.

Ryan regarda autour de lui, espérant repérer un client prêt à partir. Auquel cas il attendrait qu'il libère sa table. Mais tout le monde semblait être arrivé en même temps. Normal, puisqu'ils sortaient tous de l'école. À moins qu'ils ne s'asseyent rapidement, la glace de Charlie allait fondre.

Et puis tant pis.

–Ça ne vous dérange pas qu'on partage votre table? demanda-t-il en regardant les deux chaises vides en face de Poppy et sa mère.

Elle se retourna vers lui. Bon sang, qu'elle était jolie! Non qu'il fût surpris, Thomas Marshall exigeait le meilleur dans tous les domaines. Pourquoi en serait-il autrement avec sa femme?

–Euh, bien sûr. Asseyez-vous.

Elle indiqua les deux chaises. Charlie s'assit spontanément près de Poppy, laissant Ryan à côté de sa mère.

– Merci. Au fait, je m'appelle Ryan. Ryan Sutherland. Nous n'avons pas vraiment été correctement présentés, me semble-t-il.

Comme les Marshall, les Sutherland étaient connus à Shaw Haven. Si une famille possédait la moitié des terres, l'autre en possédait l'autre moitié. Enfant, il passait beaucoup de temps avec les Marshall et leurs amis communs. Mais avec le temps, Thomas et Ryan arrivés au lycée, ça n'avait plus été tout à fait l'amour fou entre eux deux. Même adolescent, Thomas lui rappelait son père. Il émanait de lui la même assurance insouciante qui écrasait les gens dans son sillage.

Clignant des yeux, il rejeta ce souvenir. Il n'avait pas du tout envie de repenser à Marshall ou à son père.

– Juliet.

Elle lui serra la main avec une vigueur surprenante. Ses doigts étaient longs et gracieux, mais pas manucurés. À bien y regarder, ses ongles étaient coupés ras. Des mains de travailleuse, pas d'une femme-objet.

– Enchanté, Juliet.

Il coula un regard vers Poppy et Charlie, qui dévoraient leurs glaces.

– Ils ont l'air de s'être rabibochés.

– Oui, les enfants ont la mémoire courte, confirma-t-elle, plus à son aise. Mais je suis désolée qu'elle lui ait fait mal. Son premier jour, en plus. J'espère qu'il n'est pas trop choqué.

Son embarras lui donna envie de sourire.

– Il se porte comme un charme. À ce qu'il m'a dit, ils sont devenus les meilleurs amis du monde. Et puis, il a l'habitude de rencontrer de nouvelles têtes. Je suis photographe, nous avons beaucoup voyagé.

– Transmettez mes excuses à votre femme également.

Il fronça les sourcils.

– Je ne suis pas marié.

– Oh, pardon. À votre compagne, alors.

Juliet baissa les yeux vers sa main gauche. Bien entendu, en réaction, il vérifia illico celle de Juliet. Pas d'alliance non plus. Juste la vague trace d'une ancienne bague. Avec son œil acéré de photographe, Ryan remarquait des détails qui échappaient aux autres.

Il secoua la tête.

– Sheridan, la maman de Charlie, et moi sommes simplement amis. Charlie a été une belle surprise pour nous deux.

Sans la quitter des yeux, il prit une cuillerée de glace dans le pot de Charlie.

– Elle nous rejoint dès qu'elle peut, mais c'est moi qui ai la garde de Charlie.

Elle le dévisagea avec une vive curiosité.

– Vraiment ? Et elle accepte cet arrangement ?

Il haussa les épaules. Expliquer la situation ne le dérangeait plus, tellement il s'y était accoutumé à force de la raconter.

– Ça nous convient à tous les deux. Elle l'aime, mais son métier est difficilement compatible avec un enfant. Quand elle n'est pas en tournée, elle passe autant de temps que possible avec Charlie. Elle veut ce qu'il y a de mieux pour lui. Comme moi.

– Je suis désolée si j'ai été indiscrète. Je n'aurais pas dû vous poser toutes ces questions.

Il ne put s'empêcher de sourire.

– Vous êtes anglaise, non ? C'est typique.

– Qu'est-ce qui est typique ?

– Vous papotez et, d'un coup, vous vous montez la tête.

– Tous les Anglais font ça ?

Sa perplexité le fit rire.

– J'ai croisé beaucoup d'Anglais au cours de mes voyages, et oui, c'est classique. On dirait que vous tenez à savoir quelque chose mais que ça vous incommode de poser des questions.

La tête inclinée sur le côté, il apprécia son air pensif.

– De quelle partie de l'Angleterre venez-vous ?

– J'ai grandi à Londres, l'informa-t-elle. Mais je vis ici depuis bientôt sept ans.

– Chez les Marshall ?

Il lança un regard vers son annulaire dépourvu d'alliance. Elle baissa les yeux.

– Oui. Enfin non, plus maintenant. C'est compliqué, si vous voyez ce que je veux dire.

Il devina de quoi il retournait.

– Vous préférez que je change de sujet ?

Pour la première fois, elle sourit. Bien que discret, son sourire illuminait son visage.

– Si possible, répondit-elle en penchant la tête sur le côté. Parlez-moi de vous, plutôt. Depuis combien de temps êtes-vous à Shaw Haven ?

Contrairement à Juliet, Ryan ne rechignait pas à parler de lui. Sans chercher à monopoliser l'attention, il se sentait assez bien dans sa peau pour se montrer honnête et droit.

– Nous avons emménagé le week-end dernier. Nous devions arriver la semaine dernière, mais j'ai pris du retard au travail et tout a été un peu précipité. Le camion de déménagement n'est arrivé que ce matin, c'est le foutoir. Raison de plus pour rester ici à manger des glaces.

– Un camion de déménagement ? répéta-t-elle.

– Oui, nous n'avons que peu d'affaires, j'ai dû acheter quantité de meubles. C'est notre première résidence permanente. (Il haussa les épaules.) Enfin, semi-permanente.

– Semi-permanente ? reprit-elle en écho.

– Nous restons ici jusqu'en juin. Après quoi, nous nous installerons à New York. Nous ne sommes là que pour le CP, le temps que Charlie s'habitue à l'école.

– Il n'a pas fréquenté l'école maternelle ? s'enquit Juliet, aussi concentrée que si elle cherchait à résoudre un mystère.

–Eh non. Nous avons beaucoup bougé à cause de mon métier. Mais il grandit, il a besoin de s'enraciner. On m'a proposé de travailler à New York, à partir de juin. C'est pourquoi nous déménagerons dès la fin de l'année scolaire.

–Pour quelles raisons avez-vous choisi précisément la Surrey Academy ?

Bonne question.

–J'y suis allé quand j'étais petit. Il existe une sorte de lien. C'est tout nouveau pour moi, le système scolaire. Je préfère commencer doucement, dans un lieu familier. J'étudierai le système éducatif new-yorkais une fois sur place.

–Papa, Poppy peut venir jouer à la maison aujourd'hui ? les interrompit Charlie.

–Je ne sais pas...

Ryan lança un regard à Juliet. Son visage impassible. D'un côté, il voulait que Charlie se fasse des amis, pour s'intégrer, mais de l'autre, sa fille l'avait frappé. Sans compter que la maison était remplie de cartons à déballer.

–Pas aujourd'hui, répondit Juliet. Je dois retourner à la boutique, une heure ou deux, et Poppy m'accompagne.

–Je préfère jouer avec Charlie. Dis oui, maman !

–Pas aujourd'hui.

Juliet secoua la tête.

–Et ce soir ? On pourra jouer ensemble ?

Un petit rire lui échappa.

–Ce soir, tu seras au lit.

–Après le dîner ?

–Non, ma chérie, tu pourras jouer un peu dans le jardin après manger, mais ensuite tu devras prendre ton bain et te coucher. La journée a été longue.

Elle croisa le regard de Ryan et haussa les épaules.

–Alors, on se retrouve dans le jardin, proposa Poppy à Charlie. J'ai une balançoire géniale.

–Poppy, Charlie ne peut pas venir après manger. (Elle regarda Ryan.) Je suis vraiment navrée. Elle le tape et, la minute suivante, elle l'invite pratiquement à venir vivre avec nous.

– Bah, il vit presque avec nous, protesta Poppy. La porte à côté, c'est pareil.

– Pardon ?

Juliet regarda Poppy et Charlie avant de s'adresser à Ryan. Celui-ci ne réprima pas son sourire.

– Ne me dites pas que vous venez d'emménager chez les Langdon ! À Letterman Circle ? J'aurais dû m'en douter quand vous avez évoqué le camion de déménagement.

Il fit un grand sourire.

– C'est bien là.

– J'ignorais que c'était vous. J'avais l'intention de passer ce soir, avec une plante ou je ne sais quoi, histoire de vous souhaiter la bienvenue. Désolée.

Ryan ne comprenait pas pourquoi elle s'excusait, bien qu'il ait déjà remarqué cette propension chez les Anglais. Ce qui ne l'empêchait pas de rougir abondamment.

– Vous habitez au quarante-huit ? demanda-t-il.

Elle secoua la tête.

– Non, au quarante-quatre.

– Le pavillon de plain-pied ?

– C'est ça. Nous n'habitons là que depuis quelques mois.

– Dans ce cas, ravi de vous rencontrer, voisine.

Il lui tendit la main. Quand elle la serra, il enveloppa sa main dans la sienne, sensible à la douceur de sa peau.

Quelque chose l'intriguait chez Juliet Marshall. Lui donnait envie d'en savoir davantage. Elle était charmante et cassante à la fois, mélange pour le moins fascinant.

Dangereux également, se secoua-t-il. Il était de passage, ici. Il avait autant besoin de complications du style de Juliet Marshall que d'un trou dans la tête.

Deux voisins. Voilà ce qu'ils étaient. Et en ce qui le concernait, il serait heureux de s'en tenir à cela. Une relation amicale, de bon voisinage, mais chacun ses problèmes.

Même si quelque chose en lui aspirait à se mêler des affaires de Juliet.

Plus tard dans la soirée, à vingt heures passées, Ryan entendit tapoter à la porte. Charlie jouait aux Lego par terre, tandis que Ryan buvait une gorgée de bière au goulot. Il ne s'était pas senti aussi américain depuis longtemps, la panse remplie de nourriture grillée au barbecue. Des steaks de thon plutôt que de viande, arrosés d'une bière locale. Curieux comme il s'était rapidement réacclimaté.

Charlie releva le nez de son fort en construction.

– C'est qui ?

– Je ne sais pas, bonhomme. J'ai oublié mes lunettes à rayons X ce matin. (Il lui fit un grand sourire.) On dirait bien que je vais devoir ouvrir la porte, à l'ancienne.

– C'est peut-être Poppy, s'exclama Charlie avec optimisme. Je peux aller jouer dehors ?

– Poppy doit se préparer à se mettre au lit à l'heure qu'il est.

Il avait entendu Juliet l'appeler dans le jardin un peu plus tôt. Ryan était plus coulant quant à l'heure du coucher. Tant que Charlie dormait suffisamment, tout lui convenait.

– Zut, c'est pas amusant.

Charlie fit la moue.

Ryan gloussait encore en ouvrant la porte. Son sourire s'évanouit dès qu'il découvrit celui qui se tenait là.

– Que veux-tu ? demanda-t-il.

Il jeta un coup d'œil par-dessus son épaule pour s'assurer que Charlie se trouvait hors de portée de voix.

L'homme paraissait plus petit que dans ses souvenirs. Plus mince, aussi. Mais face à lui, Ryan eut l'impression de redevenir le garçon de dix ans qui voyait le visage de son père virer au rouge dès qu'il hurlait sur sa mère.

– Quelqu'un m'a dit qu'il t'avait vu en ville. Je voulais vérifier par moi-même, répondit son père.

– Je suis arrivé hier.

Ryan gardait un air impénétrable.

– Mais pourquoi ? voulut savoir son père. Pourquoi revenir après toutes ces années ? (Ses yeux se rétrécirent.) Ta mère a passé la journée à sangloter.

– Désolé de l'apprendre.

S'il avait été plus jeune, plus impulsif, Ryan aurait riposté que c'était généralement son père qui la faisait pleurer. Mais il n'était plus cet enfant. Il était un homme. Avec son propre enfant à protéger.

– Il me semble que la raison de ma présence ne te regarde pas, répliqua Ryan.

La tête de Charlie surgit derrière son père, la main remplie de briques colorées.

– Papa, tu peux m'aider ?

Son père ne dit rien. Il se contenta d'observer Charlie. Il reporta son attention sur la voiture, mais le père de Ryan n'avait toujours pas bougé.

– C'est ton fils ?

La stupéfaction perçait dans sa voix. Cela plut à Ryan. Ainsi donc, il ne connaissait pas tous ses faits et gestes. Ryan supposait qu'il avait appris l'existence de Charlie, car son père se faisait un devoir de surveiller ses moindres déplacements. Finalement, il avait réussi malgré tout à préserver cet élément de surprise.

– Exact, c'est mon fils.

Ryan, le bras autour de Charlie, le pressa contre lui. Il lui était impossible de passer outre ses élans protecteurs.

Médusé par le ton de Ryan, Charlie cligna des yeux en le fixant avec un intérêt circonspect. Mais il ne prononça pas un mot.

– Combien de temps restes-tu ici ? s'enquit son père.

– Ça ne te regarde pas davantage.

Son père réagit pour la première fois. Il plissa les yeux, ses lèvres fines s'amenuisant au point de disparaître.

–Naturellement, ça me regarde. Il s'agit des affaires de la famille. Je dois savoir si tu comptes t'impliquer dans l'entreprise.

Ryan se retint de s'esclaffer. Sa déclaration n'avait rien de comique, mais Ryan prit soudain conscience que certaines choses étaient restées inchangées durant sa longue absence. L'entreprise passait en premier, comme autrefois.

Il détenait peut-être un tiers des parts de la société – grâce à l'héritage de son grand-père –, mais Ryan ne s'était jamais investi dans la société. Il reversait tous ses dividendes à des œuvres de charité. Pour aider la petite ville de Namibie où Charlie était né. Mais le fait que Ryan détienne le moindre pouvoir tuait son père.

Charlie remua contre lui. Il n'en ratait pas une miette. Le besoin de chasser cet homme hors de chez lui l'emporta sur celui de le provoquer.

–Je n'en ai pas l'intention. À moins que tu n'aies besoin de moi.

–Je n'ai besoin de rien venant de toi. Je veux juste m'assurer que tu n'interviendras pas là où ta présence n'est pas souhaitable.

–Ce sera tout? demanda Ryan, poussant doucement Charlie derrière lui tandis qu'il reculait dans le couloir. J'ai à faire. La prochaine fois que tu souhaiteras me parler, prends rendez-vous.

–Tu n'aurais pas dû revenir. Tu le sais.

Son père lui lança un ultime regard, après quoi il leur tourna le dos et se dirigea vers la berline noire garée le long du trottoir. Ryan referma la porte et s'y adossa un instant, essayant de reprendre son souffle.

Il avait eu une rude journée. Depuis qu'il s'était levé, il n'avait pas eu un seul instant de répit. Le camion de déménagement, l'agression de Charlie à l'école, la rencontre avec une charmante femme aux yeux voilés par de sombres nuages. Revoir son père après des années, c'était le pompon.

Quelques semaines plus tôt, revenir à Shaw Haven lui paraissait comme une excellente idée. Où avait-il eu la tête ?

– Maman, tu crois que papa se sent seul ?

Poppy était couchée dans son lit, le visage tendu vers le plafond, tandis que Juliet était blottie contre elle. Elles lisaient ensemble *Le chat chapeauté*, Poppy épelant les mots que Juliet lui indiquait.

C'était le moment préféré de la soirée de Juliet : allongée à côté d'une Poppy fatiguée, elles discutaient de leur journée.

– Je ne sais pas, ma chérie. Mais je crois qu'il va bien, répondit Juliet. Son travail l'occupe beaucoup et quand il rentre à la maison, il a papy et mamy avec qui discuter.

Ils habitaient sur le même terrain, après tout. Deux propriétés contiguës, surplombant Chesapeake Bay.

– Et Nicole. Elle prend soin de lui aussi.

Elle s'humecta les lèvres, sèches malgré l'humidité de ce début d'automne.

– C'est vrai. Alors, à mon avis, ton papa va très bien.

– Il était de mauvaise humeur le week-end dernier, quand j'ai dormi chez eux. Je l'ai entendu se disputer avec Nicole. À propos d'une fête où elle voulait aller.

Juliet s'interdit de bouger, de peur de montrer quelque réaction. En toute honnêteté, elle ne pouvait s'empêcher d'éprouver une pointe de satisfaction à l'idée que Thomas et Nicole se querellent. Elle aurait juste préféré qu'ils se retiennent devant Poppy.

Parfois, elle formulait de nombreux vœux. Qui ne se réalisaient pas nécessairement.

– Eh bien, ça arrive à tout le monde de se chicaner, expliqua Juliet en essayant de ne pas repenser à tout ce qui l'opposait à Thomas. Mais les gens se réconcilient. Comme toi et le nouvel élève à ton école. Vous êtes devenus amis.

– J'aime bien Charlie. Il est sympa. Il a visité quarante-douze pays, il sait dire non en dix langues.

Juliet sourit.

–Il a l'air très intelligent, ce garçon.

–Pas autant que moi. Je suis la plus intelligente de la classe. (Poppy sourit.) J'ai eu zéro faute à la dictée aujourd'hui. La maîtresse m'a remis une étoile.

–C'est vrai. Tu es une fille intelligente, la félicita Juliet en tournant la tête pour lui sourire.

–Je le dirai à papa, ce week-end.

Juliet veilla à ne pas se départir de son sourire.

–Il sera très fier de toi. Mais, tu sais, tu aurais pu lui téléphoner. Ça lui fait toujours plaisir d'avoir de tes nouvelles.

–Moi aussi, j'aime bien avoir de ses nouvelles.

Poppy regarda fixement le plafond, où Juliet avait collé des étoiles fluorescentes. Dès leur emménagement, elles s'étaient empressées de décorer toutes les pièces de la maison. C'était cathartique, une façon de s'approprier concrètement les lieux. Libérateur même, au moment où, étudiant les échantillons de peinture au magasin de bricolage, elle avait réalisé que personne ne critiquerait ses choix ou lui reprocherait le manque d'harmonie avec le reste de la maison. Elle aurait pu tout peindre en vermillon, personne ne s'en serait offusqué.

–On pourrait adopter un chat ? demanda Poppy.

Le changement de sujet amusa Juliet.

–Pourquoi cette question ?

–J'aime bien les chats. Noah a un chat, plus un chien. Mais les chiens sont gros et ils aboient trop. Les chats sont plus gentils.

–Je ne crois pas que nous puissions adopter un animal en ce moment. Je passe mes journées au travail et toi, tu es à l'école. Ce ne serait pas juste de le laisser seul pendant tout ce temps.

–Tu ne peux pas rester à la maison comme avant ? J'aimais bien.

Juliet eut un pincement au cœur. Cela lui semblait tellement loin, elle était une autre personne désormais. Auparavant, elle avait le temps de s'occuper de sa fille mais aussi d'elle-même. C'est ce qu'on attendait d'elle. Fréquenter régulièrement le salon de beauté, avoir sa coach vestimentaire personnelle, des dîners à l'extérieur au moins quatre fois par semaine, soutenir Thomas quand il se plaignait et dînait avec des clients.

Elle avait beau aimer tenir sa boutique – et être son propre patron –, elle aurait menti si elle avait affirmé qu'avoir du temps libre ne lui manquait pas, surtout pour sa fille. Ses seuls moments calmes étaient ces temps de lecture avec Poppy. Peut-être était-ce pour cela qu'elles les appréciaient autant.

– Je ne peux pas rester à la maison, dit-elle, la voix chargée d'émotion. Je dois diriger la boutique. J'ai beaucoup de clients à satisfaire, je leur manquerais si je n'étais pas là.

– J'adore les fleurs, dit Poppy, qui avait déjà oublié le chat. J'aime bien quand tu en rapportes à la maison.

Sa voix était ensommeillée, plus faible, les syllabes s'étiraient comme un disque joué à la mauvaise vitesse. Se tournant sur le côté, elle se pelotonna contre Juliet, en chien de fusil.

Juliet caressa ses cheveux, le cœur empli d'amour pour sa fille. C'était le bon côté de leur séparation. Elle ne ratait plus l'heure du coucher parce qu'elle devait accompagner Thomas à un dîner. À présent, tous les soirs, elle était là pour lire une histoire à sa fille.

Elle posa les lèvres sur la joue chaude de Poppy.

– Bonne nuit, trésor, murmura-t-elle, bien qu'à en croire sa respiration régulière, Poppy dormait déjà. Fais de beaux rêves. Je t'aime tant.

Parfois, c'était l'unique certitude de Juliet.

3

« Les femmes peuvent faillir quand les hommes ont si peu de force »

Roméo et Juliette

– Nous avons fixé une date, annonça Cesca.

Le grand sourire de la sœur cadette de Juliet illuminait l'écran de son ordinateur portable.

Elle communiquait par Skype avec ses sœurs : Cesca, mais aussi Kitty et Lucy. Où qu'elles soient, elles s'appliquaient à se parler une fois par semaine. Ces temps-ci, Kitty vivait à L.A., Lucy à Édimbourg et Cesca semblait se trouver à Paris.

Peut-être se retrouveraient-elles toutes sur le même continent, un jour prochain.

– Ça y est ? C'est pour quand, le grand jour ? demanda Juliet avec le sourire.

Les fiançailles de Cesca avec Sam, une vedette de cinéma, avaient offert à Juliet l'un de ses rares moments de joie dans sa sombre année.

– Où allez-vous vous marier ?

Le visage de Cesca irradiait de bonheur.

–En juillet, en Écosse, dans les Highlands. Nous avons choisi le château de Lucy.

Lucy, l'aînée des quatre sœurs, leva les yeux au ciel.

–Ce n'est pas un château et il ne m'appartient pas, nuança-t-elle sans pouvoir cacher son sourire.

Aucune d'elles ne le pouvait, c'était une si bonne nouvelle.

–Bon, dans le manoir de Lachlan, si tu préfères, rectifia Cesca.

Lachlan, le petit ami de Lucy, avait hérité d'une propriété dans les hautes terres écossaises, l'année précédente. D'après Lucy, Cesca et Kitty, c'était l'un des plus beaux paysages au monde. Pas étonnant que Cesca ait choisi de fêter son mariage dans ce cadre. En prime, il permettait de préserver leur vie privée. Ce qui leur faisait cruellement défaut au quotidien. Les paparazzis les aimaient trop pour ça.

Des quatre sœurs, seule Juliet ne connaissait pas le château.

–Et, bien sûr, je tiens à ce que vous soyez toutes mes demoiselles d'honneur, poursuivit Cesca. Et Poppy sera l'enfant d'honneur responsable de mon bouquet.

Juliet vit Lucy et Kitty accepter avec effusion, s'enquérant de la couleur et du style de leurs robes. Elle se força à sourire, à ignorer son nœud à l'estomac. Peine perdue.

–Et toi, Juju ? Tu choisirais quelle couleur ? la pressa Lucy, remarquant son silence. De nous toutes, c'est toi qui as le plus grand sens esthétique.

Juliet observa ses trois sœurs, leur bonheur et leurs attentes. Sa poitrine se serra comme si un serpent la comprimait.

–Je ne sais pas si je pourrai venir.

–Quoi ? fit Lucy, sourcils froncés.

–Thomas ne me laissera pas sortir du pays avec Poppy tant que nous n'avons pas signé l'accord de séparation. Ce qui n'est pas à l'ordre du jour.

Juliet s'humecta les lèvres. Elle détestait faire le rabat-joie, surtout après l'excellente nouvelle de Cesca.

– Quoi ? répéta Cesca, consternée. Il a le droit de t'en empêcher ? (Elle secoua la tête.) Lucy, il y a forcément quelque chose à faire ?

– Rien, avant le rendu officiel du jugement, admit Lucy.

Des quatre, elle était la seule à tout connaître des épreuves de Juliet. En tant qu'aînées, elles avaient fait tourner la maison après le décès de leur mère, alors qu'elles étaient encore adolescentes. Elles s'étaient toujours confiées l'une à l'autre, et plus que jamais, ces derniers mois, Lucy apportait son soutien infaillible à Juliet.

– C'est pour quand ? demanda Cesca. Ça ne saurait tarder, non ? Vous êtes séparés depuis des mois, il ne peut pas faire traîner éternellement.

Juliet haussa les épaules, avec une nonchalance feinte.

– Je ne peux pas te dire. Il reste de nombreux points à régler. Pas seulement la garde mais aussi le partage des biens, l'obligation de la pension alimentaire pour Poppy et pour moi. Et Thomas ne facilite pas la procédure. Au contraire, il fait tout pour que ça s'éternise.

– Je refuse de me marier si tu n'es pas là, protesta Cesca, le visage plissé.

Juliet se mordit la lèvre pour retenir ses larmes. L'idée que sa sœur se marie sans elle l'accablait. Elle avait l'impression de vivre en exil, loin de ses proches. Elle n'aurait su dire combien de temps elle le supporterait.

Elle inspira profondément, puis s'exhorta à sourire.

– Je consulterai Thomas, dit-elle, en partie pour apaiser Cesca. Il sera peut-être plus conciliant si je lui explique de quoi il retourne.

– Excellente idée, l'encouragea Lucy avec un sourire engageant. Pour une fois, il se montrera peut-être raisonnable.

– Va savoir, concéda Juliet, les joues douloureuses.

Rien n'était moins sûr. Quelquefois, elle se demandait ce qu'il était advenu de l'homme affable et séduisant rencontré jadis dans un parc d'Oxford.

La vie. Voilà ce qui était arrivé. Ce qu'il aimait chez elle avait fini par l'agacer. Leur dernière année de vie commune, elle l'entendait plus souvent soupirer qu'elle ne le voyait sourire. Et, en toute franchise, il en était de même pour elle.

Désormais, tout ce qu'ils avaient en commun, c'était Poppy. Et, par bonheur, ils l'aimaient tous deux énormément. Tout le reste ressemblait à un combat perdu d'avance. Mais en aucun cas elle ne baisserait les bras.

– Tu es bientôt prête, ma puce ? cria Juliet.

Poppy surgit en courant dans la chambre. Toujours en pyjama, elle brandit un dessin réalisé à l'école le vendredi précédent. Il les représentait tous les trois – Juliet, Thomas et Poppy. Toutefois, Juliet et Thomas occupaient chacun un côté de la page, et Poppy, munie de bras étonnamment longs, leur donnait la main. Juliet regarda sa fille déposer la feuille sur la pile de linge plié, puis l'aida à fermer sa valise.

Ce n'était pas tant la symbolique du dessin qui l'attristait. Cette scène se déroulait partout dans le monde : deux personnes séparées, leur enfant tiraillé entre ses deux parents. Mais le voir lui faisait mal au cœur.

– Habille-toi, lui rappela Juliet. Papa sera là d'une minute à l'autre.

Il était à peine neuf heures du matin, et Thomas arriverait sous peu. Le week-end à venir ne l'emplissait pas de joie.

Cinq minutes plus tard, la voiture de Thomas se gara devant la maison. Il descendit de sa berline noire. La mine renfrognée, il regarda la maison. À peine le vit-elle que sa poitrine se serra. Il avait gardé le physique et la voix de l'homme d'autrefois, mais tout le reste lui était étranger.

– Papa est là ! s'écria Poppy.

Elle déboula dans le couloir, dérapa et pila à côté de Juliet qui, les yeux écarquillés, découvrit la tenue de sa fille. Une marinière à rayures bleues et blanches, des leggings rouges et un tutu vaporeux rose. Aux pieds, ses sandales préférées, argentées, qui scintillaient au soleil.

– Très jolie tenue, commenta Juliet.

Poppy lui offrit son visage le plus souriant.

– C'est moi qui l'ai choisie.

Juliet s'obligea à sourire.

– Je sais. Tu as mis toutes tes affaires préférées. Tu es sûre que ça ira avec ces sandales ? Il commence à faire froid.

Poppy hocha énergiquement la tête.

– J'ai mis des chaussettes, tu vois ? (Elle remua les orteils.) Super-confortable.

Comme Thomas frappait à la porte, Juliet renonça à la persuader d'adapter sa tenue à la météo. S'emparant des sacs de Poppy, elle sortit sous le porche.

– Bonjour, mon cœur.

Thomas se courba pour embrasser Poppy sur la tête. Puis il la regarda de la tête aux pieds, et son froncement de sourcils familier reparut.

– Tu t'habilles avant de partir ?

Un rire presque hystérique vibra dans la gorge de Juliet. Elle dut faire des efforts monstres pour le maîtriser.

– Elle est habillée.

– Comment tu me trouves ? Je suis jolie, hein ? fit Poppy avec un sourire radieux.

Tenant son tutu du bout des doigts, elle fit la révérence.

– Tu es splendide.

Il cligna des yeux comme s'il avait un moucheron dans l'œil.

– Mais tu pourrais peut-être passer une tenue plus habillée ? Nous prenons le petit déjeuner avec mes associés. Une robe, ce serait parfait.

La lèvre de Poppy trembla.

– Tu n'aimes pas mes habits ?

– Bien sûr que si.

Il se tourna vers Juliet, comme pour rechercher son appui. Il n'avait pas l'habitude de parler chiffons avec sa fille. C'était le domaine de Juliet. Il avançait en terrain inconnu.

– Maman les aime bien. (Poppy leva vers sa mère ses yeux larmoyants.) Pas vrai, maman ?

Juliet prit une longue inspiration, cherchant les mots justes. Elle ne voulait pas entamer sa confiance en elle. Elle ne savait que trop bien à quel point c'était fragile.

– Énormément, ma chérie. Tu es magnifique, répondit Juliet en caressant les cheveux noirs et brillants de sa fille. Mais nous ne savions pas que papa avait prévu de t'emmener au restaurant, n'est-ce pas ? Tu pourrais choisir une jolie robe et garder ces vêtements pour demain ?

Poppy s'apprêtait à protester, mais devant l'expression de son père, elle referma la bouche.

– D'accord. Mais je garde mes sandales.

Elle regagna sa chambre au pas de charge, laissant Juliet et Thomas seuls sur le pas de la porte.

– Tu le fais exprès ? fit Thomas. Tu sais à quelle heure je viens la chercher, le moins que tu puisses faire, c'est t'arranger pour qu'elle soit prête. (Il secoua la tête.) Tu t'acharnes à tout compliquer.

– J'ignorais que vous alliez à un petit déjeuner, se défendit Juliet en s'efforçant de rester calme.

La plus petite discussion avec Thomas lui donnait l'impression de marcher sur une corde raide : un pas de travers, et ils se sautaient à la gorge.

Poppy réapparut au côté de Juliet, portant une robe rouge en lainage et un gilet blanc.

– Je suis prête.

Elle sourit largement à ses parents, inconsciente de la tension qui crépitait entre eux.

– Tu es très chic, approuva Juliet en étreignant sa fille.

Elle haïssait le moment où elles se séparaient pour deux jours. Et, par-dessus tout, elle détestait l'idée qu'elle ne la câlinerait pas dans son lit ce soir-là.

– Je trouve aussi. Cette robe est parfaite. Grimpe dans la voiture, ma puce, dit Thomas, ouvrant la portière arrière à distance avec sa clé.

Juliet regarda sa fille sautiller dans l'allée, puis remit la petite valise à Thomas.

– Tant que tu es là, j'ai quelque chose à te demander, hasarda-t-elle alors que Thomas se retournait pour partir. Cesca se marie l'année prochaine, elle aimerait que Poppy soit l'enfant d'honneur qui porte le bouquet. Tu es d'accord ?

– Où doit-elle se marier ?

– En Écosse.

Thomas inclina la tête sur le côté et la dévisagea d'un air peu amène.

– Nous ne sommes pas autorisés à lui faire quitter le territoire tant que les termes du divorce n'ont pas été établis, tu te souviens ? Même quand ce sera fait, nous devrons donner nos deux consentements.

– Mais c'est le mariage de ma sœur, protesta Juliet, en proie à un accès de panique. Nous ne partirions que quelques jours. Je te promets de la ramener.

– C'est notre arrangement, répéta Thomas d'un ton posé. À moins que tu ne souhaites enfreindre les règles. (Il haussa les sourcils comme si une bonne idée lui traversait l'esprit.) Si tu y tiens tant que ça, vas-y sans elle. Poppy restera avec nous.

À l'idée d'être séparée de sa fille par des milliers de kilomètres, elle eut l'impression qu'un pic glacé se plantait dans son dos.

– Je ne peux pas faire ça.

Thomas haussa les épaules, comme chaque fois qu'il ne se sentait pas concerné.

–Je dois y aller. À dimanche. Tâche d'être prête quand on arrive.

Sur ce, il se dirigea vers sa voiture, ouvrit sa portière et monta. Crispée de la tête aux pieds, Juliet les regarda s'éloigner.

Sans raison précise, elle porta son attention vers la gauche. Et son regard croisa le sien. Ses yeux bleu clair, son regard perçant, à moitié assombri par ses cheveux blonds. Ryan Sutherland l'observait, son visage affichait une expression curieuse.

Depuis combien de temps était-il là ? Probablement assez longtemps pour assister à son échange avec Thomas. À cette pensée, elle piqua un fard. Ryan lui sourit et elle s'empourpra de plus belle. Quelque chose en lui la rendait plus nerveuse que tout.

Plus vivante aussi.

C'était inconfortable, stimulant mais, par-dessus tout, dangereux. Par le passé, face à un sentiment similaire, elle avait écouté son instinct et voilà le résultat.

Elle se retrouvait empêtrée dans un conflit inextricable.

D'apparence calme, peu de choses décontenançaient Ryan. Mais un homme qui traitait aussi mal une femme en faisait partie. Enfant, son grand-père maternel lui avait appris ce qu'était un vrai homme : loyal, protecteur et courtois en toutes circonstances. Un gouffre séparait cette image du père de Ryan, qui critiquait sa mère à tout bout de champ. Revoir Thomas Marshall avait réveillé ces souvenirs d'enfance.

Ryan bricolait sur la terrasse à l'arrivée de Thomas. Il remplaçait une planche fendue à cause du soleil. En relevant les yeux, il avait aperçu l'autre prétentieux, tel qu'il était au lycée. Il lui faisait penser à un prédateur, prêt à tout détruire sur sa route pourvu qu'il capture sa proie. Marteau en main, Ryan s'était immobilisé, tendant l'oreille pour épier la conversation de Thomas avec sa future ex-femme.

Mais ce n'était pas tant les mots de Thomas qui lui rappelaient son père que sa posture, devant elle. Les épaules en arrière, le torse bombé. Comme s'il affirmait sa domination à travers le langage corporel.

Au moment de se retourner, Juliet avait croisé le regard de Ryan. Il lui avait souri, espérant manifester son soutien, faute de mieux. Elle avait écarquillé les yeux mais, aussitôt, elle avait détourné le regard.

Baissant les yeux, Ryan avait remarqué ses phalanges blanchies à force de cramponner le marteau. Il perdit toute envie de rester sur sa terrasse.

–Charlie ! cria-t-il.

Assis dans la balancelle, son fils l'observait.

–Oui ?

–Enfile tes chaussures. Nous allons faire un tour au débarcadère.

Le besoin de se changer les idées l'éperonnait.

–Où ça ? C'est quoi, un débarcadère ?

Charlie sauta du siège, le laissant se balancer derrière lui.

–Une sorte de quai. Au bord du fleuve.

Ryan ébouriffa les cheveux de son fils en passant devant lui, se dépêchant d'aller chercher ses baskets dans le placard.

Un quart d'heure plus tard, Ryan garait son pick-up noir sur le parking au sol couvert de graviers, non loin de l'embarcadère. À peine mit-il le pied sur la promenade en bois usé qu'il eut l'impression d'être enfin chez lui. Le soleil automnal brillait, ses rayons se reflétaient sur l'eau qui léchait les poteaux en bois. L'arôme familier des limandes et des crabes fraîchement pêchés refluait des bateaux amarrés. Au milieu de la promenade, aussi usée par les éléments que le ponton, se dressait une vieille cabane. *Stan's Shed* était peint en lettres grossières sur le devant, les lettres blanches se détachaient du bois.

– Ça te plaît, ici ? demanda Ryan à Charlie.

Son fils regardait tout autour de lui, découvrant les environs les sourcils froncés. Il avait visité des villages de pêcheurs partout à travers le monde, mais c'était un premier aperçu de celui où Ryan avait grandi. Curieusement, il se prit à espérer que son fils l'aimât autant que lui.

– On pourrait aller se promener en bateau ? demanda Charlie, le visage empli d'espoir.

Ryan allait lui répondre quand un personnage familier sortit de la cabane en traînant des pieds.

– Qui va là ? C'est une propriété privée, ici.

Stan paraissait mécontent.

Ryan sentit un sourire se dessiner sur son visage. Stan était aussi bourru qu'autrefois, ce qu'il le rassura en un sens.

– Il paraît que la pêche est bonne dans ce coin, répliqua-t-il en souriant.

– Oui, bah, c'est pas faux, mais ces bateaux sont privés. Ils ne sont pas à louer. (Stan se rapprocha un peu.) Faut aller jusqu'à Hyattsville pour les balades touristiques.

– Et ce bateau, alors ? s'enquit Ryan, indiquant d'un mouvement de tête un quarante pieds, amarré dans l'angle.

Bien qu'ancien, ce bateau était bien entretenu. *Miss Maisie* était inscrit en bleu sur la coque peinte en blanc. À l'avant, une petite cabine couverte s'ouvrait sur trois côtés par des fenêtres.

– Non, Monsieur, celui-là n'est absolument pas à louer. Le propriétaire n'aimerait pas ça, pas du tout.

À côté de lui, Charlie commençait à s'agiter, comme pris de nervosité. Ryan posa la main sur son épaule. Charlie se détendit instantanément.

– Qui est le propriétaire ? Je le connais peut-être ?

– Il n'habite pas dans le coin.

– Quel genre de personnage possède une telle embarcation et ne vit pas à côté ? Si vous voulez mon avis, c'est un fameux imbécile, dit Ryan.

Stan se renfrogna.

–Je n'aime pas votre façon de...

Il s'arrêta net, regardant Ryan dans les yeux.

–Ryan Sutherland? C'est bien toi, mon garçon?

–Aux dernières nouvelles.

–Bon Dieu, quel plaisir de te voir! J'aurais dû me douter que c'était toi. En sortant de la cabane, je me suis dit que tu ressemblais comme deux gouttes d'eau à ton grand-père.

Un accès de chaleur l'envahit. Le comparer à Cutler Shaw était le plus beau compliment qu'on puisse lui faire.

–Tu n'as pas changé d'un iota.

–Ah, tu parles! J'arrive à peine à marcher sans ma canne maintenant. Et je ne vois plus grand-chose sans mes lunettes. C'est pour ça que je n'en croyais pas mes yeux.

–Tu n'as jamais eu une bonne vue, plaisanta Ryan. Nous en profitions pour faire les quatre cents coups dès que tu oubliais de les mettre.

–Je savais bien ce que vous mijotiez dans mon dos, mais je fermais les yeux. Viens par là, présente-moi ce petit gars.

Stan pointa le doigt vers Charlie. Ryan se rapprocha et saisit la main de Stan. Intimidé, Charlie se tortillait à côté de lui.

–Mon fils, Charlie.

–C'est un grand honneur de te rencontrer, Charlie. Je vois tout de suite que tu es un bon garçon. Pas comme ton voyou de père.

Au ton de Stan, Charlie comprit qu'il le taquinait. Son petit sourire mit Ryan en joie.

– Je suis moins rebelle qu'avant. Moi aussi, je suis content de te voir.

–Tu restes combien de temps par ici?

Un rayon de soleil se refléta sur le hublot d'un yacht, obligeant Ryan à cligner des yeux.

–Le temps qu'il fasse son CP. Pas vrai, Charlie? Histoire de se fixer assez longtemps pour voir si mon fiston se plaît à l'école.

– S'il est comme toi, ça ne lui plaira pas beaucoup.

Ryan haussa les épaules.

– Par chance, il a hérité certaines choses de sa mère.

– Elle est chanteuse, ajouta Charlie, si blotti contre Ryan qu'il pouvait sentir sa chaleur. Elle est en tournée.

– C'est bien vrai, ça ? demanda Stan, lançant un regard perplexe à Ryan. Alors, vous vivez tous les deux, ton père et toi ?

Charlie hocha la tête, avec une audace croissante.

– Je veux faire du bateau comme lui avant.

– Tu sais que cette petite merveille lui appartient ? demanda Stan, désignant *Miss Maisie* d'un geste de la tête. Elle appartenait à son grand-père, ton arrière-grand-père, et il l'a laissée à ton père à sa mort. J'en prends soin depuis qu'il est parti en voyage. (Stan s'adressa à Ryan.) Si tu veux sortir en mer, laisse-moi deux jours pour la préparer.

– J'aimerais beaucoup, admit Ryan. Tu penses qu'elle serait prête le week-end prochain ?

Il sentit Charlie se raidir d'excitation.

– Ouaip, sans problème. Il faut juste que je lui passe une couche de cire et que je répare les voiles. C'est calme depuis la fin de l'été, je n'ai pas trop de travail en attente.

Bien que le dock fût constamment en activité – les bateaux de pêche partaient aux aurores et revenaient dans la journée, leurs ponts chargés de poissons –, c'étaient les riches propriétaires des yachts qui rendaient l'économie du port viable. Accessible par la route aussi bien depuis New York que de Washington, Shaw Haven abritait de nombreuses résidences secondaires, qui alimentaient la fortune de cette petite ville bien portante.

– Alors, nous reviendrons samedi, dit Ryan, donnant une poignée de main ferme au vieil homme. Ça m'a fait plaisir de te revoir, Stan.

– Moi aussi, mon gars. Pour sûr.

4

« Voilà l'Orient, et Juliette en est le soleil ! »

Roméo et Juliette

Entre autres raisons, la chambre noire installée au sous-sol avait incité Ryan à choisir cette maison. Elle venait du précédent locataire, amateur de photographie.

Non que ce fût un passe-temps pour Ryan. Pour lui, c'était presque compulsif. Il avait passé son enfance à épier le monde à travers un objectif 24 mm. Maintenant que la photo était devenue son gagne-pain – et il gagnait bien sa vie –, son enthousiasme restait intact chaque fois qu'il capturait une scène parfaite.

La plupart de ses photographies récentes étaient numériques, éditées sur l'écran lumineux de son ordinateur et non développées dans un sous-sol sombre et humide. Mais de la même façon qu'un homme préférait couper ses bûches de bois pour sentir le poids de la hache dans sa main, développer les clichés pris avec le Kodak 1950 de son grand-père avait quelque chose de rassurant. Sous la lueur rouge de la lampe inactinique, il sortit ses tirages du révélateur et les trempa dans le bain d'arrêt, puis dans le fixateur avant de les accrocher pour qu'elles sèchent. C'était agréable de procéder de cette façon –d'utiliser la même technique que dans son enfance. Le même appareil photo aussi, celui que son grand-père lui avait offert pour ses quatorze ans.

À l'époque, il avait perdu plus d'une photo en les surexposant, ou bien il n'était pas assez rapide pour plonger le papier dans le bain d'arrêt. Il avait dû s'exercer longuement avant d'obtenir un développement parfait. Même s'il n'était pas à l'abri d'un incident, il s'éclatait plus ainsi qu'avec son MacBook.

Ryan termina de développer le tirage final –Charlie se hissant sur *Miss Maisy* – puis quitta la pièce en veillant à ne pas l'exposer à la lumière. Il remonta au rez-de-chaussée et jeta un œil à Charlie. Il sourit en le voyant dormir recroquevillé sur ses couvertures, suçant son pouce, le poing plaqué sur la bouche. Charlie avait l'habitude de dormir n'importe où –du fait de son éducation–, mais il avait eu du mal à se sentir chez lui à New Haven, la première semaine.

Ryan prit une bière dans le réfrigérateur, dédaignant son ordinateur portable qui lui faisait de l'œil, et préféra sortir sur la terrasse. Il s'empara de son appareil photo dans le but de le démonter et de nettoyer l'objectif devant le soleil couchant. Mais, une fois dehors, il s'aperçut qu'il n'était pas le seul à vouloir profiter des derniers rayons du soleil.

Juliet était agenouillée sur la pelouse, devant son pavillon. Une petite pelle à la main, elle creusait la terre des parterres de fleurs qui entouraient la maison. Il la vit planter délicatement les fleurs rouges et roses, remplacer la terre avant de les asperger d'eau à l'aide d'une boîte métallique bleue.

Ses cheveux étaient nattés à la française. Sa tresse retombait dans son dos, d'une couleur plus saisissante que jamais. Assis, son appareil photo sur les genoux, ses doigts figés sur le boîtier en plastique noir, il la regarda s'occuper de son jardinet. Elle était dans sa bulle, son long cou gracieux s'étirait quand elle se penchait et ses hanches ondulaient à mesure qu'elle se déplaçait sur le côté, ramassant des plantes et les plantant au bon endroit. Un portrait qui ne demandait qu'à être saisi, une étude de la beauté parfaite.

Détachant son regard, Ryan ramassa le chiffon doux réservé à son matériel photographique et frotta soigneusement le verre. Quelques minutes plus tard, lorsqu'il releva la tête, Juliet avait terminé de replanter ses fleurs. Debout, bras croisés, elle inspectait son ouvrage. Elle repoussa ses cheveux de son visage, de petites mèches ondulèrent dans la douce brise du soir.

Elle se concentrait tant pour placer correctement ses plantes qu'elle n'avait pas conscience de sa présence. Rien n'existait autour d'elle. Elle était d'une beauté classique, pareille aux portraits du XVIIe siècle accrochés dans les musées.

Ses pensées s'échappèrent vers Sheridan, la mère de Charlie. Ils n'avaient jamais formé un couple traditionnel. Plus amis qu'autre chose, avec quelques avantages pour faire bonne mesure. Quand elle avait su qu'elle était enceinte, ils avaient trouvé un rythme bien à eux. Puis, à la naissance de Charlie en Namibie, Ryan était immédiatement tombé amoureux de ce petit être qu'était son fils. C'était logique que Ryan en soit principalement responsable. Il était nettement plus simple d'emmener un bébé en séance photo qu'en tournée avec un groupe. Ils rejoignaient Sheridan aussi souvent que possible. Dans des lieux aussi exotiques que Tijuana et Pékin, mais la plupart du temps, ils vivaient tous les deux, et ils étaient aussi proches qu'un père et son fils puissent l'être.

Après avoir assisté au départ de Poppy en tout début de matinée, Ryan était plus satisfait que jamais de sa situation familiale. Le mépris envers son ex, qui semblait transpirer par tous les pores de la peau de Thomas Marshall, lui était étranger. À l'école, Thomas était un tyran. Manifestement, il n'avait pas changé.

Du fond du jardin, Juliet jeta un regard par-dessus son épaule. Son front se plissa lorsqu'elle se rendit compte qu'elle n'était pas seule. Ryan agita la main, bras tendu.

– Bonsoir, London, ça va ? cria-t-il.

Elle haussa les sourcils.

– Je m'appelle Juliet.

Un sourire ténu traversa son visage avant qu'elle n'ajoute :

– Monsieur Sutherland.

Il n'aurait su dire si elle le taquinait ou non. Ne sachant sur quel pied danser, il eut envie de l'examiner de plus près pour tenter de deviner ce qui se passait dans sa tête.

– Si vous m'appelez Monsieur Sutherland, je risque de croire que vous vous adressez à mon père.

– Je crois que j'ai déjà rencontré votre père, lui dit-elle.

Elle se rapprocha un peu. Toujours de son côté du jardin, mais assez près pour qu'il discerne ses yeux noisette sans son objectif.

– À un dîner, avec les parents de Thomas. L'un de ces interminables repas où les femmes sont renvoyées après le dessert pour que les hommes puissent parler affaires. (Elle soupira.) Ça ne me manque vraiment pas.

Intéressant.

– Pas du tout ? demanda-t-il, posant son appareil photo pour se lever. Comment ça se fait ?

Il traversa la terrasse et s'appuya à la rambarde en lui souriant. Les yeux levés vers lui, elle se passa la langue sur les lèvres.

– Je m'y ennuyais à mourir. Ce n'est pas parce que je suis une femme que les affaires ne m'intéressent pas. (Elle eut un sourire furtif.) Et ça me divertissait très peu de parler du dernier petit-enfant de Mary Stanford.

L'estomac de Ryan se noua. Il se souvenait de ces dîners. À lui non plus ils ne manquaient guère. Il quitta de la rambarde et descendit les marches pour la rejoindre. Elle leva son visage vers lui, de la terre sur le bout du nez. Il eut envie de l'essuyer.

–Vous voulez une bière? proposa-t-il en montrant sa terrasse d'un mouvement de tête. Venez admirer le soleil couchant avec moi.

Elle secoua la tête.

–Peux pas, j'ai des... choses à faire à l'intérieur. Poppy revient demain, j'aimerais boucler mon travail avant son retour.

Il ignora la déception qui l'envahit.

–Une autre fois?

Elle hocha discrètement la tête. Il y vit un bon signe.

–Je ne bois pas de bière. Mais pourquoi pas une limonade... ou autre chose.

Ça lui allait, pour l'instant.

–Peut-être un panaché? proposa-t-il avec un grand sourire. Je vous ferai passer du côté obscur, coûte que coûte.

À son air ahuri, il en déduisit qu'il devrait déployer de sérieux efforts.

Les mains tremblantes, elle ôta ses gants de jardinage, les posa sur le plan de travail et se lava les mains dans l'évier. Ses joues s'empourprèrent quand elle se souvint de l'avoir surpris en train de l'observer. Ce n'était pas la première fois qu'elle le regardait à la dérobée, elle non plus. Lorsqu'elle était agenouillée au-dessus du parterre de fleurs, elle avait jeté plus d'un regard par-dessus son épaule, intriguée par le soin avec lequel il nettoyait son appareil photo. Son visage concentré l'avait appelée comme une sirène. Elle savait combien il était facile de se laisser absorber par sa passion. Ça lui arrivait quotidiennement, à sa boutique.

Et, bien sûr, elle n'avait pas remarqué à quel point il était séduisant dans la lumière orangée du soleil couchant. Elle était bien trop occupée pour cela.

Au-dessus de l'évier, elle surprit son reflet dans la fenêtre, le ciel assombri changeait le verre en miroir. Son apparence était telle qu'elle ne put que grimacer. Ses cheveux décoiffés, son visage sans maquillage barbouillé de terre et, sous ses yeux, des cernes omniprésents.

Que penserait Thomas s'il la voyait ainsi ? Durant leur vie conjugale, elle accordait énormément de soin à son physique. Tous les mois chez le coiffeur, toutes les semaines chez l'esthéticienne. Sans parler de sa coach vestimentaire personnelle, acheteuse chez *Garvey*, le grand magasin de la région, qui lui signalait toute nouvelle acquisition au rayon des créateurs.

Pour des yeux peu avertis, sa vie avait tout du conte de fées, et peut-être était-ce le cas au début. Mais les dernières années, dans ses robes cintrées faites sur-mesure, elle se sentait comme dans un uniforme de prisonnier. Ou plutôt comme dans un déguisement, des vêtements qu'elle enfilait pour faire semblant d'être quelqu'un d'autre. Elle avait fait tout son possible pour être impeccable, mais ce n'était jamais suffisant. Pas plus pour Thomas que pour elle.

En soupirant, elle ramena ses cheveux échappés de sa tresse derrière son oreille. C'était une chose de se mettre sur son trente-et-un, c'en était une autre de ne ressembler à rien alors que son irrésistible voisin l'épiait depuis sa terrasse. Songer qu'il l'avait vue aussi négligée la fit rougir de honte.

Dans sa jeunesse, elle était considérée comme la plus belle de la fratrie. Mais, à présent, elle se sentait moins jolie que jamais, moins confiante en son apparence. Surprendre son mari au lit avec une autre avait souvent cet effet sur une femme.

Elle s'essuya les mains sur un vieil essuie-main qu'elle attrapa dans le placard. Son vernis à ongles était de nouveau écaillé. Un risque du métier pour qui exerçait une activité manuelle, mais qui lui rappelait aussi à quel point sa vie avait changé. Par chance, aucun des Marshall ne pouvait la voir dans cet état. Autrement, cela les aurait confortés dans l'idée que Juliet n'aurait jamais pu être le genre d'épouse qu'ils espéraient pour Thomas.

Elle secoua la tête et alluma la bouilloire. C'était le problème quand elle avait ses week-ends pour elle seule. Ceux que Poppy passait chez son père. Trop de temps pour l'introspection. Elle passait une grande partie de ses journées à la boutique, à traiter la comptabilité, à envoyer des devis, n'importe quoi qui la détournât de la maison vide. Et ce soir, elle avait jardiné, déterminée à faire en sorte que cette maison ait l'air un peu moins délabrée et un peu plus habitée. Mais le soleil plongeait derrière la rangée d'arbres, derrière la maison, aussi était-elle à court d'occupations.

Cela expliquait probablement pourquoi ses pensées dérivaient irrémédiablement vers l'imposante maison voisine et son mystérieux occupant. Car elle avait beau faire de son mieux, elle ne pouvait pas s'empêcher de se repasser l'invitation de Ryan à partager une bière, à admirer le coucher du soleil ensemble. C'était venu si facilement, si naturellement, et elle avait désespérément envie de siroter un rafraîchissement sur sa terrasse. Envie et peur, à parts égales.

Elle éteignit la bouilloire avant que l'eau n'ait commencé à bouillir, et sortit une bouteille de vin blanc du réfrigérateur.

Peut-être n'aimait-elle pas la bière, mais la perspective de se détendre devant un verre de vin ou deux la tentait de manière irrépressible.

Peut-être, juste peut-être, cela suffirait-il à chasser Ryan Sutherland de ses pensées.

5

« Ne vous mettez jamais entre le dragon et sa colère »

Le roi Lear

– Bon, c'est le tout dernier bouquet. Nous n'avons plus qu'à les ranger dans la camionnette et à aller les livrer à l'hôtel.

Juliet replaça ses cheveux derrière son oreille. Sa mèche avait dû s'échapper de son bandeau quand, la tête baissée, elles nouaient les bouquets.

– Merci, tu m'as bien aidée.

Lily sourit.

– Pas de quoi. Je peux les livrer si tu veux. Ça t'épargnera le trajet.

– Non, tu devrais déjà être partie depuis une demi-heure. Je me sens assez coupable comme ça. De toute façon, je ne t'exposerais pas aux foudres du manager. Il trouve toujours à redire, quel que soit le soin que nous apportons à la mise en place.

– Il ne doit pas être si mécontent que ça. Il t'a confié le contrat, après tout.

– C'est pas faux. Et je m'en réjouis.

Grâce au contrat du *Shaw Haven Hotel,* elle leur fournissait des compositions florales hebdomadaires et bénéficiait de revenus réguliers suffisants pour engager une assistante. Lily étudiait la fleuristerie au lycée public local, aussi avait-elle sauté sur sa proposition.

Elles formaient un duo de choc. Leur amour des fleurs les aurait sûrement réunies mais au-delà, depuis quelques semaines que Lily était là, une amitié naissait entre elles. Elles discutaient non-stop tandis qu'elles travaillaient côte à côte, à créer des bouquets et à servir les clients.

Lily avait rempli un vide dans la vie de Juliet, dont elle ignorait l'existence. Un espace laissé vacant du fait de l'absence de ses sœurs qui vivaient si loin et de ses amis qu'elle pensait avoir dans sa vie d'avant, mais qui avait choisi le camp de Thomas.

C'était agréable de pouvoir parler à un adulte, de temps en temps.

Il y a toujours le voisin, murmura sa petite voix intérieure. Juliet l'étouffa, souleva le premier bouquet et se dirigea vers la porte du fond. Elle n'avait pas besoin de penser à Ryan Sutherland. Elle avait suffisamment pensé à lui samedi soir, après leur échange dans le jardin.

Lily poussa la petite porte et enfonça la cale d'un coup de pied pour la maintenir ouverte. La camionnette était garée juste devant. Elle déverrouilla la portière arrière et prit la première décoration florale des mains de Juliet pour la placer dans la camionnette.

– J'aime beaucoup ce que tu as fait avec la vigne grimpante, dit-elle en reculant pour admirer leurs présentations. C'est très joli.

Elles s'organisèrent avec méthode : Juliet apportait les bouquets dans des cartons et Lily les rangeait soigneusement dans la camionnette. Le temps qu'elles terminent, il était dix-sept heures trente. Une demi-heure après l'heure de fermeture, et Lily aurait dû être rentrée chez elle depuis plus d'une heure.

– Je te paierai ton heure supplémentaire, la rassura Juliet en la poussant dans la boutique pour qu'elle récupère son manteau et son sac. File, ta mère va se demander où tu es.

– Tu n'as pas besoin de me payer, j'apprends tellement ici. Ce serait plutôt à moi de te payer.

– Ce serait le meilleur moyen de mettre la clé sous la porte, sourit Juliet en lui faisant un clin d'œil. Faire tourner la boutique avec ta paye, je ne te prendrais pas au mot.

Lily lui lança les clés de la camionnette et enfila son blouson.

– Toi aussi, tu devrais rentrer. Je sais que tu aimes passer du temps avec Poppy avant qu'elle se couche. Si tu te dépêches, tu devrais y arriver.

– Que Dieu bénisse les bonnes baby-sitters. Au moins, je sais qu'elle est en sécurité. À demain.

– Bonne chance pour la livraison.

Lily se dirigea vers sa voiture.

– Merci. Je risque d'en avoir besoin.

Une heure plus tard, Juliet s'engageait dans l'allée, les pneus crissèrent sur les graviers lorsqu'elle freina.

– Maman !

La voix de Poppy retentit dans le jardin alors qu'elle n'était pas même descendue de voiture, un pied sur les graviers, l'autre encore dans l'habitacle. Elle s'empara de son sac et d'un seau de fleurs récupérées à la boutique car trop défraîchies pour être vendues mais trop jolies pour être jetées. Un petit sourire se dessina sur son visage dès qu'elle aperçut sa petite fille.

– Salut, mon chou. Comment ça s'est passé à l'école ?

Elle déposa ses affaires sous la véranda et tendit les bras juste à temps pour que Poppy se jette à son cou.

– Où est Melanie ?

Elle chercha Melanie Drewer des yeux. Sa baby-sitter récupérait Poppy à l'école et la gardait tous les jeudis. C'était étrange qu'elle ne la voie nulle part.

– Elle est tombée malade après manger. C'était dégoûtant. L'odeur m'a donné envie de vomir moi aussi.

– Elle est malade ? Où est-elle, à l'intérieur ? demanda Juliet en regardant autour d'elle.

– Bah non. Elle est rentrée chez elle.

– Elle t'a laissée toute seule ? Elle ne peut pas faire ça.

Sa voix dérapa dans les aigus comme une soprano en proie à la panique.

– C'est pas grave. Ryan lui a dit de rentrer. Il a dit que je pouvais jouer avec Charlie jusqu'à ce que tu reviennes.

Poppy haussa les épaules comme si jouer avec un quasi-inconnu et son fils était la chose la plus naturelle du monde.

Sa bouche devint sèche à l'idée de ce que dirait Thomas s'il l'apprenait.

– Poppy, viens voir ça, cria Charlie.

Poppy se retourna et traversa la véranda ventre à terre en direction de la maison voisine, ses cheveux se soulevant dans son dos. Elle pila net devant Charlie, puis ils s'accroupirent à l'angle de la maison pour observer quelque chose.

Son regard passa d'eux à la terrasse en surplomb. C'est alors qu'elle vit Ryan, assis dans un confortable canapé deux-places, un ordinateur posé sur ses jambes. Vêtu d'un jean, il regardait l'écran, sourcils froncés, et manipulait sa souris.

Il ne surveillait même pas les enfants. Il aurait pu leur arriver n'importe quoi.

Tournant les talons, elle redescendit l'allée en direction de la maison de Sutherland. Le bruit de ses pas alerta Ryan, et ses yeux bleus croisèrent les siens.

– Salut ! Comment s'est passée votre journée ?

Sa question chassa l'air de ses poumons de la même manière que son sourire altéra son bon sens. À quand remontait la dernière fois qu'on lui avait demandé ça ? Même Melanie était généralement trop occupée à préparer le dîner, le jeudi, pour ne serait-ce que l'accueillir lorsqu'elle arrivait. Quant à Thomas, eh bien, ça ne l'avait jamais vraiment intéressé.

– Euh, très bien. (Elle cligna deux fois des yeux.) J'ai été surprise d'apprendre que Melanie était malade. Elle aurait dû me téléphoner, je serais rentrée immédiatement.

Elle était pour le moins mal à l'aise, debout devant lui qui levait les yeux vers elle. Pourquoi se laissait-elle troubler par ses pattes d'oie quand il souriait ?

– Elle allait le faire, mais je lui ai promis de la relayer. Elle était pâle comme un linge, aussi ai-je pensé qu'il valait mieux la renvoyer chez elle avant qu'elle ne contamine tout le quartier.

– Vous auriez dû me téléphoner. Je ne peux pas confier Poppy à des inconnus. Ça ne se fait pas.

– Je n'ai pas votre numéro.

– Eh bien, Melanie pouvait vous le donner. Et s'il était arrivé quelque chose ? Si Poppy s'était blessée sous votre surveillance et qu'elle avait eu besoin de moi ? Vous ne pouvez pas... je ne sais pas... prendre des décisions concernant les enfants des autres.

Même si, en disant cela, elle éprouvait des difficultés à trouver ses mots en raison de la manière dont il remplissait son jean.

Ryan la dévisageait comme s'il ne comprenait pas un traître mot de ce qu'elle racontait. Trois rides barraient son front par ailleurs lisse, en partie caché par ses cheveux.

– S'il lui était arrivé quelque chose, j'aurais trouvé un moyen de vous joindre. Mais il ne lui est rien arrivé, et il y avait peu de chances pour qu'il lui arrive quelque chose. Sauf si l'on tient compte du fait qu'ils sont tous les deux couverts de boue.

Il indiqua Poppy et Charlie qui, à genoux, creusaient la terre. Charlie extirpa un ver de terre, le brandit en l'agitant sous le nez de Poppy.

– Nous sommes voisins. Pas exactement des étrangers. Et je sais que vous feriez la même chose pour moi si j'avais besoin d'aide.

Son bon sens lui coupa l'herbe sous le pied.

– Je suis désolée, dit-elle d'une petite voix. Je n'ai pas l'habitude qu'on m'aide.

Ryan l'observa sans mot dire. Elle se sentit scrutée, mais pas dans un sens déplaisant. Toutefois, elle s'empourprait sous son examen, sa poitrine et ses joues rosirent sous l'afflux de sang.

– Vous savez, c'est un peu pour ça qu'il m'a fallu autant de temps pour revenir ici, dit-il en refermant son ordinateur pour le poser sur la table. Ce grand principe selon lequel personne d'autre que vous n'est responsable de votre enfant. On ne voit ça qu'en Amérique. Partout ailleurs, dans les pays moins civilisés, élever un enfant est considéré comme un projet impliquant tout le village. Si un parent n'est pas là pour le surveiller, les autres s'en occupent. Si un enfant se comporte mal, il est puni, peu importe par qui. S'il pleure, il est réconforté. C'est perçu comme la responsabilité de tous pour garantir que le village élève des enfants forts et bien entourés. Car cela profite à tout le monde, finalement.

Le timbre de sa voix – grave et doux – était hypnotique, mais c'étaient ses mots qui la stupéfiaient. Elle s'agrippa à la balustrade pour garder l'équilibre.

– C'est assez beau. Mais très différent de ce que nous vivons ici, contesta-t-elle.

Ryan fronça les sourcils.

– Mais vous aviez votre mari, non ?

– Ryan n'était pas très présent quand Poppy était bébé.

Un doux euphémisme. Elle aurait pu compter sur les doigts d'une seule main le nombre de fois où il lui avait changé ses couches. Quand Poppy était bébé, il s'était installé dans une chambre à l'autre bout de l'aile pour mieux dormir.

– Il travaillait sur un gros contrat et il y passait le plus clair de son temps. Sa mère m'a aidée de son mieux.

En vérité, ils adoraient tous Poppy. Seulement, ils n'étaient pas habitués à s'occuper d'un bébé. Combien de fois l'avaient-ils pressée d'engager une nourrice, pour leur faciliter la vie à tous ?

– Mais ça va mieux maintenant.

– C'est une bonne chose.

Elle essaya d'ignorer sa respiration accélérée lorsqu'il lui sourit. Était-il conscient qu'il l'attirait à ce point ? Le regarder, c'était comme fixer le soleil – il émanait de lui une lumière presque éblouissante.

Et, comme le soleil, elle ne devait pas s'en approcher. Elle était mariée, mère et, surtout, elle devait tirer les leçons de ses erreurs, arrêter de prendre des décisions hâtives qu'elle finirait par regretter.

Autrement, elle se brûlerait les ailes.

6

« Les plaisirs violents se terminent violemment »

Roméo et Juliette

Comme son fils, Ryan Sutherland était capable de dormir n'importe où. Sur les sols en terre battue des tentes nomades du Pakistan aussi bien que dans le compartiment à bagages d'un vieux bus cabossé au Cambodge, tant qu'il avait assez de place pour se coucher en chien de fusil, il s'endormait aisément. En conséquence de quoi il était étrange que dans ce luxueux lit deux-places de sa chambre de Shaw Haven qui bénéficiait de l'air conditionné, il restât éveillé pendant des heures, fixant le plafond les yeux grands ouverts.

Ce soir, il renonça tout bonnement à traquer le sommeil, préférant descendre à pas feutrés l'escalier et prendre son MacBook pour trier les photos de sa dernière séance. Il avait volontairement refusé tout contrat pendant l'automne. Entre l'intégration scolaire de Charlie et la préparation de leur installation à New-York, il avait décidé de faire une pause. Néanmoins, son travail lui manquait. La photographie était sa passion, examiner les images, repérer les différences infinitésimales entre elles, tout cela avait le don de l'apaiser.

Toutefois, s'étant assoupi peu avant l'aube, il était grincheux quand le matin arriva. Pour sa part, Charlie gazouillait plus que d'ordinaire, parlant la bouche pleine en enfournant ses Cheerios.

– Poppy pourra revenir jouer après l'école ? demanda Charlie. Nous allons chercher d'autres vers de terre et fabriquer une ferme à vers. Elle a dit que nous pourrions leur apprendre à faire des tours.

Immédiatement, les pensées de Ryan dérapèrent vers Juliet. Son air furieux tandis qu'elle traversait son jardin d'un pas décidé. Mais sa colère s'était émoussée au profit d'une vulnérabilité qui l'avait touché jusqu'au plus profond de son être, il avait vu son irritation pour ce qu'elle était réellement.

De la peur.

Peur de quoi ? Voilà ce qui lui échappait. Il se rabroua : il recommençait à se mettre martel en tête pour les autres. N'avait-il rien de mieux à faire ? Préparer son fils pour l'école serait un bon début.

– Je ne sais pas. Il faut demander à sa mère.

Ryan prit le bol vide de Charlie et le jeta brutalement dans le lave-vaisselle.

– Sinon, tu pourras inviter quelqu'un d'autre. Tu n'as pas d'autres amis à l'école ?

Charlie secoua la tête.

– Je veux jouer avec Poppy. Les autres, ils craignent.

Ryan referma la porte du lave-vaisselle et regarda son fils.

– Ah bon ? Pourquoi ?

– Ils sont méchants. Ils lui ont dit qu'elle ne pouvait plus jouer avec eux parce qu'elle n'a plus de papa. (Il leva les yeux vers Ryan en fronçant les sourcils.) Mais elle a bien un papa, quand même ?

– Exact. (Ryan s'humecta les lèvres.) Ce n'est pas parce qu'on ne vit pas avec quelqu'un que cette personne ne nous aime pas. Regarde ta maman, elle t'aime de tout son cœur.

– C'est ce que j'ai dit. Mais personne ne me croit quand je dis que maman ne vit pas avec nous. Ils disent que les mamans vivent avec leurs enfants.

Un coup d'œil à l'horloge lui indiqua qu'ils seraient en retard s'ils ne partaient pas bientôt. Seulement, c'était un sujet trop important pour l'esquiver.

– Et toi ? Qu'en penses-tu ?

Plongé dans ses pensées, Charlie plissa les lèvres.

– Je pense que ça ne change rien qu'on vive avec sa mère ou avec son père. Tant qu'ils nous aiment, c'est pareil.

Ryan s'accroupit devant son fils et posa les mains sur ses épaules. Sa poitrine lui faisait mal tellement il aimait ce garçonnet.

– Personne ne pourrait être plus aimé que toi, dit-il, la voix chargée d'émotion. Et tout ira toujours bien pour toi. J'y veillerai.

Charlie hocha la tête, sans se départir de son sérieux.

– Pour Poppy aussi, tout ira bien, pas vrai ?

Ryan revit la petite fille, telle qu'elle était la première fois dans le bureau de la directrice. La mâchoire déterminée, le regard vif.

– Poppy ira plus que bien. Elle a du cran, exactement comme toi. (Il attira Charlie contre lui et l'enlaça.) Faut y aller. Tu vas être en retard à l'école.

Charlie mit ses chaussures et fixa soigneusement les scratchs. Puis il s'empara de son cartable et plaça les bretelles sur ses épaules de manière à le caler contre son dos. Il était trop gros pour lui. Il ressemblait à une tortue qui aurait grandi dans une carapace trop étroite.

Quand il ouvrit la porte d'entrée, Ryan s'immobilisa face à un immense bouquet multicolore. Disposées dans un simple vase en verre, les tulipes blanches et les jacinthes violettes étaient jointes par une ficelle, des feuilles vertes y ajoutaient une touche élégante. Une enveloppe blanche reposait au milieu du bouquet. Il la prit, la décacheta et en sortit une petite carte manuscrite.

Des tulipes blanches et des jacinthes violettes pour m'excuser.
Merci de m'avoir aidée avec Poppy hier. Ça me touche beaucoup.
Juliet

Il fixa le vase du regard en essayant de se rappeler si on lui avait déjà offert des fleurs. C'était un cadeau personnel, presque trop, pourtant il fut envahi par une chaleur inédite.

C'était une gageure de décrypter sa voisine. Peut-être était-ce pour cela qu'il la trouvait fascinante.

Après qu'il eut déposé Charlie à l'école, Ryan se dirigea vers le quartier des bureaux, dans le centre de Shaw Haven. Bien qu'il doive assister à une réunion officielle, il ne s'était pas habillé en conséquence. Il ne possédait pas de costume. Il n'en avait jamais eu besoin, au cours de ses voyages.

Et maintenant ? C'était avant tout une question de fierté, de porter ses vêtements de tous les jours. Dans le bâtiment miroitant qui abritait les bureaux de *Shaw & Sutherland*, son jean et son tee-shirt noir juraient plus que jamais. Enfant, affirmer la moindre différence l'aurait mis mal à l'aise, mais à présent, il aimait ce sentiment.

– Je peux vous renseigner ?

À l'accueil, une hôtesse à la tenue impeccable leva les yeux. Visiblement, elle ne le reconnaissait pas. Pourquoi en aurait-il été autrement ? La dernière fois qu'il avait pénétré dans cet immeuble, il était à peine sorti de l'enfance.

– Je viens voir Matthew Sutherland.

En réalité, il avait été convoqué. Pour autant qu'il détestât son père, sa curiosité l'avait emporté sur son antipathie. En prime, il ne voulait pas qu'il se pointe une seconde fois devant la porte de chez lu.

À la mention de son père, la réceptionniste redressa le dos. Toute personne conviée à rencontrer son père était nécessairement *quelqu'un*.

– Votre nom, s'il vous plaît.

– Ryan.

Elle attendit un instant, probablement son nom de famille, mais Ryan s'en tint là. Il ne s'habituait pas à ce qu'un simple patronyme change la manière dont les gens le traitaient dans cette ville. En bien ou en mal.

– Asseyez-vous, je vous prie. (Elle indiqua la rangée de sièges en cuir dans l'angle de l'entrée en marbre.) J'informe son assistante que vous êtes là.

– Ce ne sera pas nécessaire, je connais le chemin.

Ryan ne comptait pas attendre que son père daigne le recevoir.

– Avez-vous rendez-vous ? cria la réceptionniste tandis qu'il s'éloignait.

Il était déjà à mi-chemin des ascenseurs.

– Monsieur... Euh, Ryan, vous ne pouvez pas monter directement. Personne n'est autorisé à déambuler dans le bâtiment sans être escorté.

Il ignora ses cris de plus en plus frénétiques et s'engouffra dans le premier ascenseur. L'intérieur lui parut familier, et alors qu'il appuyait sur le bouton du onzième étage, il eut l'impression de remonter le temps jusqu'à l'époque où, petit garçon, il rendait visite à son père en des occasions très spéciales, sa main moite amarrée à son nœud de cravate trop serré. Comme à l'accoutumée, il ne se sentait pas à sa place.

La cabine sentait le renfermé, comme si l'air y restait piégé. Ryan inspira néanmoins à fond, regardant défiler les chiffres des étages jusqu'à ce qu'il s'immobilise au onzième. Il sortit, ignora l'assistante orientée de manière à accueillir tout arrivant et prit à gauche, l'écho de ses chaussures marron atténué par la moquette.

C'était étrange comme tout lui revenait facilement. La salle de réunion se trouvait au bout du couloir, du temps de son grand-père. Et elle était toujours là, bien qu'elle ait pompeusement été requalifiée en « salle de conférences », ainsi que l'annonçaient les lettres dorées fixées sur l'épaisse porte en chêne. L'atmosphère n'avait pas changé, l'air aussi oppressant qu'autrefois lui rappelait précisément pourquoi il ne pourrait jamais travailler dans un immeuble de bureaux.

Sans prendre la peine de frapper, il poussa la porte, les gonds grincèrent alors que la lumière de la salle de conférences inondait le couloir. Six visages se relevèrent des documents empilés sur la table.

Son père prit la parole.

– Ryan.

L'expression de son père ne portait pas la marque d'une quelconque réconciliation. Non que Ryan s'en fût réjoui après tout ce temps. Mais il était père lui aussi à présent, aussi ne s'imaginait-il pas accueillant froidement Charlie après des années d'absence. Cela allait à l'encontre de ses instincts.

– Devons-nous attendre ton avocat ? s'enquit son père.

– Il ne vient pas.

Ryan croisa les bras.

Son père le jaugeait, ses yeux bleu délavé ne rataient rien. Ryan fit un effort surhumain pour ne pas se tortiller sur sa chaise, comme s'il redevenait l'enfant soumis à son examen, en attente.

Pourquoi était-il revenu là aujourd'hui, au fait ? Pour leur montrer qu'il n'avait pas peur ? Ou bien que c'était à eux d'avoir peur ?

– C'est regrettable. Je comptais sur lui pour te prodiguer ses conseils avisés.

Comme toujours, la voix de son père était modérée. Il porta son verre d'eau à ses lèvres fines et but une gorgée.

À la gauche de son père, son avocat s'agita, l'air renfrogné, mais ne dit mot.

– Pourquoi es-tu revenu, Ryan ?

Ryan ignora les émotions suscitées par la question de son père. Ce n'était pas comme s'il ne s'était pas posé la même question une dizaine de fois. Cela étant, quelque chose dans sa façon de le regarder le poussait à répondre. Il ne se défilerait plus comme un gamin.

–Je voulais montrer à mon fils l'endroit d'où il vient. Lui montrer la ville que son arrière-grand-père a aidé à construire. Tu crois peut-être que cette ville t'appartient, mais aux dernières nouvelles, nous sommes en pays libre. Je peux vivre où je veux.

–Pourtant, tu as choisi de t'installer ici. Sur les plus de neuf millions de kilomètres carrés que compte ce continent, tu as choisi le vieux village de Shaw Haven pour scolariser ton fils. C'est ce que tu essaies de nous faire croire ?

Son père secoua lentement la tête, les yeux plantés dans les siens.

Un silence s'abattit sur la salle. Le regard de son père ne vacillait pas, mais Ryan y vit une vulnérabilité qu'il n'avait pas remarquée jusqu'à présent. Pas une franche peur, mais ce n'était pas là un homme qui contrôlait la situation. Pour la première fois, il prit conscience que son père redoutait les motifs de son retour. Il craignait qu'il perturbe ses affaires et sa vie ?

–À ton avis, pourquoi je suis là ?

Son père but un peu d'eau.

–Pour finaliser certaines affaires. C'est du moins ce que tu crois. Mais je tiens à te dire que tu dois y renoncer. Je suis peut-être âgé, mais je n'ai pas peur de défendre ce qui m'appartient.

Il fit un petit sourire.

–Tu n'as pas de raison d'être sur la défensive. Tout ne tourne pas autour de toi. Je t'ai dit pourquoi j'étais là, et c'est tout.

–Donc, tu n'es pas là pour des raisons professionnelles ?

Le ton de sa voix exprimait tout son scepticisme.

Un court instant, Ryan fut tenté de jouer avec lui, de la même manière que cet homme avait longtemps manipulé sa mère. Mais qu'avait-il à y gagner ? En ce qui le concernait, il n'était qu'un actionnaire comme un autre. Rien de plus.

– L'entreprise ne m'intéresse pas.

– Alors, j'ai une offre à te faire. Une offre très généreuse. J'enverrai les conditions à ton avocat suite à notre réunion, mais il te conseillera certainement de l'accepter.

– Quelle offre ?

Pour la première fois, Ryan eut envie de soupirer.

Ravalant cette impulsion, il fit rouler ses épaules pour dénouer ses tensions. Son père fit un geste à l'un de ses avocats. Celui-ci remonta ses lunettes sur son nez, puis s'empara d'une épaisse liasse de feuilles.

– Ry... Monsieur Sutherland, nous avons préparé une proposition très généreuse concernant vos parts. Nous aimerions que vous les revendiez à la société.

– Vous me proposez un rachat ?

Il parlait à voix basse. Malgré son ton cinglant, personne ne le prit comme un avertissement.

– Nous souhaitons nous délester de nos passifs. Et tu es le principal actionnaire, expliqua son père.

– Grand-père m'a légué ces parts pour une raison, affirma Ryan. Il ne voulait pas que l'entreprise tombe sous ta coupe, sinon c'est toi qui en aurais hérité.

– Nous savons tous les deux qu'il avait perdu la tête à la fin de sa vie, contra son père. Il ne savait plus ce qu'il faisait. Si tu n'avais pas été de la famille, j'aurais contesté son testament, mais tu en avais assez fait voir à ta mère. Tu devrais considérer mon offre, elle est avantageuse. Elle reste valable pendant une semaine. Fais-la examiner par ton avocat et contacte-nous si tu as des questions.

L'avocat glissa les documents dans une pochette matelassée qu'il poussa en travers de la table vers Ryan. Il l'ignora, refusant de la ramasser.

– Je n'ai pas besoin de la lire. La réponse est non.

Sans regarder l'enveloppe, il la repoussa sur la table du bout des doigts. Malgré ses crampes d'estomac, il garda une expression implacable. L'expérience lui avait appris que faire montre de faiblesse face à son père équivalait à se rendre.

– J'ai promis à mon grand-père que je ne vendrais jamais mes parts, déclara Ryan. Pas plus à un acheteur extérieur qu'à toi.

Il soutint le regard de son père.

– Nous enverrons la proposition à ton avocat, insista son père. Il te dira qu'elle est avantageuse. Tu as cinq jours pour l'accepter.

Ryan haussa les épaules.

– Envoie-la à qui tu veux. Je ne l'accepterai pas de toute façon. Tu nous fais perdre notre temps.

– Dans ce cas, la réunion est terminée.

– C'est la première phrase sensée que j'ai entendue depuis que je suis arrivé.

Laissant l'enveloppe sur la table, Ryan quitta la salle sans dire au revoir, ne voulant pas lancer un dernier regard à son père. Il avait déjà du mal à ne pas exploser. En plus d'être hors de lui, il se sentait affligé. Même s'il s'était endurci, cela ne l'empêchait pas d'avoir envie de se défouler sur un objet avant de décamper de cet immeuble.

Pas loin de quinze ans plus tôt, il s'était détourné de ses parents en se jurant qu'il ne les laisserait plus jamais l'atteindre.

Alors pourquoi avait-il l'impression qu'on venait de le poignarder dans le dos ?

7

« Qui va doucement va sûrement :
qui court vite trébuche »

Roméo et Juliette

–Tu es sûre que tu n'as pas de besoin de moi ? demanda Juliet au téléphone.

–Certaine. J'ai ouvert la boutique et déjà vendu deux bouquets. Les livraisons avec le chauffeur sont confirmées. Et maintenant, s'il te plaît, raccroche et profite de ta journée. Je te promets que je maîtrise la situation, la rassura Lily.

–J'apprécie vraiment ton aide. Merci de prendre le relais. Je te rappelle ce soir pour m'assurer que tout s'est bien passé.

Toutefois, Juliet ne pouvait pas s'empêcher de s'inquiéter.

–On fait comme ça, répondit Lily, amusée. Mais d'ici là, sois une maman, pas une entrepreneuse. Raccroche et fais ce que tu as à faire.

Se programmer un jour de congé lui avait donné du mal. Elle avait passé le week-end à tout préparer, afin que Lily puisse gérer seule la boutique. Pour cela, elle devait payer un service de livraisons qui amputait d'avance presque tous les bénéfices. Mais quel autre choix avait-elle ? Poppy réclamait à cor et à cri que Juliet accompagne sa classe en sortie, et la décevoir lui était intolérable.

Autre joie dans la vie d'un parent célibataire actif : tout choix impliquait des renoncements. Trop souvent, c'était sa santé mentale qui trinquait.

Elle consulta son téléphone en entrant avec Poppy dans sa classe. Pas de message pour l'instant. Avec un peu de chance, c'était bon signe.

La classe vibrait d'excitation. En ce début octobre, tous les enfants portaient déjà leurs costumes d'Halloween : princesses, sorcières, fantômes et joueurs de football.

Poppy était déguisée en Merida, sa princesse Disney préférée, avec sa longue perruque bouclée. D'un rouge assez proche des cheveux de Juliet, si bien qu'elle s'amusa que, pour une fois, elles aient l'air parentes.

– Madame Marshall ? Merci de nous aider aujourd'hui.

Brenda Mason, l'institutrice de Poppy, lui décocha un sourire las.

– Nous n'attendons plus que les deux derniers parents pour monter dans le car. Avant cela, tout le monde passe aux toilettes !

Juliet réprima un sourire. Miss Mason enseignait dans cette école depuis une bonne vingtaine d'années. La vie de sa classe s'organisait autour des pauses pipi.

Elle se rapprocha des autres parents. Comme Poppy, leurs enfants avaient intégré cette école privée coûteuse dès la crèche, y faisant leur maternelle avant de passer en primaire. Ils l'avaient connue en tant que Madame Marshall, épouse faire-valoir et mère, avant que son monde ne s'effondre. Depuis qu'elle était séparée de Thomas, les invitations à prendre le café où, pour Poppy, à jouer chez des camarades s'étaient taries. Si elle n'avait pas été aussi occupée à lancer sa boutique, cela l'aurait sûrement froissée.

– Salut, Susan. Emily. (Elle leur fit un sourire auquel elles répondirent d'un hochement de tête.) Qui d'autre attendons-nous ?

– Marsha, évidemment, répondit Susan en levant les yeux au ciel. Ah, et le père de Charlie Sutherland. Tu sais, le beau mec.

– Il est renversant, concéda Emily. Avec ses cheveux blonds, on dirait Robert Redford jeune. Enfin, avant qu'il ne soit tout ridé. C'est un si bon père, en plus. Le pauvre, il élève seul son fils. Je ne sais pas comment il fait.

– Il est formidable. Tu as vu comment il est avec Charlie ? Nous l'avons invité à jouer à la maison ce week-end, pour que son pauvre papa puisse souffler un peu. Dieu sait que c'est éreintant d'être parent non-stop. J'en parlais à Rich, justement. Je me demande bien comment je ferais s'il ne rentrait pas à la maison tous les soirs. J'ai tellement de chance de ne jamais avoir à vivre la vie d'une mère célibataire.

Juliet sentit tous les muscles de son torse se contracter. Elle aurait aimé rester imperméable à ces conversations. Récemment encore, elle était l'une d'elles, l'une de ces épouses fortunées bénéficiant de toutes les facilités dont on puisse rêver. Non qu'elle ait été aussi guindée que Susan.

Cependant elle avait pris cela pour acquis. Jusqu'à ce que tout bascule.

– Désolée, Juliet. Comment ça se passe pour toi ? se reprit Susan. Ça ne doit pas être facile tous les jours de vivre seule. Au moins, tu as l'argent de Thomas. C'est toujours ça, hein ? (Son rire tinta.) Et puis, un week-end sur deux, tu es libre comme l'air. Des fois, je rêve d'un week-end sans enfant. C'est atroce d'être réveillée le samedi matin. Ça doit être génial de faire la grasse matinée.

– Je ne fais pas la grasse matinée. Je dois travailler le week-end, observa Juliet. Je ne me souviens pas de la dernière fois où je me suis levée après six heures.

– Il tourne bien, ton petit commerce ? demanda Susan. Je me dis tout le temps que je vais y passer. C'est merveilleux que tu aies de quoi t'occuper, maintenant que tu n'es plus épouse à plein temps.

Juliet essayait, en vain, de ne pas se renfrogner. Une épouse à plein temps : c'était donc ce qu'elle avait été ? Elle avait cru être une femme, purement et simplement. Pas toujours parfaite, malgré ses efforts, et elle en avait déployé des tonnes. Son expression laissait à penser qu'elle avait échoué à correspondre à des normes dont elle ignorait l'existence.

– Passe quand tu veux, dit-elle, la gorge irritée. Je te ferai visiter.

– Avec plaisir. Ça ne devrait pas prendre trop de temps, hein ? Ce n'est qu'une minuscule boutique...

Susan se tut, son regard se focalisant derrière son épaule, une expression rêveuse adoucit soudain son visage.

– Oh... Ce type, c'est pas rien.

Juliet n'eut pas de besoin de se retourner pour savoir de quoi il retournait. Les picotements le long de son échine en témoignaient. Le sang afflua vers son visage, embrasa ses joues et accéléra les battements de son cœur.

Elle n'avait finalement presque pas envie de le regarder. Elle refusait qu'il voie à quel point sa seule présence la troublait. Depuis qu'elle avait déposé des fleurs devant sa porte, deux semaines plus tôt, elle l'avait à peine aperçu en partant le matin.

Peut-être était-ce mieux ainsi.

– Monsieur Sutherland, mille mercis d'être là. Et toi, Charlie, en quoi es-tu déguisé ? En Mexicain, non ? demanda Miss Mason.

– Je suis un Péruvien, rectifia Charlie. Mon déguisement vient de Cuzco.

– Suis-je bête ! Ces couleurs sont magnifiques.

Miss Mason inspira longuement avant de crier pour attirer l'attention.

– Les enfants, mettez-vous en rang. Nous allons vous accompagner aux toilettes par groupes de cinq. Ensuite, vous monterez dans le car. N'oubliez surtout pas vos pique-niques ni vos imperméables.

Tous les enfants se précipitèrent pour se mettre devant, se poussant en criant et en riant. Juliet observait Miss Mason tandis que son assistante essayait de les placer en rang, écoutant patiemment les enfants se plaindre que « c'était pas juste » qu'ils ne soient pas en tête de file.

– Salut !

La voix de Ryan était si proche de son oreille qu'elle sentit son haleine chaude. Une nouvelle vague de frissons la parcourut.

Ignorant ses réactions puériles, elle se composa un sourire.

– Bonjour, Monsieur Sutherland.

– Juste Ryan, si vous n'y voyez pas d'inconvénient, London. Et si vous tenez à m'énerver, appelez-moi « Ry ».

– Ça vous énerve ? Pourquoi ?

Avant qu'il n'ait eu le temps de répondre, Susan se faufila entre eux.

– Oh salut, Ryan ! C'est un vrai plaisir de vous revoir. Franklin est tellement impatient d'accueillir Charlie pour le week-end. Il est si adorable, tout le mérite vous en revient. (Elle tourna le dos à Juliet, ne laissant d'autre choix à Ryan que de la regarder.) Vous pourriez déjeuner avec nous dimanche ? Si le temps se maintient, nous ferons un barbecue. Ma sœur nous rend visite, et je sais qu'elle aimerait beaucoup vous connaître.

– Euh... oui. Merci.

– Disons, à treize heures ?

Juliet tenta d'étouffer sa voix tandis que Susan l'interrogeait sur les préférences alimentaires de Charlie. Ryan restait poli, sans la taquiner comme avec elle. Elle se tourna vers les enfants, parfaitement alignés, qui tous écoutaient avec attention Miss Mason leur présenter le programme de la journée. Ensuite, chaque groupe d'enfants fut attribué à un accompagnant, envoyé aux toilettes puis vers le car scolaire. En quelques secondes, Juliet fut entourée par Poppy et quatre camarades de classe.

Il était à peine neuf heures trente du matin, et sa matinée lui semblait déjà longue. Qui savait comment elle survivrait à la suite de la journée ?

– Montez à bord, les enfants. Attention à la marche. Ce serait dommage que vous tombiez. Une super-balade vous attend.

Le conducteur du tracteur aida le groupe d'élèves à grimper dans la remorque, les regardant se hisser sur les bottes de foin allongées pour faire office de sièges. Juliet les compta mentalement, tâche qu'elle avait accomplie toute la journée. Elle n'était peut-être responsable que de cinq enfants, mais elle n'en perdrait aucun. Après son dernier rendez-vous avec Madame Davies, elle ne brûlait pas d'envie d'en prendre pour son grade une nouvelle fois.

– On peut se joindre à vous ?

Ryan se tenait derrière elle, les enfants à sa charge agrippés à ses bras. Elle l'avait aperçu plus tôt aux citrouilles, l'avait observé avec amusement en écraser une douzaine sous les vivats des enfants. La ferme était si vaste qu'ils ne s'étaient croisés qu'une seule fois avant cela. Il était le seul parent, en dehors de Juliet, à s'amuser dans le château en paille, escaladant les murs en bottes de foin et plongeant dans les niches percées dans les murs, riant avec les enfants qu'il poussait sur une balançoire en cordage.

– Il y a assez de place, je pense.

Juliet consulta le chauffeur du regard.

– C'est sûr. Bienvenue à bord, les enfants.

Quand ils furent installés en toute sécurité, Juliet se retourna pour attraper l'échelle. Ryan lui tendit la main, la saisit et l'aida à se hisser dans la remorque.

Il ne restait que peu de place à l'arrière si bien que Juliet dut ramper pour se caser dans ce petit coin, reconnaissante d'être en jean. Elle avait passé la pause déjeuner à ôter la paille de ses cheveux, et elle ne doutait pas d'en retrouver sous sa chemise en se déshabillant dans la soirée. Ryan s'assit à côté d'elle, son corps chaud pressé contre son flanc. Il lui était impossible de se décaler dans la remorque exiguë, et les enfants occupaient le reste de l'espace. Elle était coincée.

– Je leur donne dix minutes pour s'endormir, commenta Ryan en indiquant les enfants d'un geste de la tête. C'est miraculeux ce que ça leur fait de se dépenser au grand air.

Juliet sourit. La fatigue la gagnait, elle aussi. Tandis que le tracteur démarrait, roulant à un rythme régulier sur l'herbe, elle vit très bien ce que Ryan voulait dire.

– J'avais oublié ce genre d'endroit. Je n'étais pas allé dans une ferme à citrouilles depuis une éternité. C'est marrant, plus je vis loin des États-Unis, plus j'en oublie la culture.

– Je n'avais jamais entendu parler de ces endroits avant d'emménager ici, admit Juliet. Nous n'avons rien d'analogue en Angleterre.

– Vous ne célébrez pas Halloween ?

– Si, mais plus modestement qu'ici. Quelques gosses frappent aux portes en criant « un bonbon ou un sort », mais c'est à peu près tout. Ce n'est pas devenu un gros business. Et chez nous, si on se déguise, ça doit faire peur. Pas de princesses Disney ni de Nemo.

– Quel ennui !

Elle rit.

– Nous avons d'autres fêtes. Comme la Nuit de Guy Fawkes.

– C'est là qu'on brûle des poupées de taille humaine dans des feux de joie ?

Elle le regarda, sourcils haussés.

– Ça se pourrait bien. Ça vous pose un problème ?

Elle le taquinait. Et lorsqu'il s'en rendit compte, elle admira son sourire.

– Juste pour dire. Vous avez des traditions bizarres par chez vous, London.

Pourquoi son corps entier s'embrasait chaque fois qu'il employait ce surnom ?

– Au moins, nous avons une histoire. Nous n'avons pas besoin d'inventer des prétextes pour nous amuser.

Elle faillit lui tirer la langue. Dingue comme il lui était facile de se dérider avec lui. Plus encore, son pouls s'emballait en un quart de tour.

– Est-ce que ça vous manque ?

– Quoi donc ?

– De vivre en Angleterre ?

Le tracteur roula sur une ornière, les bringuebalant dans la remorque. Les enfants gloussèrent quand elle fut presque projetée dans les bras de Ryan. De ses mains puissantes, il s'empressa de la rééquilibrer. La respiration de Juliet se bloqua dans sa gorge.

Lorsqu'il sourit, ses pattes d'oie se creusèrent. Pour la première fois, elle remarqua la cicatrice qui barrait son sourcil. Elle eut envie d'en retracer la ligne blanche. De lui demander comment il se l'était faite.

Oh et puis zut, bien sûr qu'elle n'en avait pas vraiment envie. Ses hormones lui jouaient des tours.

– Ça va ? demanda-t-il doucement.

Elle essaya de s'écarter de lui, mais il tenait fermement ses bras. Couverte de chair de poule, elle se mit à frissonner malgré la chaleur. Cela faisait une éternité qu'elle n'avait pas été aussi proche d'un homme. Mais ce n'était pas ce qui stimulait son cœur. C'était *lui*. Le Roméo blond et décontracté d'à côté.

Assez, Juliet. *Arrête !*

– Très bien, merci.

Ses pouces caressèrent ses biceps, la sensation prolongea ses frissons. Il était impératif qu'il la lâche avant qu'elle ne se ridiculise. Elle était une femme adulte, une mère, entourée d'enfants. En aucun cas, elle n'aurait dû éprouver cela.

– Très bien, répéta-t-elle.

Cette fois, elle parvint à s'écarter. Elle observa les enfants autour d'elle. Tous assis en toute sécurité. Comme prévu, plusieurs d'entre eux s'étaient assoupis.

– Merci.

– Pas de quoi.

Elle ramena ses genoux contre sa poitrine, les bras noués de façon à se rouler en boule. Le terrain devant eux paraissait plus irrégulier. Il ne fallait surtout pas qu'elle recommence à chavirer dans ses bras.

Même si c'était agréable. Ou, avant tout, parce que ça l'était.

– Londres me manque, j'avoue, poursuivit-elle dans le but de reprendre ses esprits. Ma famille me manque bien évidemment, mes amis aussi. Mais ce qui me manque le plus, c'est le sentiment d'appartenance, d'être originaire de quelque part et de le sentir intimement. J'ai beau habiter ici depuis six ans, je me sens toujours comme une visiteuse.

Il fronça le nez.

– Je ne m'imagine pas habiter toute ma vie au même endroit. Le monde est si vaste.

– J'aurais trop peur de voyager comme vous, confia-t-elle. J'aime savoir où je vais. Je ne m'imagine pas débarquer dans un nouveau pays sans savoir où je vais dormir.

– C'est l'aspect le plus amusant. Ce n'est effrayant que la première fois. Après cela, vous savez que, quoi qu'il advienne, vous vous en sortirez. Peut-être devrez-vous dormir dans une gare routière ou au bord d'un chemin de terre deux ou trois fois, mais vous vous réveillerez et vous irez bien. Le soleil se lèvera et le monde continuera de tourner.

– Néanmoins, vous avez décidé de vous fixer quelque part, dit-elle en tentant d'ignorer les tambourinements de son sang affluant dans son oreille. Vous êtes là, après tout.

– Jusqu'en juin. Ensuite, nous partirons à New York.

– Ah, j'avais oublié...

Sa voix s'éteignit. Elle ramassa un brin de paille et le roula entre ses doigts. Il était de la couleur du soleil, doré et lumineux.

– Vous l'aviez évoqué chez le marchand de glaces. (Elle se lécha les lèvres.) Qu'est-ce qui vous attend à New York ?

– On m'a proposé un contrat à long terme, en tant que photographe principal d'un magazine. En parallèle, je continuerai de travailler en free-lance. Les opportunités ne manquent pas là-bas. (Il haussa les sourcils.) C'est un changement pour nous deux, mais Charlie a besoin d'un minimum de stabilité, maintenant qu'il va à l'école à plein temps.

– Cela ne vous tracasse pas qu'il doive s'adapter à une nouvelle école ? demanda-t-elle.

– Je devrais ?

Ryan se renfrogna. Elle regretta aussitôt sa question, fruit de ses angoisses à elle, pas des siennes.

– Non, en réalité, les enfants ont une grande capacité d'adaptation.

Après tout, Poppy s'était aisément adaptée à sa nouvelle maison.

– Je suis une maman poule. Toujours à me tourmenter pour quelque chose. (Elle grimaça.) Et maintenant, je m'inquiète de trop m'inquiéter. C'est tellement ridicule, je ferais bien de me taire.

– Je devrais probablement me tracasser davantage, dit Ryan en souriant. Je sais que je parais trop insouciant, parfois.

La balade touchait à sa fin. Le tracteur s'arrêta devant les marches, s'avançant légèrement pour aligner la remorque à l'escalier. La plupart des enfants sommeillaient dans la paille.

– J'ai une idée, dit Ryan. Vous pourriez m'apprendre à m'inquiéter davantage, et moi à vous détendre un peu. À nous deux, ça pourrait fonctionner.

À *nous deux* ?

– Bon programme.

Pour le moins. Et si elle pouvait empêcher son corps de réagir à sa présence, et le ranger fermement dans le tiroir des amis, ça pourrait même marcher du tonnerre.

Il lui donna une ferme poignée de main, son sourire aguichant flottait sur ses lèvres.

– Dans ce cas, London, nous avons un pacte.

8

« Il y a dans les affaires humaines une marée montante ;
qu'on la saisisse au passage, elle mènera au succès »

Jules César

– Votre première leçon porte sur « comment emmener son enfant faire du bateau sans paniquer ».

Juliet cligna des yeux, essayant de se focaliser sur Ryan qui se tenait sur le seuil de sa porte. En bermuda bleu marine et tee-shirt blanc aux manches enroulées aux coudes. Des lunettes noires protégeaient ses yeux du soleil d'octobre. Les feuilles changeaient peut-être de couleur, mais la température restait élevée pour la saison. La veille, ils avaient franchi la barre des vingt-cinq degrés.

– Pardon ?

– Je suis censé vous apprendre à être plus relax, non ? Quoi de plus détendant qu'une balade en mer avec les enfants ? Pour voguer, il faut savoir décompresser.

– Ou posséder un excellent gilet de sauvetage.

Il rit.

– Des gilets de sauvetage, j'en ai. Êtes-vous prête à relever le défi ?

Elle vérifia l'heure. Il était sept heures et demie, un samedi matin.

–Vous voulez dire: maintenant? Mais, vous savez, je travaille cet après-midi.

–Je vous ramènerai à temps sur la terre ferme, affirma-t-il en remontant ses lunettes sur le dessus de sa tête. Ou pas, ajouta-t-il avec un clin d'œil.

–Ça vaudrait mieux pour vous. Sinon, vous aurez droit à ma première leçon: « Quand on a des responsabilités, il faut les assumer. Autrement on risque de perdre son unique source de revenus ».

Son expression se fit plus grave.

–Je comprends et je promets que vous ouvrirez votre boutique à l'heure. Je n'interfère jamais avec le gagne-pain d'une dame.

Une demi-heure plus tard, ils étaient tous en tenue et s'entassaient dans la voiture de Ryan. Juliet attacha Poppy dans son siège et testa la solidité des ceintures.

–Il est grand comment, ton bateau, Ryan? demanda Poppy, s'avançant au maximum dans son siège.

Elle fronça les sourcils quand les lanières la retinrent.

–*Elle* mesure quarante pieds. Plus grosse qu'une barque, plus petite qu'un paquebot.

–Comment tu sais que c'est une fille? s'étonna Poppy.

Juliet ne put s'empêcher de sourire. Sa fille posait constamment des questions, mais au moins, aujourd'hui quelqu'un d'autre en était la cible. Elle regarda Ryan à la dérobée. Les mains agrippées au volant, les yeux fixés sur la route, son grand sourire la captivait.

–Parce qu'elle est belle, répliqua-t-il.

–Les garçons aussi sont beaux, contesta Poppy. Alors, c'est pas pour ça.

–Elle s'appelle Miss Maisie, chicana Charlie. Ça ne peut pas être un garçon. Moi, j'aurais préféré, les garçons sont plus cool.

–Les filles sont encore plus cool.

Juliet les fit taire et se tourna franchement vers Ryan. Malgré sa concentration, il restait décontracté, avec une expression légère et naturelle. Elle profita de ce qu'il regardait ailleurs pour l'examiner. Sa mâchoire carrée, son nez aquilin, ses yeux de la couleur de l'océan.

Trop séduisant pour son bien. Et pour le sien, d'ailleurs. Seulement amis, se rappela-t-elle. Rien qu'un ami.

–Vous êtes sûr que ça ira? demanda-t-elle en lançant un regard vers Charlie et Poppy. J'espère qu'ils ne vont pas se chamailler toute la journée. Elle n'est pas de tout repos, certains jours.

Ryan bifurqua vers la route du port.

–Vous êtes très différentes, toutes les deux, n'est-ce pas?

–C'est sûr qu'elle n'a pas froid aux yeux. Tout l'inverse de moi.

–Vous ne vous trouvez pas audacieuse?

Elle secoua la tête.

–Au contraire. Tout m'effraie, ou presque!

–Vous vous êtes expatriée à vingt ans. C'est plutôt téméraire.

–J'étais aveuglée par l'amour, corrigea-t-elle.

Son ton impassible le fit rire.

–Et mère célibataire? Il faut du cran.

–Il faut surtout ne pas avoir le choix.

Ils s'arrêtèrent à un feu. Lorsqu'il se tourna vers elle, elle se vit dans les verres sombres de ses lunettes.

–On a toujours le choix. Vous auriez pu rester avec lui. Rentrer à Londres sans Poppy. Vous aviez tout un tas d'options, mais vous avez choisi de rester et de vous battre pour votre enfant. Cela requiert du courage.

Une sensation étrange l'envahit, comme si une nuée de papillons s'animaient, battant des ailes dans sa poitrine. Derrière elle, Poppy et Charlie causaient de leur élevage de vers de terre.

– Si vous continuez à me répéter ça, je vais finir par y croire.

– Vous *devriez* me croire. J'ai été élevé par deux parents égocentriques. C'est la manière lâche de s'en tirer.

Ils semblaient l'un et l'autre révéler d'infimes parties d'eux-mêmes, une à une et chacun leur tour. Dès qu'ils étaient ensemble, l'armure se dissolvait, dévoilant une enveloppe vulnérable si facile à percer. Juliet ne s'était jamais sentie autant à l'aise et exposée en même temps.

Il franchit le portail du parking et se gara face au port. L'eau clapotait contre la promenade, les bateaux amarrés se soulevaient et s'abaissaient lentement au rythme du ressac. Sitôt descendue de voiture, la tranquillité des docks surprit Juliet. Les seules fois où elle était venue ici, c'était pour des dîners-croisières, quand le quai était rempli de bavardages et de gens guindés.

Là, il régnait une tout autre ambiance. Comme si quelqu'un avait jeté un sort sur le fleuve pour brider le passage du temps et la modernité. C'était d'une beauté intemporelle.

– C'est celui-là, ton bateau ? demanda Poppy en montrant du doigt un petit chalutier. Tu crois qu'on va tous rentrer là-dedans ?

– Ce n'est pas notre bateau, ça, s'offensa Charlie.

Puis, le visage attendri, il indiqua un grand voilier attaché à la jetée.

– Tu vois *Miss Maisie* ? C'est la nôtre.

Brièvement, il ressembla tant à son père que Juliet en eut le souffle coupé. Les mêmes yeux perçants, le même regard émerveillé. Ce n'était pas difficile d'imaginer Ryan enfant, jouant sur ses planches, sautant sur les embarcations, faisant les quatre cents coups.

L'homme en question s'occupait de décharger la voiture. Deux sacs sur les épaules, il ouvrit la marche jusqu'au ponton, rattrapant Poppy qui s'élançait à toutes jambes sur la passerelle.

Un vieux loup de mer les attendait devant *Miss Maisie*, une casquette bleue vissée sur la tête. Quelques boucles grises éparses s'échappaient de son couvre-chef. Il dévisagea Juliet comme s'il cherchait à la resituer.

– Salut, Stan, dit Ryan en lui tendant la main. Elle est parfaite. Merci de l'avoir préparée au dernier moment.

– Tu as toujours été un impulsif, répondit Stan. Et je vois que vous êtes chacun accompagné par une dame. Attention aux gros mots, jeune Charlie !

Charlie gloussa, faisant rire Poppy. Puis, parfaitement immobiles, ils laissèrent Ryan leur enfiler leurs gilets de sauvetage et les attacher fermement tandis qu'il distribuait des recommandations sur la manière de se comporter à bord. Après quoi, il remit un gilet plus grand à Juliet et sourit en la voyant se débattre pour resserrer les sangles autour de son buste. Les mains sur les siennes, il guida ses gestes jusqu'à ce que le gilet l'enserre convenablement.

– Prête ? murmura-t-il en enfilant son gilet de sauvetage.

– Je suis prête, affirma-t-elle.

Et elle l'était. Prête à monter sur le pont, à sentir l'air dans ses cheveux. À mettre la distance nécessaire entre eux parce que, pour l'instant, elle n'était pas loin d'avoir envie de caresser ses bras musclés.

– Bah alors, qu'est-ce que tu attends. La neige ? s'impatienta Poppy.

Peu après, Stan lança la corde à Juliet pendant que Ryan manœuvrait pour s'éloigner de la jetée. Elle l'enroula autour de sa main et de son coude, comme il lui avait montré, puis accrocha la double boucle sur le flanc du voilier. À l'entrée des eaux libres, Ryan lui cria des ordres et s'amusa de la voir se démener. Et lorsqu'elle trébucha sur le pont, pour toute réaction, il vérifia d'un coup d'œil si elle ne s'était pas blessée.

Il ne fallut pas longtemps pour qu'elle tombe sous le charme du voilier. Sentir l'air s'engouffrer sur le pont et l'impression presque irréelle de flotter sur l'eau l'exaltaient. Elle constata que Charlie et Poppy appréciaient autant la sortie qu'elle. Installés sur le pont comme Ryan leur avait montré, ils fermaient les yeux, le visage fouetté par le vent.

– Ça va ? articula Ryan.

Elle hocha la tête, un petit sourire aux lèvres. Tout allait pour le mieux. Elle se sentait exposée d'une manière exquise. Libérée de tout ce qu'elle avait laissé au port. Il n'y avait plus qu'eux quatre sur les flots, et en cet instant, rien d'autre ne comptait.

Pas étonnant qu'il aimât autant le sentiment de liberté propre au large. L'impression que le monde vous tend les bras. Soudain, elle fut prise de l'envie qu'ils continuent de voguer jusqu'à la ligne d'horizon, hors de vue. De rejoindre l'océan et de poursuivre jusqu'à ce qu'ils atteignent une terre étrangère.

– À quel âge avez-vous appris à naviguer ? cria-t-elle.

Sa question fut en partie engloutie par le vent sifflant.

– Impossible à dire. Je savais à peine marcher que mon grand-père m'emmenait déjà en balade. En un sens, j'ai toujours su naviguer, juste en l'observant, comme d'autres enfants apprennent à chanter ou à danser. De tout ce que j'ai laissé ici en déménageant, c'est ce vieux voilier qui m'a le plus manqué.

Il tapota le gouvernail.

– On dirait un homme amoureux, taquina-t-elle.

– Comment ne pas tomber amoureux de Maisie ? Elle exerce un attrait purement irrésistible. Faites attention, ou vous serez à ses pieds sans vous en rendre compte.

Il avait remonté ses lunettes sur le sommet de son crâne de façon à retenir ses cheveux en arrière. Malgré la distance, elle voyait le soleil scintiller dans ses iris.

– C'est vrai qu'elle est particulièrement séduisante, concéda Juliet. On dirait qu'elle murmure toutes sortes de promesses. Qu'elle peut vous emmener à l'aventure, dans des voyages inimaginables. C'est hypnotique.

Ryan rit.

– Une vraie sirène. Elle a envoûté mon grand-père et opéré sa magie sur moi.

Il inclina la tête vers Charlie et Poppy, qui bavardaient avec animation, leurs mains cramponnées à la barre comme Ryan leur avait appris.

– Je crois qu'il se laisse séduire, lui aussi.

– Difficile de faire autrement, admit Juliet. La beauté de cette baie est tout aussi irrésistible. Vous savez que j'habite ici depuis six ans et que je n'ai jamais navigué que le soir ?

– Sur quel genre d'embarcation ?

– Le genre qui impose une tenue chic. Rempli de smokings et de robes en lamé. Là où des accords se négocient sous le pont, et le cadre est secondaire.

– Ce n'est pas de cette façon que l'on explore la baie.

Elle croisa son regard. Il l'observait avec un mélange d'intérêt et de mansuétude.

– Je le comprends maintenant.

Elle voyait beaucoup de choses différemment depuis qu'elle avait quitté Thomas.

Et tout s'avérait être d'une beauté époustouflante.

– Vous pouvez sauter d'ici.

Ryan descendit du canot et retomba dans l'eau peu profonde, tirant le petit esquif vers la rive. Il tendit les bras pour recevoir Poppy tandis que Juliet l'aidait à se redresser sur le fond du canot qui se balançait. Elle souleva sa fille et la confia à Ryan. Ensemble, ils bravèrent les flots, leurs pantalons retroussés, les éclaboussures les faisant éclater de rire.

Une fois Poppy et Charlie sur la berge, Ryan retourna chercher Juliet. Elle était en jean, le bas enroulé laissait voir ses chevilles fines et ses pieds nus. Ses chaussures lacées ensemble pendaient sur son épaule. Sa chemise déboutonnée, dont les pans étaient soulevés par le vent, s'entrouvrait sur son tee-shirt fin et sa silhouette élancée et souple. Elle était sublime.

– Besoin d'aide, London ? demanda-t-il avec un détachement feint.

Malgré lui, sa voix était rauque, comme si elle peinait à jaillir de sa gorge. Sans attendre sa réponse, il saisit sa taille fine. La chaleur de ses paumes procura à Juliet des picotements tels qu'elle n'en avait pas ressenti depuis des années.

Il la regarda déglutir, la peau tendue de son cou ondulant. Posant les mains sur ses épaules, elle s'arc-bouta contre lui tandis qu'il la soulevait. Elle se sentit aussi légère qu'une plume. Un court instant, il fut tenté de l'attirer contre lui, de sentir ses jambes autour de sa taille. Le besoin quasi incontrôlable lui fit oublier où il se trouvait, ce qu'il faisait et avec qui.

– Et voilà, chuchota-t-il, la lâchant doucement dans l'eau.

Ses mains douces et chaudes s'attardèrent un instant sur ses épaules. Les vingt petits centimètres qui les séparaient le torturaient.

– Rejoignons les enfants. Il fait plus frais ici. J'ai apporté une couverture, dit-il.

Ils passèrent la matinée à explorer la minuscule île, à trier les galets avec les enfants en quête de la pierre idéale. Ryan leur conta des histoires qu'il tenait de son grand-père, sur des pirates qui auraient caché leur butin dans les grottes de l'île, pillant des vaisseaux britanniques et revendant au marché noir des biens aux colons démunis, installés sur la côte sauvage. Tout au long de son récit, il garda un œil sur Juliet, déclarant que Londres l'avait bien cherché après tous les impôts qu'ils exigeaient sur la nourriture exportée.

En réponse, elle lui tira la langue et il éclata de rire.

Au bout d'une heure à jouer dans le sable et les galets, leurs estomacs se mirent à gargouiller et il déballa la nourriture.

D'épais sandwichs généreusement garnis de jambon et de fromage, des sachets de fruits tranchés et des fruits secs pour le dessert. Ryan exerça son œil de photographe sur la petite équipée, les capturant en plein fou rire et en grande conversation. Il prit des photos des enfants, de leurs cailloux, de leurs éclats de rire spontanés. Puis il orienta son viseur vers Juliet et l'immortalisa à son insu, zoomant sur la bande de taches de rousseur qui parsemait son nez. Il était fasciné par la manière dont l'arrière de son genou se plissait quand elle s'accroupissait devant la couverture de pique-nique.

Ces clichés intimes, il ne les développerait pas. Mais son corps recélait tant de beauté qu'il ne put s'empêcher de la cadrer.

Comme si elle sentait la chaleur de l'objectif qu'il promenait sur elle, elle se retourna lentement, un petit sourire aux lèvres. La douce brise faisait tournoyer les petits cheveux autour de son visage, de sorte qu'ils dansotaient sur sa peau à leur propre rythme.

– Vous me photographiez ? demanda-t-elle.

– Non.

– Menteur. Faites-moi voir.

Elle se dirigea vers lui et tendit la main vers l'appareil retenu par une sangle autour de son cou.

– C'est un reflex, il n'y a rien à voir.

– Vous n'utilisez pas le numérique ?

– Seulement pour le travail, expliqua-t-il en tenant fermement le boîtier plastifié de son appareil, même si elle ne cherchait plus à le lui prendre des mains. Mais quand je photographie pour le plaisir, j'aime me servir de cette vieillerie. J'aime développer la pellicule, voir les formes apparaître. Il y a quelque chose de merveilleux dans la lente révélation de l'image sur le papier.

– Fascinant. J'aimerais vous voir à l'œuvre.

Elle souriait, aussi décida-t-il qu'il aimait ça plus qu'il n'aurait su le dire. Ces dernières semaines, depuis leur rencontre embarrassante à l'école, elle avait peu souri. Peut-être était-ce pour cela que son discret sourire en croissant de lune lui donnait l'impression d'avoir remporté le gros lot.

C'était peut-être aussi pour cette raison qu'il tenait à immortaliser son sourire.

– Je vous apprendrai, dit-il, notant dans sa tête qu'il devait se débarrasser de certains clichés gênants. Mais, avant cela, je dois vous ramener au port. J'ai promis que vous seriez à l'heure au travail, et je compte tenir ma promesse.

Elle parut presque déçue.

– C'est déjà l'heure ? Le temps file.

Les notes de regret dans sa voix lui plurent énormément. Il aimait l'idée qu'elle se plaise en sa compagnie. Elle était pareille à un bourgeon qui s'ouvrait lentement, une fleur qui serait magnifique, une fois éclose.

Et honnêtement, il espérait assister à son éclosion.

9

« Quant à moi, j'ai honte de l'admettre,
J'ai été infidèle à la chevalerie, me dérobant
à mes responsabilités ; et telle est,
je le sais, l'opinion qu'il a de moi »

Henry IV, Première partie

– Il paraît que tu as emmené Poppy faire du bateau samedi dernier. Je ne me rappelle pas que tu m'aies demandé la permission, gronda Thomas.

Sur le pas de sa porte, il se tenait bras croisés. Sa veste sur-mesure était étriquée aux épaules. Se pouvait-il qu'il ait pris un peu de poids ? Bizarre qu'elle remarque encore ce genre de détail.

– Juste une petite balade de deux heures. Elle s'est follement amusée.

– Avec Ryan Sutherland, à ce qu'on raconte.

Pourquoi ce ton cassant ? Elle l'observa plus attentivement. Ses joues rouges et ses yeux plissés.

Lui, jaloux ? Peu probable. Il avait Nicole, après tout. Si quelqu'un était en droit d'éprouver de la jalousie, c'était bien Juliet.

Pourtant, elle ne ressentait rien d'approchant.

– C'est vrai, admit-elle, gardant un ton détaché pour éviter que la discussion s'envenime, comme toutes les autres. Il a emménagé à côté.

Une expression de surprise. Ah ah ! Peut-être ne savait-il pas tout, finalement.

Renfrogné, Thomas lança un regard par-dessus son épaule, vers la maison à la gauche de son pavillon.

– Il habite ici ? demanda-t-il brusquement. Pourquoi tu ne m'en as pas informé ?

– Ça ne m'a pas traversé l'esprit. En quoi est-ce important ?

Malgré sa voix posée, son cœur se mit à tambouriner.

– Tout ce qui a un rapport avec notre fille me concerne. Et je n'apprécie pas qu'elle fréquente Ryan Sutherland, vraiment pas. Cet homme n'est guère plus qu'un vagabond. Sais-tu qu'il a abandonné sa famille sans explication pour voyager, tout en s'attendant à ce que son père fasse fructifier les affaires familiales ? Ils lui versent même des dividendes annuels, bien qu'il ne les mérite pas.

– C'est la loi du marché, non ? Les actionnaires perçoivent des bénéfices. C'est la règle partout dans le monde.

– Ce n'est pas quelqu'un de fiable. Déjà à l'école, il laissait tomber ses camarades.

Ses yeux se rétrécirent, comme si ses pensées le ramenaient vingt ans en arrière.

– Je n'aime pas que tu le fréquentes, martela-t-il.

– Tu n'as pas ton mot à dire sur mes fréquentations. Nous sommes séparés, souviens-toi.

Thomas tiqua.

– Mais pas divorcés. Nous sommes toujours mariés.

Elle sentit sa poitrine se comprimer. Elle se souvenait clairement du jour où elle avait déménagé avec Poppy. Thomas l'avait implorée de rester, de leur accorder une seconde chance. Malheureusement, son infidélité l'affligeait à un point insupportable.

– Reviens t'installer sur la propriété, suggéra Thomas, attrapant son regard. Nous rénoverons l'un des vieux cottages pour Poppy et toi.

– Je ne crois pas...

Il effleura son bras du bout des doigts.

– Écoute-moi jusqu'au bout. Je sais que je me suis mal comporté. Et que je t'ai brisé le cœur. Mais songe à revenir, même si nous n'habitons pas sous le même toit. Ce serait mieux pour nous trois.

Son apparente sincérité la cueillit à froid.

– Pas pour moi. Nous sommes heureuses ici. De toute façon, qu'en penserait Nicole ?

– Aucune idée. Je ne lui ai pas demandé.

Elle recula d'un pas et croisa les bras.

– Eh bien, tu devrais avant de faire ce genre de proposition. Je sais à quel point c'est douloureux de voir sa vie chamboulée sans avoir été consultée.

Certes, Nicole n'était pas étrangère à sa trahison, mais elle n'en était pas responsable pour autant. Des deux, c'était Thomas l'infidèle.

Thomas se passa la main dans les cheveux.

– J'ai merdé, je le sais. Et j'en paie le prix, moi aussi. Tu crois que ça me plaît ? De ne voir ma fille que le week-end ? D'apprendre que tu as passé du temps avec d'autres hommes par des ragots, au club ?

Que s'était-il figuré au début de sa liaison avec Nicole ? Cette conversation ne menait à rien, comme toutes les précédentes.

– Je te laisse, dit-elle en reculant. J'ai le dîner à préparer.

– Je voulais te poser une question.

Thomas s'attardait sur la véranda.

– Quoi ?

– Je peux prendre Poppy vendredi ? Nous partons en week-end.

– Ah oui ?

– C'est l'anniversaire de Nicole. Nous passons le week-end à la maison de la plage. Les Fratelli et les Simon sont invités. En vérité, presque tous nos amis seront là. Poppy s'amusera bien, j'en suis sûr.

Naturellement. Poppy adorait la plage et l'immense maison en bois qui était dans la famille Marshall depuis plusieurs générations. Ils y passaient la plupart de leurs étés avant... avant...

Avant que leur monde éclate.

Dès qu'un souvenir ressurgissait, le cœur de Juliet se brisait un peu plus pour son enfant. C'était sa fille qui payait le plus lourd tribut. On lui avait déjà tant pris, à son insu. Plutôt mourir que d'accepter qu'elle perde davantage. Raison pour laquelle elle resterait courtoise, même s'il lui en coûtait.

– Elle sera prête, répondit-elle calmement. Tu passeras vers quelle heure ?

– J'irai la chercher à l'école. Pourrais-tu déposer sa valise le matin ?

– Sans problème.

Certes, Thomas avait été un pitoyable mari, mais il était un bon père et elle lui en était reconnaissante. Poppy était entourée d'amour des deux côtés. Elle ne se sentirait jamais perdue ou seule, comme Juliet après le décès de sa mère. Elle ne serait jamais montrée du doigt en raison des retards perpétuels de son père.

Thomas hocha la tête et regagna sa voiture. De l'entrée, elle le suivit du regard, stupéfaite par la rapidité avec laquelle sa vie avait changé. Un jour lointain, elle avait été tellement amoureuse de Thomas Marshall que son cœur en était douloureux. Mais, chaque jour qui s'écoulait, la douleur s'était dissipée, en même temps que l'amour.

Un jour, il ne serait plus qu'une vieille connaissance.

Une heure plus tard, elle traversait son jardin en direction des bois, munie d'un sac rempli de cannettes de soda et de cookies faits maison. Poppy passait la journée avec Charlie et Ryan qui construisaient une cabane. Aussi Juliet se réjouit-elle qu'elle n'ait pas assisté à sa discussion avec Thomas.

Elle les entendit avant même de les apercevoir. Des cris et des gloussements résonnaient dans la forêt, accompagnés de coups de marteau de Ryan qui plantait des clous dans d'épaisses planches en bois. Au détour du virage, elle entrevit les deux enfants au pied d'un immense chêne. Ils observaient Ryan à moitié suspendu à trois mètres de hauteur, ses muscles se tendant quand il relevait le marteau pour l'abattre sur la planche.

Elle n'avait jamais rencontré personne qui vive autant dans l'instant que lui. Il prenait des décisions immédiates et s'y tenait, sans se soucier de décortiquer ses motivations ni du résultat final. La cabane, par exemple. Une semaine plus tôt, Charlie parlait à Poppy d'un endroit où ils avaient vécu dans la forêt tropicale du Costa Rica, et aussitôt après, Ryan téléchargeait les plans d'une cabane à construire.

Il était très différent de Thomas, bien qu'ils fussent issus de familles similaires et qu'ils aient grandi dans la même ville. Pour une raison insensée, elle trouvait cela attirant.

– J'ai apporté le goûter, cria-t-elle en pénétrant dans la clairière.

Poppy et Charlie se tournèrent vers elle, écarquillant les yeux à la vue du sac de friandises. Ils accoururent, leurs petites mains fouillèrent le sachet en quête de leurs en-cas préférés.

Ryan ne remarqua sa présence qu'un instant plus tard. Mais, aussitôt, un grand sourire fendit son visage. Sa joie manifeste lui fit chaud au cœur. Elle s'accoutumait à ses réactions physiques dès qu'elle approchait de lui et devenait l'adolescente au rire facile qu'elle n'avait jamais été.

– Vous m'avez apporté à manger, London ? cria-t-il d'en haut. Où étiez-vous toute ma vie durant ? Vous êtes une bénédiction.

–Vous me flattez, dit-elle en souriant largement. Vous devriez arrêter. Sinon, je ne vais pas tarder par choper la grosse tête.

Elle lui lança une boîte de soda givrée. Il la rattrapa aisément, la décapsula et but une gorgée. Puis, les yeux fermés, il avala une généreuse lampée et soupira de bien-être.

–Ah, ça fait du bien. Merci pour la collation.

Elle haussa les épaules.

–Disons que c'est ma façon de vous remercier de surveiller ces deux-là.

Leurs regards virèrent vers les enfants. Ils se disputaient furieusement un paquet de chips, aucun des deux n'étant prêt à céder.

–Ils se sont chamaillés tout l'après-midi, l'informa-t-il. On dirait un vieux couple. Je suis obligé de faire des pauses régulières pour me moquer d'eux en douce.

–Qu'est-ce qui leur arrive ?

Elle était curieuse. Charlie et Poppy se comportaient davantage en frère et sœur qu'en amis. Ils étaient devenus proches en très peu de temps et même s'ils se protégeaient bec et ongles, ils semblaient constamment en désaccord.

–Poppy a proposé différentes espèces de fleurs pour décorer la cabane.

–Ah, ça...

Pourquoi cela ne la surprenait pas ? Après tout, avec son magasin, Poppy grandissait parmi les fleurs.

–Eh oui, et Charlie n'en a validé aucune.

–C'est parce que c'est *ma* cabane, intervint Charlie. Et je ne veux pas de fleurs à l'intérieur.

–Mais elle sera très jolie avec des fleurs, râla Poppy, fâchée.

Juliet sentit qu'ils remâchaient leur différend.

–Je m'en fiche qu'elle soit jolie. Je veux une cabane de garçon. Les fleurs, c'est pour les filles.

–N'importe quoi !

– Bien sûr que si. Les garçons n'aiment pas les fleurs.

– Certains garçons les apprécient, nuança Ryan, attirant le regard de Juliet. Et même beaucoup.

Il se pencha pour cueillir un aster violet parmi les grappes de fleurs qui poussaient autour de l'arbre. Il fit un clin d'œil à Juliet et la glissa derrière son oreille.

– Tu vois ?

Même avec cette fleur derrière l'oreille, il était ridiculement séduisant. Poppy rit et cueillit une autre fleur.

– Tu en veux une, Charlie ? proposa-t-elle.

Tiraillé, Charlie regarda Poppy, puis son père.

– Je... je ne sais pas.

– Tu savais qu'autrefois, les gens croyaient que les asters avaient le pouvoir de repousser les serpents venimeux ? lui expliqua Juliet.

Gagné par la curiosité, Charlie se tourna vers elle.

– C'est vrai ?

– Vrai de vrai. Et les asters violets symbolisent la sagesse. Alors, quand on y réfléchit, ils sont plutôt cool.

Se léchant les lèvres, Charlie se tourna vers Poppy.

– Tu peux la mettre dans mes cheveux... s'il le faut.

Immobile, il laissa Poppy glisser la fleur derrière son oreille. Une fois qu'elle l'eut correctement placée, elle tira d'un coup sec sur le lobe de son oreille et tira la langue avant de s'éloigner au pas de course. Aussitôt, Charlie partit à sa poursuite. Ils s'éloignèrent en zigzaguant entre les arbres dans une envolée d'éclats de rire.

Juliet regarda Ryan. Il l'observait sans détour. Elle planta ses yeux dans les siens, la chaleur de son regard embrasant l'air. Ça devenait absurde. À chaque échange de regards, sa respiration se coinçait dans sa gorge.

Elle devait se ressaisir, et vite. Si Thomas s'était mis en rogne parce qu'elle avait été aperçue au port avec Ryan, qui savait ce qu'il penserait s'il avait lu dans ses pensées.

Poppy et Charlie se poursuivaient toujours dans le bois, sans prêter attention à leurs parents. Dans un tumulte de cris et de rires, Poppy essayait de chaparder la fleur de Charlie et la manquait de peu à chaque tentative. Éloignés de leurs parents par une centaine de mètres, ils étaient audibles mais pas visibles lorsque Ryan surprit le regard insistant de Juliet.

Elle était belle. Ses traits délicats mais déterminés, ses yeux bleus écarquillés et pétillants. Et son sourire... son sourire évoquait la percée du soleil à travers d'épais nuages.

Elle fit un pas vers lui, son sourire illuminait toujours son visage.

–Cette fleur vous va vraiment bien, fit-elle en tendant la main pour la toucher. Et le violet, c'est votre couleur.

Son ton taquin activa les battements de son cœur. Avec un sourire indolent, il saisit sa main qui effleurait la fleur et noua leurs doigts.

–Je n'ai pas peur de laisser s'exprimer ma part de féminité, affirma-t-il, bien qu'il fût assailli de pensées intégralement viriles.

Il posa la main de Juliet sur son visage et l'inhala. Puis ses lèvres caressèrent son poignet.

Haletante, elle levait vers lui ses yeux bordés de longs cils qui papillonnaient dès qu'elle battait des paupières. Il embrassa de nouveau son poignet, promenant ses lèvres sur sa peau délicate. La sensation fut si intense que chaque fibre de son être explosa de désir.

Très brièvement, il vit son désir se refléter dans l'expression de Juliet. Puis, inopinément, elle dégagea sa main. Elle secoua la tête, rembrunie, puis se détourna pour appeler sa fille.

–Poppy, c'est l'heure de rentrer.

Sa voix crispée ne laissait plus aucune place à son sens de l'humour.

–Je suis désolé.

Ryan fouilla son regard, mais elle fixait résolument sa fille.

– C'était inapproprié. Je n'aurais pas dû...

– Il n'y a pas de mal, rétorqua sèchement Juliet. Je dois rentrer, c'est tout. Je suis débordée.

Il eut envie de lui prendre la main. De sonder le fond de sa pensée, car tout ce qu'il voyait, c'était un visage dénué d'expression. En prime, il eut envie de se gifler. Cela ne lui ressemblait pas d'embrasser une femme de force. Ou de faire quoi que ce soit qui ne soit pas mutuellement désiré.

– On doit déjà rentrer, maman ? demanda Poppy en galopant vers eux, essoufflée par sa course-poursuite. Je peux rester encore un peu ? On s'amuse bien. Et Charlie m'a invitée à dîner chez lui.

– Non, riposta Juliet avec véhémence. Nous rentrons immédiatement.

Elle porta enfin son regard sur Ryan. Sous son expression pondérée, elle était plus fermée que jamais.

– Merci de vous être occupé d'elle.

– Pas de quoi.

Passant le bras autour de Poppy, elle s'enfonça entre les arbres, en direction de la clairière qui rejoignait l'arrière de leurs propriétés. Ryan s'aperçut que Charlie se tenait à côté de lui et les regardait s'éloigner en faisant la moue.

Manifestement, leur brusque départ l'effarait autant que Ryan. Ce qu'il ne pouvait aucunement lui reprocher.

Tandis qu'elles progressaient d'un pas lourd dans le bois, leurs pieds crissant sur les feuilles récemment tombées, Poppy jacassait sans discontinuer, développant ses projets pour la cabane.

– Tu crois que nous pourrons dormir dans la cabane ? Avec nos sacs de couchage. Et on ferait un feu de camp, suggéra l'enfant.

– Pourquoi pas ? Mais il commence à faire froid la nuit.

– Flûte. Alors, nous attendrons l'été. Ce serait sans doute mieux.

Juliet faillit rétorquer que Ryan et Charlie partiraient l'été venu. Mais ce n'était pas à elle de le lui annoncer. Elle ignorait même si Charlie savait que son père projetait d'emménager à New York, et elle ne tenait pas à vendre la mèche.

Tandis qu'elles émergeaient du bois et traversaient la clairière, son cœur ne cessait de tambouriner dans sa poitrine, depuis que Ryan avait embrassé son bras. Des pensées et des questions sans réponse s'entremêlaient dans son esprit confus.

Juste avant de s'esquiver, elle avait bien vu que Ryan pensait qu'elle fuyait à cause de son baiser. En vérité, elle ne l'avait que trop apprécié. Un simple frôlement de ses lèvres sur sa peau avait réussi à l'enflammer, éveillant des sensations qu'elle n'avait pas expérimentées depuis longtemps.

Peut-être même jamais. Ou pas aussi émoustillantes.

Le pavillon en vue, elle inspira profondément, mais ses poumons refusaient de se détendre. Poppy s'élança devant elle, laissant Juliet marcher seule, assaillie par ses réflexions.

Ce serait si facile de craquer pour un homme tel que Ryan Sutherland. Il était amusant, fort, diablement attirant. Mais il avait un truc en plus, une vulnérabilité émouvante, une douceur intérieure qui contrastait fortement avec sa puissance physique.

Oui, ce serait facile de tomber amoureuse de lui. Mais il était hors de question qu'elle se l'autorise. Pas après ses récentes épreuves. Si son mariage avec Thomas lui avait appris quelque chose, c'était qu'elle succombait à l'amour trop hâtivement et le payait cher ultérieurement. Cette fois, elle devait protéger son cœur.

– On pourrait aller au magasin demain ? demanda Poppy, en virevoltant sur la marche de la porte arrière. Je dois choisir des fleurs pour la cabane. Mais des vraiment chouettes. Comme les asters violets qui font peur aux serpents.

Juliet sourit.

– D'accord, si tu veux.

Rattrapant sa fille, elle ébouriffa ses cheveux. Voilà ce qu'elle était : une mère et une entrepreneure, pas une adolescente infichue de contrôler ses émotions.

Ryan resterait quelques mois, après quoi il disparaîtrait. Un voisin à court terme, un point c'est tout. C'était jouable, non ?

10

« Il danse, il pirouette, il a les yeux de la jeunesse [...] »
Les joyeuses commères de Windsor

– Lily, peux-tu me passer les asters ?

Juliet tendit la main vers Lily, maintenant le bouquet de l'autre.

– Les asters ? répéta Lily, confuse. Il n'y a pas d'asters dans ce bouquet.

– Les alliums, je veux dire. (Juliet fronça les sourcils). Ai-je vraiment demandé des asters ? Décidément, ce mariage me faire perdre la boule.

Les asters lui trottaient dans la tête. Merci, Ryan. Ou plutôt, c'était Ryan qui l'obnubilait. Depuis qu'il lui avait embrassé le poignet, le week-end dernier, elle ne pensait plus qu'à cet instant. Et chaque fois que ce souvenir s'emparait de son esprit, elle piquait un fard. Sentir ses lèvres douces sur sa peau lui avait fait un tel choc qu'à ce souvenir, la même vague de plaisir la retraversait.

Bien trop déroutant.

– Les mariages ne font pas ressortir le meilleur des gens, médita Lily en hissant le seau d'alliums sur le comptoir, vers Juliet. Quand la future mariée ne s'effondre pas, c'est sa mère qui exige l'impossible. Sans parler des belles-mères...

Elle laissa passer un silence et fit la grimace.

– Pourquoi ce sont les garçons qui se la coulent douce ? Il leur suffit de se pointer, une fleur épinglée à la boutonnière. Ils laissent les femmes se coltiner tout le boulot.

Juliet sourit et croisa le regard de Lily.

– C'est ça, le mariage.

– Ne dis pas ça. Tu es une indécrottable cynique.

– Je me suis juste un peu brûlé les ailes.

Juliet noua la ficelle autour des tiges du bouquet et les égalisa avec son canif.

– De toute façon, tu préférerais laisser le choix des fleurs au marié ? C'est la partie la plus agréable, non ?

– Oublie. Les mecs et les fleurs, ça ne fait pas bon ménage.

Lily prit le bouquet des mains de Juliet et le rangea soigneusement dans un carton.

Parfois, si. Parfois, les hommes et les fleurs s'assortissaient à la perfection. Juliet ne put s'empêcher de revoir Ryan avec son aster derrière l'oreille. Son sourire, ses pattes d'oie. L'image de ses yeux plissés lui serra douloureusement la poitrine.

Déroutant ? Un doux euphémisme. Ses sentiments la submergeaient. Par chance, ce mariage lui avait fourni l'excuse idéale pour travailler tard tous les soirs de la semaine, tandis que Melanie Drewer gardait Poppy. Et, accessoirement, cela lui évitait de croiser son voisin.

C'était pour le mieux. Pour ne pas s'exposer à d'autres blessures, après celles qu'elle et sa fille avaient déjà endurées. Il valait mieux qu'elle garde ses distances, le temps que les choses se tassent.

Et qu'elle oublie la sensation aguichante de sa bouche sur son poignet.

– Bon, c'était le dernier. Une minute, je vérifie que tout y est avant que nous allions les livrer à la salle de réception.

Il leur restait deux heures pour effectuer la mise en place avant l'arrivée de la future mariée. À elles deux, elles devaient décorer les sièges pour la cérémonie, puis orner les tables pour le dîner. Tout devait être irréprochable.

La future mariée dépendait d'elle. Ainsi que la réputation de son commerce.

– Il ne manque rien. J'ai vérifié deux fois.

Lily leva les yeux de sa planche à pince, son doigt longeant la commande imprimée.

– Et Natalie est arrivée, elle gardera la boutique en notre absence.

Juliet décrocha les clés de la camionnette sous le comptoir.

– Parfait, nous serons au top. L'heure est venue de faire en sorte que la journée la plus importante de notre cliente soit parfaite.

Juliet l'avait évité toute la semaine, du moins était-ce son impression. Ryan réalisait qu'elle lui manquait dans des proportions surprenantes. Peut-être était-ce parce qu'il n'avait que peu d'amis. Ou parce que Charlie dormait ce week-end encore chez un copain, laissant à Ryan trop de temps pour cogiter.

Et maintenant c'était samedi, et elle ne se manifestait pas davantage. Il but une gorgée de café et tourna les yeux vers son pavillon en déglutissant. Les rares fois où il l'avait aperçue, de loin, elle était pressée, trop occupée pour lui adresser un geste de la main ou pour qu'il ose la déranger.

Assurément, elle l'évitait. Comment lui en tenir rigueur ?

Il continuait de regretter son baiser sur son poignet, dans les bois. Où avait-il eu la tête ? Le problème était plutôt qu'il l'avait perdue, la tête. Tristement, il avait effrayé l'unique amie qu'il ait rencontrée depuis son retour à Shaw Haven. Reposant sa tasse sur la table basse, il se renfonça dans son siège et huma l'air frais. Comment réparer ses torts ? Car il ne pouvait pas habiter la maison voisine et ne jamais plus lui adresser la parole. Cette éventualité lui serra le torse.

Alors, le portrait lui revint à l'esprit. Une photo prise sur le vif de Charlie et Poppy, quelques jours plus tôt. Absorbés dans la lecture d'un livre illustré, le visage plissé par la concentration. Il retourna à l'intérieur et descendit la récupérer dans sa chambre noire. Il décapuchonna son stylo et inscrivit au dos :

London,

Je manque de talent pour vous confectionner un bouquet de fleurs.

Mais nous avons tous deux fait deux beaux enfants, et j'ai eu la chance de les photographier au bon moment.

Je suis désolé si j'ai franchi la limite. Ça ne se reproduira pas.

Votre ami,

Ryan

Elle ne se trouvait pas chez elle, sa voiture n'était pas garée dans l'allée. Et comme Thomas avait récupéré Poppy à la sortie de l'école, la veille, le seul endroit où elle puisse être par un nuageux samedi matin était sa boutique. Aussi déposa-t-il la photographie contre sa porte et retourna-t-il chez lui, déterminé à l'attendre aussi longtemps que nécessaire.

Après le déjeuner, il campa sur la terrasse, muni de son ordinateur portable. Il posa sa tasse de café fumant sur la table, à côté de lui, et entreprit de traiter sa paperasse. Des contrats à signer, des détails bancaires à régler. Quelques mails de son conseiller financier concernant l'installation de sa société. D'autres de son avocat, s'assurant qu'il rejetait définitivement l'offre de rachat de ses parts dans l'entreprise familiale proposée par son père. Il les tria efficacement, se réjouissant que ces tâches détournent ses pensées de l'enveloppe au bout du jardin.

Peu avant seize heures, il entendit les pneus crisser sur les graviers lorsque Juliet s'engagea dans l'allée rudimentaire longeant son pavillon. Il la regarda émerger de sa voiture, les bras encombrés de son habituel assortiment de fleurs, les invendus du magasin. Ses bottes claquèrent sur les marches en pierre et, d'un pas las, elle se dirigea vers sa porte d'entrée. Il se demanda si c'était sa maison vide qui l'accablait, ou tout autre chose.

Elle marqua une pause devant la photographie, un petit sourire naquit sur ses lèvres lorsqu'elle lut son inscription au dos. Puis elle retourna le cliché et, faisant une petite moue, elle admira l'image qu'il avait développée spécialement pour elle.

D'un regard lancé par-dessus son épaule, elle s'aperçut qu'il l'observait. Comme toujours, sa beauté le saisit.

– Ryan ?

Elle cala ses fleurs contre sa porte. Munie de la photo, elle redescendit le petit escalier et se dirigea vers lui.

– Cette photo est magnifique.

– Content qu'elle vous plaise.

Il resta assis. Après la débâcle de la semaine passée, il ne devait pas l'envahir.

Une fois devant sa terrasse, elle posa la main sur la rampe et s'immobilisa au pied des marches.

– Elle me plaît même énormément. Merci d'avoir pensé à moi.

Elle ébaucha un petit sourire et il sentit sa respiration se libérer.

– C'est tout ce que j'ai trouvé pour m'excuser, admit-il. Je n'aurais pas dû vous toucher comme je l'ai fait.

Lorsqu'elle releva les yeux vers lui, il vit qu'elle savait clairement à quoi il faisait allusion.

– Ce n'était rien.

Elle inspira longuement, sa poitrine se souleva.

– Au contraire. Je m'en veux de vous avoir touchée contre votre volonté. Je ne suis pas du genre à dépasser les limites. Je regrette.

Son regard s'adoucit. Elle se tenait toujours sur la première marche de sa terrasse, le visage orienté vers lui.

– Je sais que vous n'êtes pas quelqu'un d'indélicat. Sincèrement, je ne l'ai pas pensé une seule seconde. J'ai été surprise, c'est tout. Ma vie est tellement compliquée en ce moment. Entre mon divorce et ma boutique que je m'applique à faire tourner, tout est si incertain. La dernière chose dont j'aie besoin, c'est de nouvelles complications.

Aïe.

– Mon intention n'est pas de vous rendre la vie plus dure qu'elle ne l'est déjà.

Sans demander la permission, elle grimpa les marches et s'assit à côté de lui, sur le vieux canapé. Il sentit la chaleur de son bras contre le sien.

– Je crois que j'ai déjà atteint des sommets, dit-elle en s'adossant contre les coussins. Je n'arrête pas de me dire que l'année prochaine, à la même époque, tout ira mieux. Je serai divorcée, mon commerce sera solidement établi. Et je me serai habituée à ne pas voir ma fille un week-end sur deux. Ce n'est qu'une période de transition, pas vrai ?

Sa main se posa sur sa jambe, à quelques centimètres de la sienne. Il résista à l'envie d'entrelacer leurs doigts, en toute amitié.

– Poppy passe tout le week-end avec Thomas ?

Il n'avait pas vu la fillette depuis la veille, à l'école.

Elle hocha la tête.

– Ils sont dans la maison de famille, sur la plage. Nous y passions beaucoup de temps quand Poppy était petite.

– J'imagine que c'est difficile.

Elle acquiesça d'un lent hochement de tête.

– La maison me paraît vide sans elle, et cela me rappelle tout ce que je ne peux plus lui offrir. Une famille, la sécurité. La tranquillité d'esprit que représente le fait de savoir d'où elle vient.

Ryan se décala.

– Vous croyez que vous n'êtes pas capable de lui apporter tout ça ? Vous ignorez donc que vous êtes une bonne mère ?

– Je fais de mon mieux, répondit-elle. Mais je ne peux pas lui donner tout ce que j'ai toujours voulu pour elle. Ma famille a été déchirée quand je n'étais encore qu'une gamine. Nous n'avions plus qu'un unique parent, et il n'exprimait guère son amour. J'avais mes sœurs, mais mon vœu le plus cher était de me construire une famille solide. À la naissance de Poppy, j'ai cru que c'était l'occasion de faire les choses correctement.

– La perfection n'est qu'un leurre, London.

Il restait immobile, déterminé à préserver la distance.

– J'ai grandi dans une famille nucléaire. J'ai vu mon père rabaisser ma mère quotidiennement, c'est du moins ainsi que je le ressentais. J'ai vu ma mère s'éteindre progressivement. J'avais hâte de me détacher de cette famille, parce qu'elle avait beau sembler parfaite aux yeux du monde, elle me tuait. Alors, n'allez pas croire que ces couples mariés avec leurs deux virgules, quatre enfants, ou je ne sais plus combien, mènent une vie idéale dans l'intimité. Parce que généralement, c'est l'inverse.

Juliet ouvrit la bouche pour le questionner, mais les nuages qui assombrirent son regard l'en dissuadèrent.

– Tout cela ne serait qu'une vaste mystification ? demanda-t-elle. Il doit bien exister de bonnes personnes quelque part.

– Bien sûr. J'en ai une devant moi.

Les nuages se dissipèrent un peu, mais une pointe de tristesse s'attardait sur son visage.

– À mon avis, beaucoup de monde vous contredirait dans la région.

– Ignorez-les. Je me fiche de ce que pense votre ex ou du qu'en-dira-t-on. Vous êtes quelqu'un de bien, je le sais. Poppy et Charlie aussi le savent. Vous aussi, vous devriez en prendre conscience. Personne d'autre ne compte.

– Vous mentez drôlement bien.

Elle lui fit un sourire complice. Entre eux, la décontraction avait repris ses droits, si bien qu'elle eut l'impression qu'un poids se soulevait de ses épaules. Il lui avait manqué toute la semaine, même si elle l'avait volontairement évité. Ses blagues amicales et ses sourires qui plissaient ses yeux lui avaient manqué. Et alors qu'elle était de nouveau près de lui, elle pouvait enfin respirer librement.

– Vous êtes typiquement anglaise. Absolument incapable d'accepter un compliment.

– Et vous, tellement américain que vous rêviez sûrement d'occuper le poste de quaterback à l'école.

Ses yeux s'étrécirent.

– Pour votre gouverne, j'étais demi-offensif. Et mes parents soutiendraient que je suis très peu américain. J'ai passé l'essentiel des quatorze dernières années à l'étranger. J'imagine ce qu'ils diraient s'ils savaient que j'ai dansé le tango jusqu'à l'aube dans un parc de Buenos Aires. (Il rit.) Ou porté une fleur derrière l'oreille.

– Vous avez dansé jusqu'à l'aube ? Sans rire ?

Elle haussa un sourcil. Elle l'imaginait difficilement en proie à la fièvre du tango.

– C'est à ce point inconcevable ?

Elle haussa les épaules, essayant de dissimuler son incrédulité.

– Un peu. J'ai du mal à vous imaginer dans la peau d'un danseur.

– Ne vous laissez pas impressionner par mon look athlétique, poupée. Sur un dancefloor, ces hanches font un malheur.

– Un athlète qui parodie Shakira ?

– Et qui danse comme elle aussi.

Elle éclata de rire.

– Arrêtez de la ramener. Vous oubliez que j'ai été mariée à un sportif. Il était incapable de remuer un orteil en rythme.

Ryan se pencha plus près, son visage à quelques centimètres du sien.

– Ce n'est pas parce que j'aime le sport que je n'aime pas danser. Je peux aimer plus d'une chose à la fois, London.

Son intonation s'adoucit en prononçant son surnom.

– Je ne crois que ce que je vois, déclara-t-elle en montrant du doigt la vaste terrasse. J'attends une démonstration.

– Vous me prenez pour un caniche dansant ? Aucune chance.

Elle longea son menton du bout du pouce, sans pouvoir cacher son grand sourire.

– Faites ça pour moi. Nous sommes amis, non ? Vous ne pouvez pas vanter vos prouesses sans apporter de preuve. Qu'en penserais-je ?

– Je n'ai pas de musique. Et je ne peux pas danser seul. Vous ne connaissez donc pas le dicton : il faut être deux pour danser le tango ?

La tête inclinée sur le côté, il lui renvoya un grand sourire.

– Je peux faire une croix sur mon divertissement du samedi. Je n'ai plus qu'à m'atteler à ma comptabilité. (Elle soupira.) La vie est dure.

Il plissa le front comme s'il réfléchissait intensément.

– Qu'est-ce qu'il y a ? s'inquiéta-t-elle.

– J'ai une idée. Probablement mauvaise.

– Dites-moi. Vous avez piqué ma curiosité.

Il rit et son visage s'éclaira.

– Je ne sais pas ce qu'elle vaut, en fait.

– Vous avez le don de m'appâter. Maintenant, vous savez que je ne partirai pas avant de connaître votre idée, si mauvaise soit-elle. (Elle secoua la tête.) Crachez le morceau, et vite.

– Bon, mais vous n'êtes pas obligée d'accepter.

Dans l'expectative, elle le fixa du regard.

– J'ai entendu parler d'un bar en ville, annonça-t-il en haussant nonchalamment les épaules. L'*Iguana Lounge*, ou un nom repoussant dans ce goût-là.

Son sourire était hésitant, comme s'il craignait de la faire fuir.

– Poppy n'est pas avec vous et Charlie dort chez un copain. Allons danser. En toute amitié, bien sûr.

– Vous voulez vraiment aller danser ? Avec moi ? reprit-elle en écho.

Une vague d'excitation s'empara d'elle. Depuis combien de temps n'avait-elle pas dansé ? Une éternité, si l'on omettait les valses guindées avec Thomas lors d'événements clinquants. Et même là, il préférait discuter assis que danser.

– Ce n'est qu'une proposition. Il n'y a pas d'obligation.

– Je suis partante.

Elle hocha la tête et croisa son regard. Elle n'écouterait pas les petites voix dans sa tête qui susurraient que c'était une très mauvaise idée. Ils étaient amis, elle saurait gérer.

– L'idée me paraît amusante.

Cette fois, il sourit avec une joie égale à la sienne.

– Très bien, Ginger Rogers, allons guincher. Ils ne vont pas en croire leurs yeux, à l'*Iguana Lounge*.

11

« Quand tu danses, je voudrais que tu sois une vague de haute mer, et que tu ne fasses plus rien d'autre »

Le conte d'hiver

–C'est ici.

Ryan coupa le moteur, descendit de son pick-up et le contourna pour ouvrir la portière de Juliet. C'était une parfaite soirée d'automne. Le soleil avait disparu derrière l'horizon, laissant la place à une traînée rougeoyante dans le ciel bleu nuit. Malgré la baisse des températures, la soirée conservait un peu de la chaleur estivale qui les enveloppait sur le parking.

–Ce n'est pas ce que j'avais imaginé, commenta Juliet en examinant de loin le bâtiment bas qui abritait l'*Iguana Lounge.*

De l'extérieur, il ne payait pas de mine. Une bâtisse en béton gris surmonté d'un toit en tuiles. Cependant, elle ne paraissait pas déçue. Plutôt curieuse. Elle le devançait de peu, ses cheveux roux retombant dans son dos, un peu plus bas que ses épaules.

Sa robe licou était faite pour danser avec son bustier moulant, sa taille évasée, son encolure qui dévoilait ses épaules fermes.

– À quoi vous attendiez-vous ?

Souriante, elle haussa les épaules.

– Je ne sais pas. Ma sœur est allée dans une boîte de salsa à Miami une fois. Elle a décrit un lieu rempli de palmiers et de spots de couleur, avec des gens assis dehors.

– Le Maryland, ce n'est pas tout à fait Miami.

– C'est pas faux. Je n'en reviens pas que les États soient tous aussi différents. Quand je discute avec ma sœur Kitty, qui vit à L.A., j'ai l'impression que nous n'habitons pas le même pays.

– Que fait votre sœur ? demanda-t-il.

C'était la première fois qu'elle lui parlait de sa famille. Il avait supposé que ses sœurs habitaient toutes à Londres.

– Kitty ? Elle est productrice de cinéma. Mais ce n'est pas mon unique sœur. J'en ai deux autres.

– Vous êtes quatre ? Vous avez aussi des frères ?

Elle secoua la tête.

– Non, hélas pour mon père. Il a vécu entouré de femmes.

– Le pauvre !

Il lui fit un clin d'œil et elle rit. Cela lui plut énormément.

– Et vous êtes fils unique, je crois ? demanda-t-elle.

– Exact. Il n'y a que moi. Que font vos autres sœurs ? répondit-il, préférant éviter de parler de lui.

Ils atteignirent l'entrée où, passée la porte, une cabine vitrée abritait la caisse. Ryan régla les droits d'entrée et l'agent d'accueil leur remit des bracelets.

– Le premier verre est gratuit. Les suivants sont payants. Pour réserver un cours, adressez-vous à Lisa, la barmaid. Les professionnels sont en piste pour l'instant. Le public peut danser à partir de neuf heures.

Ryan prit les bracelets et noua le sien à son poignet. Il tendit le second à Juliet qui lui tendit son bras. Il enroula la bandelette autour de son poignet, en essayant de ne pas penser à la sensation de sa peau sur ses lèvres.

Ils étaient amis. C'était faisable.

– Lucy est ma sœur aînée, poursuivit Juliet sur sa lancée. Elle est avocate. Et la dernière, c'est Cesca. Elle écrit des pièces de théâtre, mais aussi un scénario en ce moment. Elle vient de se fiancer à une star de cinéma.

– Une star de cinéma ? Quelqu'un dont j'aurais entendu parler ? demanda Ryan, essayant de cacher son amusement.

– Sûrement. C'est Sam Carlton, il joue dans cette série de films, *Summer Breeze*. Je ne pense pas que ce soit votre genre de film, à moins que vous ne poussiez des cris dès qu'il apparaît à l'écran.

– Je suppose que ce ne sont pas des films d'horreur.

Il haussa les sourcils. Elle fit un grand sourire.

– Sauf si vous avez la phobie du surf. Ou de la vue de votre futur beau-frère à moitié nu dans toutes les scènes. Phobie que je développe, d'ailleurs. Enfin bref, vous pourrez le voir en vrai prochainement. Sam a des rendez-vous à Washington, alors ils profiteront de leur séjour sur la côte pour passer me rendre visite.

Au bout du couloir, des doubles portes laquées ouvraient sur la boîte de nuit. Ryan posa la main sur la poignée et sentit le rythme des basses vibrer dans le métal.

– Prête, London ? demanda-t-il en la consultant du regard.

Elle sourit, attendant qu'il pousse la porte.

– On ne peut plus prête.

– Alors, c'est parti pour danser.

Sous des apparences banales, dès qu'ils franchirent les portes laquées, l'atmosphère des lieux s'imposa. La musique était forte, les basses faisant palpiter les enceintes murales. Une foule de gens se massait à l'intérieur. Certains, appuyés contre le comptoir qui se déployait sur toute la longueur de la salle, sirotaient des cocktails multicolores garnis de fruits. D'autres occupaient la piste. Elle observa ceux qui se dandinaient et tournoyaient autour de la pièce, s'écartant puis se rejoignant en mouvements synchronisés.

Agile, amusant et dynamique.

– Vous savez danser comme ça ? demanda-t-elle à Ryan.

– Plus ou moins. Ça, c'est de la salsa. C'est plein d'énergie. Un peu plus exubérant que le tango. C'est davantage dans l'apparence, dans l'idée de se montrer sous son meilleur jour. (Il indiqua le bar.) Nous allons prendre nos verres offerts ? J'ai l'impression que nous en aurons besoin.

Elle hocha la tête, intéressée par sa description. Pour la valse, elle rivalisait avec les meilleurs, mais elle n'avait jamais essayé les danses latines.

– Et comment décririez-vous le tango ?

– C'est plus intime. On tient sa partenaire contre soi, on ressent la musique. C'est une danse de séduction.

Elle se sentit s'embraser.

– Et… nous danserons le tango ce soir ?

Il rit.

– Ne prenez pas cet air alarmé. C'est salsa jusqu'à minuit. Ensuite, ils passeront du tango. Mais nous ne sommes pas obligés de rester aussi tard.

– Qu'est-ce que je vous sers ? demanda le barman. Le premier verre est offert.

– Que prenez-vous ? demanda Ryan à Juliet.

Elle faillit commander un verre de vin, puis hésita.

– Qu'y a-t-il dans ces verres ? voulut-elle savoir en montrant les cocktails fruités d'un geste.

– Des mojitos à la mangue. C'est savoureux.

– D'accord, je prends ça.

– Et, pour moi, une eau minérale. C'est l'ennui quand on conduit, dit Ryan.

– Au moins vous danserez la tête claire, répliqua Juliet.

Ils emportèrent leurs verres vers une table, dans un coin, se glissant sur la même banquette de manière à pouvoir observer la piste. Elle goûta son cocktail, sucré mais délicieux, et observa les prouesses des professionnels.

– Je ne sais pas si c'est une bonne idée de faire passer les meilleurs danseurs en premier, commenta Juliet, en prenant une seconde gorgée. Personne ne peut leur succéder sans se ridiculiser.

Ryan rit.

– L'objectif est qu'ils nous servent de modèles. Ne vous tracassez pas, une fois qu'ils quittent la piste, tout le monde s'emmêle les pinceaux.

– Sauf vous, taquina-t-elle. Vous êtes semi-professionnel, n'oubliez pas, Monsieur « j'ai dansé à Buenos Aires jusqu'à l'aube ».

Il secoua la tête.

– Je sens que celle-là me poursuivra pendant un moment.

– Ces hanches font un malheur.

Elle décocha un clin d'œil. Elle se sentait insouciante, bien dans ses baskets. Elle ignorait si c'était la boîte de nuit ou Ryan qui lui faisait cet effet.

Il était réellement attirant. En pantalon bleu foncé et chemise blanche au col ouvert, il attirait les regards de nombreuses femmes sur et autour de la piste. Elle se fit violence pour ne pas poser une main possessive sur son bras.

À neuf heures, les professionnels libérèrent la piste. Elle resta déserte un instant, les clients hésitant à ouvrir le bal. Juliet vida son verre, détendue par l'alcool, et observa les premiers danseurs se lancer timidement au rythme de la musique. Dans un coin, un professionnel conseillait un couple. Un cours particulier, déduisit Juliet en se souvenant des propos du caissier.

– Vous souhaitez prendre un cours ? proposa Ryan, qui avait dû suivre son regard.

– Non. Je vais me débrouiller. Grâce à vos conseils.

Il se leva.

– Très bien. On danse ?

Il lui tendit la main. Ils quittèrent le box et, main dans la main, se dirigèrent vers la piste. Là, il prit son autre main et recula de manière à creuser l'espace entre eux.

– Alors, que dois-je faire ? demanda-t-elle, sensible à la chaleur de ses mains.

Elle devait crier pour se faire entendre malgré la musique.

– Débutons par un pas simple, répondit-il d'une voix forte. Si vous savez valser, vous savez faire ça. (Il baissa les yeux vers ses pieds.) C'est comme marcher. Sauf que quand j'avance, vous reculez et inversement. Sur la première mesure, j'avance, à la seconde, je recule, à la troisième, je rassemble mes pieds et à la quatrième, je marque une pause. Puis on recommence tout, mais dans le sens inverse.

– Compris, fit Juliet, visiblement concentrée. En avant, pieds joints, en arrière. Je peux y arriver.

– C'est parti.

Une main dans son dos, il esquissa un pas vers elle et elle un en arrière. Ils se rejoignirent, et, à son tour, elle avança en se déhanchant tandis qu'il reculait.

Après quelques tentatives, elle assimila les bases et put bouger les pieds sur le tempo, calée sur la cadence qui rythmait la salle. Ryan la guidait délicatement, ses hanches ondulaient à chaque mouvement en arrière et en avant. Comparée à lui, elle était raide comme un piquet.

– Bien, à présent, essayons en tournant.

Il ôta sa main de son dos et tenant sa main de l'autre, la leva au-dessus de sa tête. Juliet essaya de pivoter, trébucha sur sa chaussure et faillit tomber avant qu'il ne la rattrape et l'aide à se stabiliser.

– Mon Dieu, quelle godiche ! rit-elle, secouant la tête pour rejeter ses cheveux en arrière. Je suis la seule qui s'emmêle les pieds ici.

– Vous vous débrouillez bien. C'est facile avec vous, vous apprenez vite. (Il lui reprit la main.) Recommençons.

Cette fois, elle parvint à tourner sans trébucher et revint en position de départ, face à lui. Après quoi, ils reprirent les pas d'avant en arrière. En dix minutes, elle apprit à tourner, à effectuer les pas croisés et le chaîné. Ryan la conduisait autour de la piste, la main ferme sous ses omoplates, la menant à droite puis à gauche, ses pieds bougeant rapidement en suivant le tempo.

Alors ils dansèrent, dansèrent librement, ils ne se contentaient pas de bouger de-ci, de-là. Il l'entraînait souplement d'avant en arrière, virevoltant et repartant en arrière, ses cheveux se soulevaient et sa jupe accompagnait chaque pirouette. À chaque nouveau morceau, elle gagnait en assurance, souriant largement à Ryan tandis que leurs corps bougeaient à l'unisson.

Elle n'avait pas souvenir de s'être autant amusée. Ou d'avoir autant ri. Dès qu'elle le regardait, il lui souriait, s'amusant autant qu'elle, se laissant porter par la musique qui chassait tous leurs soucis.

Ils ne s'arrêtèrent qu'une seule fois, pour engloutir un verre d'eau, avant de repartir sur la piste. Le temps s'envola. Avant qu'ils ne s'en rendent compte, il était déjà minuit. La salsa s'arrêta et la piste de danse fut de nouveau désertée.

– Vous voulez rentrer ? demanda-t-il sans grand enthousiasme.

Cette perspective ne l'enchantait pas plus que lui. Malgré ses muscles endoloris et son corps luisant de transpiration, elle aurait pu danser toute la nuit.

– Nous pourrions nous asseoir une minute ? Le temps que je reprenne mon souffle, répondit-elle.

– Bien entendu. Vous voulez un autre verre ?

– Avec plaisir.

– Eau ou mojito ?

Elle fit un sourire espiègle, avec l'impression d'être une rebelle.

– Un mojito, merci.

Lorsqu'il revint avec leurs verres, le tango avait déjà commencé. Au changement de minuit, beaucoup de gens étaient partis, aussi y avait-il nettement moins de monde sur la piste. Juliet s'émerveilla des différences flagrantes entre cette danse et la salsa. La musique était plus lente, le rythme plus étudié et les mouvements plus langoureux. Elle observa le couple le plus proche, étudiant la façon dont l'homme conduisait sa partenaire, ses mains fermes mais sensuelles sur son corps, son torse en contact avec sa poitrine.

Elle tourna les yeux vers Ryan.

– Vous savez danser comme eux ? s'enquit-elle.

Elle tenta de l'imaginer tenant une femme de cette façon et l'entraînant sur la piste. Elle éprouva une déplaisante pointe de jalousie.

– Je sais danser le tango argentin.

Il but une rasade d'eau et s'assit à côté d'elle, veillant à laisser quelques centimètres entre eux. Pourtant, elle fut prise du curieux besoin de se rapprocher, de sentir la chaleur de sa cuisse contre la sienne.

– C'est difficile à apprendre ?

Il secoua la tête.

– Un peu plus que la salsa. Bien qu'on dise que celui qui sait marcher sait danser le tango. Tout dépend de qui conduit, probablement.

Elle but une nouvelle gorgée de mojito.

– Je ne sais pas s'il me reste suffisamment d'énergie pour apprendre une seconde danse. Mais c'est un spectacle magnifique.

– Essayez au moins une fois, suggéra-t-il. Le tango argentin est basé sur l'improvisation, vous n'avez pas de pas à apprendre. Je guide et vous suivez, c'est tout.

Mâchonnant sa lèvre, elle le considéra un instant avant de hocher la tête, sans détacher son regard de lui. Sa raison lui commandait de rentrer se coucher, d'évacuer l'alcool en dormant. De clore la soirée dès à présent, tant qu'elle était sans défaut.

Mais elle n'en avait pas envie. Comme si une autre Juliet sortait d'un long sommeil, étirait ses bras et se préparait à entrer en scène. Elle ne voulait pas que la soirée s'achève. Pas maintenant. Elle voulait une dernière danse. Danser le tango avec Ryan.

– D'accord. Je vous suis, dit-elle, les yeux dans les yeux. Dansons le tango.

Danser avec Juliet était comme une exquise torture. Il était déjà au supplice quand ils dansaient la salsa, mais au moins la distance physique lui permettait de préserver un minimum d'espace vital. Maintenant, enveloppé par le lent rythme sensuel de la musique, il avait l'impression d'accomplir l'un des travaux d'Hercule.

Il prit une longue inspiration. Combien de fois avait-il dansé le tango ? Il pouvait faire semblant d'être de nouveau à Buenos Aires, dansant avec une locale, s'amusant en toute insouciance.

– Bon. Pour cette danse, il faut se tenir un peu plus proches, l'informa-t-il en lui prenant la main.

Au lieu de poser sa paume sous son omoplate, il la descendit dans le creux de ses reins et se rapprocha au point que leurs torses se touchèrent.

Elle posa sur lui ses yeux vibrants lorsqu'il commença à se déhancher paresseusement en cadence. Puis elle ondula aussi des hanches, toujours pressée contre lui, ses lèvres s'entrouvrant sur une inspiration.

Il avait entendu des gens surnommer le tango « l'expression verticale d'un désir horizontal », et en cet instant, aucune analogie ne semblait plus appropriée. Il pouvait sentir ses seins pressés contre son thorax, son haleine fruitée, les battements de son cœur qui essayait de suivre la musique.

Les dents serrées, il fit un pas en avant, poussant sur sa main pour qu'elle imite son mouvement. Puis il la dirigea en travers de la piste, sa paume dans le creux de ses reins, les doigts de son autre main entrelacés avec les siens.

Parvenus au centre la piste, il la fit basculer en arrière, admira son dos arqué et sa cascade de cheveux qui exposa la courbe délicate de sa gorge. Quand il la redressa, elle écarquillait les yeux, son visage empourpré s'accordant à sa propre excitation.

Bon sang, il avait envie d'elle. De l'embrasser comme personne ne l'avait jamais embrassée. Il dut convoquer toute sa volonté pour maîtriser ses envies.

À la fin du morceau, il la lâcha et fit un pas en arrière dans le but de retrouver son calme.

– Tout va bien ? demanda-t-elle.

À son expression, il n'aurait su dire si elle partageait son émoi. Peu importait, puisqu'ils n'étaient qu'amis.

– Oui. Mais nous devrions rentrer. Il est tard.

Sa voix était éraillée comme un vieux disque. Elle lui sourit, apparemment inconsciente de l'effet qu'elle avait sur lui.

– La nuit ne fait que commencer. Et nous n'avons pas les enfants. Nous pouvons danser jusqu'au matin, vous savez ?

C'était si facile, vu sous cet angle, qu'il eut envie de rire. Dans l'immédiat, il n'était pas sûr de pouvoir tenir dix minutes de plus. Son corps entier était pétri de désir.

– Je suis vanné, déclara-t-il, même s'il ne s'était jamais senti aussi éveillé. Mon lit m'appelle.

Elle glissa de nouveau sa main dans la sienne. Le contact impromptu l'électrisa. Ils avaient comme échangé les rôles : elle était détendue, et lui sur le qui-vive.

– Très bien, trouble-fête. Je m'en voudrais de vous priver de votre sommeil réparateur. Dieu sait que vous en avez besoin.

Elle le regarda, sourcils haussés, amorçant un charmant sourire affriolant.

Même une fois qu'ils furent dans son pick-up, il pouvait encore sentir l'air vibrer entre eux. Sentir son parfum, infiltrant ses sens, le tentant comme il n'avait jamais été tenté avant elle.

Dépité, il mit le contact et, fermement cramponné au volant, il enclencha la marche arrière. Alors qu'il sortait du parking pour rejoindre la route, il vérifia l'heure au tableau de bord. Dix minutes, c'était le temps que prendrait le retour.

Il pouvait tenir, non ?

– Alors, la photo, la voile, la danse... il y a un domaine pour lequel vous n'êtes pas doué ? demanda Juliet.

Le sourire dans sa voix lui fit l'effet d'un coup de massue. Il garda les yeux rivés sur la route.

– Je ne vous montre que les choses que je maîtrise. Qui aime admettre ses défaillances ?

– Vous n'êtes pas du genre à pavoiser. Il doit bien y avoir un point noir au tableau.

Elle l'asticotait encore. Il eut un rire dénué d'amusement.

– Évidemment. Mais je le garde pour moi.

– Ne vous faites pas prier.

Ses doigts pianotèrent sur le volant. Plus que neuf minutes.

– D'accord, je ne cuisine pas très bien.

– C'est tout ? Je suis déçue. Très peu d'hommes excellent aux fourneaux, à part les chefs à la télé. Est-ce votre unique lacune, le seul cadavre dans le placard ?

Ils freinèrent à un feu rouge. Il pria pour qu'il passe rapidement au vert. Au lieu de quoi la lueur écarlate éclaira interminablement l'habitacle. Contre sa propre volonté, il se tourna vers elle. Elle lui rendit son regard. Il n'émanait d'elle que de la délicatesse, tant et si bien qu'il eut envie de s'enfoncer en elle.

– Il y a des tas de cadavres dans mon placard, avoua-t-il d'une voix rauque.

Il détourna les yeux et regarda droit devant lui. Le feu passa enfin au vert, et tenaillé par le besoin de rentrer, il redémarra trop brusquement.

Elle pencha la tête sur le côté, et son sourire dévastateur reparut. Sa peau paraissait si souple et si soyeuse à la lumière des réverbères qu'il fit un effort monstre pour garder les mains sur le volant.

– Vous devez m'en dire davantage.

– C'est inintéressant.

Quatre minutes. En secondes, ça faisait combien? Deux cent quarante? Au besoin, il pouvait lancer un compte à rebours, n'importe quoi pourvu que cela détourne ses pensées d'elle, si près de lui.

– Vous savez, je suis très forte pour découvrir les secrets.

– Je n'en doute pas.

S'il n'avait pas écouté son bon sens, il aurait cru qu'elle lui faisait du gringue. Chaque fibre de son être aspirait à la draguer pareillement. Ce serait simple, bien plus facile que de l'éviter. Il se garerait dans l'allée, glisserait la main dans ses cheveux et prendrait sa nuque en coupe. Il se pencherait, savourerait le petit moment d'hésitation avant que leurs lèvres ne se frôlent.

Mais cela ne se produirait pas, parce que elle, c'était London. Elle avait posé des limites claires. Et il les respecterait avec la plus grande rigueur parce qu'il l'estimait trop pour agir autrement.

Deux minutes.

Une minute.

Puis ils furent chez eux. Ouf.

Quand était-elle rentrée aussi tard pour la dernière fois? Juliet ne s'en souvenait plus. Probablement avant sa rupture avec Thomas. Mais elle n'avait pas souvenir d'une soirée aussi magique. De la même façon, elle ne se rappelait pas s'être jamais sentie aussi vivante. Elle ne voulait plus s'arrêter de danser ni quitter le club.

Elle ne voulait pas que la soirée s'achève.

Ryan lui ouvrit sa portière et lui tendit la main. Elle la prit et descendit du pick-up, s'attardant un instant à côté de lui tandis qu'il verrouillait sa voiture. Il mit ses clés dans sa poche, lui lança un regard indéchiffrable.

Elle souhaitait lui redonner le sourire.

– Je me sens comme Audrey Hepburn dans *My Fair Lady*. J'aurais pu danser toute la nuit.

– Vous l'auriez regretté demain. D'ailleurs, vous le regretterez peut-être. Nous avons forcé sur des muscles qui servent rarement.

– Je ne regretterai rien, affirma-t-elle.

Une lueur traversa ses yeux sans qu'elle puisse la nommer.

– Je vous raccompagne, dit-il d'un ton bourru.

Elle s'attendit à ce qu'il lui prenne la main ou pose sa paume dans son dos, comme dans la boîte de nuit. Au lieu de quoi il chemina à son côté, leurs bras à une distance contrôlée. C'était plus fort qu'elle, le toucher lui manquait.

Devant son escalier, elle se tourna vers lui. Entre eux demeurait un espace d'au moins soixante centimètres. Mais lorsque leurs regards se croisèrent, son regard s'emballa dans sa poitrine, tambourinant à un rythme rapide et régulier qui la fit haleter.

S'il l'avait courtisée, il se serait avancé pour l'embrasser. Une fraction de seconde, elle l'espéra néanmoins.

– Merci pour cette charmante soirée, murmura-t-elle dans la nuit silencieuse. Ça faisait une éternité que je ne m'étais pas autant amusée.

Elle continuait de soutenir son regard. D'attendre qu'il l'embrasse.

– De rien. J'attends que vous soyez en sécurité chez vous pour partir.

– D'accord.

Inconsciemment, ses lèvres s'entrouvrir. Chaque centimètre de sa peau picotait d'impatience. Elle avait le souffle court, les muscles endoloris, autant de signes menant à une conclusion troublante.

Elle désirait que Ryan Sutherland l'embrasse. Et farouchement. Elle se languissait de sentir son corps pressé contre elle encore une fois.

– Bonne nuit, Juliet.

Son visage exprimait toute sa détermination. Partageait-il ses émotions ? Se préparait-il à passer à l'acte ? Mais il recula, redressant les épaules et hochant une fois la tête.

Elle se sentit rejetée. Il ne l'embrasserait pas. Il allait rentrer se coucher. La déception s'abattit sur elle.

– Bonne nuit, Ryan.

Ravalant le goût du regret, elle monta les marches, un œil sur lui. Totalement immobile. Il la suivait des yeux, attendant qu'elle rentre. Sous son examen, elle eut une conscience aiguë de ses gestes.

Lorsqu'elle tenta d'enfoncer la clé dans la serrure, elle dérapa. Sa main tremblait trop. Aussitôt qu'elle parvint à l'insérer et à la tourner, elle le vit s'éloigner dans sa vision périphérique.

Elle s'engouffra dans l'entrée, surprenant son reflet dans le miroir. Son visage empourpré. Elle se demanda si ses rougeurs s'expliquaient par la danse ou par son attirance incontrôlable. Quoi qu'il en soit, elle devait redescendre sur terre, et vite.

Au réveil, elle serait reconnaissante qu'il ne se soit rien passé. La dernière chose dont elle avait besoin, c'était bien de nouvelles complications. Ils étaient amis, et ça fonctionnait ainsi. Rien ne devait compromettre leur relation.

Demain, elle se réjouirait sûrement qu'ils ne se soient pas embrassés. Et ce soir ? Elle se vautrait dans la déception.

12

« Viens, assieds-toi, fils de chaque mère,
et répète tes rôles »

Songe d'une nuit d'été

– Maman, est-ce que j'ai l'air d'une idiote ? Ruby dit que c'est nul.

Fâchée, Poppy détacha un brin de paille de sa manche.

– Tu n'as pas l'air d'une idiote, certifia Juliet en vissant un vieux chapeau sur la tête de sa fille. Mais de toute manière, même si c'était le cas, ce serait plutôt bien. L'épouvantail n'a pas de cerveau, tu te rappelles ? Alors, si Ruby te fait de nouvelles réflexions, dis-lui que tu es une grande actrice et que tu incarnes parfaitement L'Épouvantail.

– Ruby s'en fiche. Elle dit que c'est Dorothy le meilleur rôle. Surtout parce qu'elle peut emmener son chien partout avec elle. C'est pas juste.

– C'est un chien en peluche. Pas de quoi pavoiser. (Juliet s'appliqua à dissimuler son sourire.) En plus, Dorothy est barbante. Elle ne pense qu'à rentrer chez elle. Elle n'aime même pas *Oz*, imagine ! Son univers est rempli de routes en briques jaunes et de sucettes.

Poppy parut légèrement rassurée.

–Au moins, Charlie aussi a l'air bête, reprit-elle en regardant sa maison par la fenêtre.

Sur sa terrasse, devant sa porte, Charlie lançait des regards noirs à Ryan qui tentait de lui mettre son casque métallique.

–Et moi, j'ai un cœur, n'est-ce pas ? Pas comme Charlie.

Juliet était trop occupée à contempler Ryan. Par chance, ils ne s'étaient pas embrassés en fin de soirée, ou pas comme elle l'aurait voulu. Après leur sortie, il était redevenu l'ami idéal. Souriant, détendu, lui faisant des signes dès qu'il l'apercevait. Comme s'ils n'avaient pas partagé des moments passionnés samedi dernier.

C'était mieux ainsi, non? Avec tous ses problèmes à gérer, elle n'avait pas besoin de nouvelles complications.

Même divinement personnifiées par Ryan Sutherland.

–Maman, au moins j'ai un cœur. Pas vrai ? insista Poppy.

Juliet s'obligea à détourner les yeux de son irrésistible voisin.

–Charlie a un cœur, c'est son personnage qui en est dépourvu.

–J'ai aussi un cerveau.

–Exact.

–Il peut tout de même dormir à la maison ce soir ?

Les circonvolutions mentales de Poppy ne cessaient d'émerveiller Juliet. Elle sautait d'un sujet à un autre sans logique apparente, tant et si bien que Juliet se demandait à quel point les pensées de sa fille étaient chaotiques.

–Bien sûr.

Ryan avait déposé son sac de couchage et son pyjama dans la journée. Ils avaient prévu de rentrer sitôt la pièce terminée, de préparer du pop-corn et de regarder un film.

–Et quand il m'invitera chez lui, nous dormirons dans sa cabane perchée dans l'arbre, n'est-ce pas ? Parce que ça, ce serait juste.

– Pardon ?

Juliet ne l'écoutait que d'une oreille distraite. Son attention était canalisée par Ryan, qui se passait la main dans les cheveux. Avait-il lancé un regard vers elle ? Elle n'aurait su dire.

Poppy poussa un soupir forcé.

– Rien. On y va maintenant ?

La représentation débutait à sept heures, mais Miss Mason avait demandé aux enfants d'arriver une heure en avance. Ils répéteraient une toute dernière fois dans la classe avant d'entrer en scène. Juliet se dirigea vers l'auditorium à moitié rempli par les parents et les proches. Elle repéra une rangée de chaises libres au centre et en prit la direction.

– Il y a un siège ici si vous voulez.

En entendant la voix de Ryan, elle tourna brusquement la tête. Il était assis deux rangées plus haut, seul.

Elle décocha un sourire contrit.

– Ah, salut ! Merci, mais je ne préfère pas.

Étonné, il inclina la tête sur le côté.

– Pourquoi ?

Une ribambelle de motifs faillit s'échapper de sa bouche. *Parce que plus je vous vois, plus j'ai du mal à vous résister ? Parce que je ne cesse de me demander ce que ça ferait de vous embrasser ?*

– Thomas et ses parents doivent venir. Je ne voudrais pas déclencher un scandale.

Elle poursuivit jusqu'au bout de la rangée pour éviter de s'asseoir devant lui. Elle enleva sa veste, l'étala sur le dossier et glissa son sac sous son siège à ses pieds. La nuque raidie par l'anxiété, elle exécuta des ronds avec sa tête pour dénouer ses muscles.

C'est alors qu'elle le vit.

Assis derrière elle.

À nouveau.

– Ryan ?

– Oui, London ?

– Pourquoi êtes-vous derrière moi ?

– Je vois mieux d'ici.

Elle tourna son regard vers l'estrade dont la moitié gauche était occultée par le rideau.

– On ne voit rien.

– Pas de ma place.

Se retournant, elle vit son visage détendu.

– Ryan, je ne tiens pas à causer des ennuis. Thomas était furieux après la balade en bateau. Les modalités du divorce sont en cours de négociation. S'il vous plaît, ne m'attirez pas de nouveaux pépins.

– Je ne ferai pas d'histoire. Promis.

Du bruit se fit entendre sur la scène, tandis que les chœurs prenaient place sur les bancs du fond. Les yeux écarquillés, Juliet se tourna vers l'estrade, humectant ses lèvres sèches.

– Tu n'as pas trouvé de meilleures places ? souffla Thomas, slalomant entre les gens assis autour de Juliet. Je pensais que tu arriverais en avance pour nous réserver des sièges au premier rang. On aperçoit à peine la scène d'ici.

– Rien ne t'empêchait de venir plus tôt.

– Il y en a qui bossent, qui ont une affaire à faire tourner. J'ai dû quitter une réunion importante pour être à l'heure. Tu aurais pu te rendre utile.

– Moi aussi, j'ai une entreprise à diriger, observa-t-elle.

Il l'ignora et aida ses parents à le rejoindre.

– Il n'y a que trois sièges. Il nous en faut quatre.

Quatre ? Elle fronça les sourcils et se tourna vers Thomas et ses parents. Toujours aussi immaculée, sa petite amie se tenait derrière eux. Ou était-elle restée son assistante ?

Bon, aucune importance.

– J'ignorais que Nicole serait là.

– Poppy lui a parlé de la pièce et l'a invitée, expliqua-t-il d'un ton neutre.

– Très bien.

Elle s'attendait à ce qu'ils changent de place, mais Thomas demeurait là, avec ses parents et Nicole debout à côté de lui. Il la regardait avec impatience, de sorte qu'elle se demanda ce qu'elle était censée dire. Lorsqu'il se racla la gorge, elle comprit qu'il espérait qu'elle propose de se déplacer.

Il pouvait rêver.

– Il reste des places dans le fond, fit-elle remarquer. Assez pour vous tous.

Thomas jeta un regard derrière son épaule et fronça les sourcils. Puis il reporta son regard sur elle et laissa échapper un long soupir.

– Il fait toujours que tu te montres récalcitrante.

Il lança sa pique dans un souffle, sa méthode passive-agressive d'essayer de lui faire mordre à l'hameçon. Mais elle l'ignora et fixa son attention devant elle, refusant de lui offrir la satisfaction de se hérisser. Peu de temps après, ils remontèrent tous les quatre vers le fond de la salle.

Elle avait la bouche sèche et le cœur battant, mais l'euphorie procurée par le fait qu'elle soit restée calme et ne lui ait pas cédé compensait largement sa nervosité.

Plus tard, elle en subirait certainement les conséquences, mais pour l'instant, elle était fière d'elle.

– On peut dormir dedans ?

Poppy était agenouillée dans le fort construit par les enfants avec un vieux drap et une pile de coussins. À côté d'elle, Charlie promenait sa torche autour de lui, observant les jeux de lumière à travers le tissu et les ombres au plafond.

– Bien sûr. Quand vous aurez fini de grignoter, je vous apporterai vos sacs de couchage.

Juliet avait chargé un film sur son ordinateur portable afin qu'ils le visionnent tranquillement en s'empiffrant de grains de maïs soufflés.

– Ensuite, ce sera l'heure de dormir. D'accord ?

Les enfants sourirent, complices. Juliet s'éclipsa en secouant la tête. Ces deux-là avaient clairement comploté, mais ça ne la dérangeait pas. C'était le week-end, après tout, et ils méritaient une récompense après les efforts qu'ils avaient déployés sur scène. Les larmes aux yeux, elle se remémora sa fierté au moment où les enfants avaient salué pour conclure la pièce qu'ils avaient jouée avec tout leur cœur. À force d'applaudir, le visage baigné de larmes, elle s'était pratiquement usé les paumes des mains.

Même Thomas était ému. La pièce à peine terminée, lui et sa famille avaient couvert Poppy d'embrassades et de félicitations. Par bonheur, il n'avait plus fait allusion à l'incident des places. Toutefois, elle ne doutait pas qu'il remette ça sur le tapis un jour prochain.

Pour l'heure, c'était le cadet de ses soucis. Elle chassa Thomas de ses pensées, rangea la cuisine, plaça les gobelets et les assiettes en plastique dans le lave-vaisselle, puis nettoya les côtés de l'évier avec une lavette en microfibre. Elle la rinçait quand elle entendit frapper à la porte, trois coups consécutifs qui firent bondir son cœur contre ses côtes.

Thomas.

Ne la laisserait-il jamais en paix ?

Elle essora sa lingette et la laissa dans l'évier. Elle posa les mains sur le plan de travail en se retenant de soupirer.

Un autre coup, elle redressa le dos. Elle était si lasse que Thomas se comporte comme si elle était à sa disposition. Son manque d'empathie, combiné au sentiment que tout lui était dû, était à la limite du supportable.

Elle en avait sa claque.

D'un pas décidé, Juliet emprunta le couloir et ouvrit la porte à toute volée. Elle plissa les yeux, se préparant à une bordée d'insultes. La bouche serrée en une ligne fine.

Jusqu'à ce que ses lèvres s'ouvrent de surprise.

– Ryan ?

Appuyé avec décontraction contre l'encadrement de la porte, il tenait une peluche dans la main.

– Vous avez l'air en pétard. Qu'est-ce que j'ai encore fait ? Ai-je ri trop fort pendant la pièce ?

Elle s'efforça de se remettre les nerfs d'aplomb. Comme elle s'était préparée à une dispute, son corps refusait de se relâcher.

– Les rires, je peux vivre avec. Ce sont les pleurs qui m'ont sérieusement agacée. Qui aurait cru que vous étiez aussi sentimental ?

Il sourit paresseusement.

– Je pensais que vous le saviez. Mais pourquoi êtes-vous en boule ?

– J'ai cru que c'était Thomas.

Elle recula dans l'entrée pour le laisser entrer. Il la suivit dans la cuisine et posa la peluche sur le comptoir.

– Ce n'est pas le plus beau compliment qu'on m'ait jamais fait. (Il s'appuya au plan de travail.) De toute façon, pourquoi viendrait-il aussi tard ?

– Parce que je l'ai envoyé s'asseoir dans le fond de la salle, précisa-t-elle. Il voudra avoir le dernier mot à un moment ou à un autre.

– Eh bien, vous avez férocement défendu vos positions. Vous pouvez être fière de vous.

– Avec tous mes remerciements !

Pour plaisanter, elle fit une révérence. Lorsqu'elle releva les yeux, leurs regards se croisèrent. Et l'expression de Ryan lui coupa le souffle. Un petit sourire se dessina lentement sur son visage marqué par son regard doux mais enflammé. Le même que dans la boîte de salsa. Ce rappel accéléra les battements de son cœur.

Contre sa volonté, ses lèvres s'étirèrent en un sourire. Elle pouvait entendre son pouls cogner dans ses oreilles, son cœur marteler sa poitrine, tout cela la renvoyait à l'évidence.

Son envie de l'embrasser ne faiblissait pas.

La respiration chevrotante, elle tenta de tromper ses réactions physiques. De se remémorer pourquoi c'était une très mauvaise idée. Mais sa proximité la submergeait, éveillant en elle le désir de le toucher.

– Ryan...

Il paraissait aussi tiraillé qu'elle.

– Je ferais bien de vous laisser.

Mais elle n'en avait pas envie. Elle ne pouvait s'empêcher de penser aux sensations sur la piste de danse tandis qu'il la tenait enlacée. Ses muscles fermes contre ses formes souples, leurs corps bien emboîtés comme s'ils étaient faits l'un pour l'autre.

– Restez.

Elle tendit la main vers son bras. *Mauvaise idée, Juliet, mauvaise idée.* Étouffant sa petite voix, elle saisit son poignet.

– London, je ne peux pas.

Il était au supplice.

– Pourquoi ?

– Parce que, chaque fois que je vous regarde, j'ai envie de vous.

Il ferma les yeux et pinça la peau entre ses sourcils.

– Vous avez été claire, vous ne recherchez que de l'amitié. Je m'efforce de respecter votre volonté.

– Je vois.

Elle lâcha son poignet. Un mélange d'émotions l'envahit. De la tristesse envers son ami affligé, de l'euphorie parce qu'il la désirait. Mais, par-dessus tout, de la peur. Pas peur de lui, mais d'elle-même. De son désir pour lui.

– Je vais rentrer.

Il commença à se retourner vers le couloir. Sous le coup d'une impulsion, elle le rattrapa par le bras. Cueilli à froid, il la dévisagea et, sans s'autoriser à réfléchir, elle avança et se hissant sur la pointe des pieds, elle pressa ses lèvres sur les siennes.

Sa bouche était douce et chaude, et une fraction de seconde, il resta aussi immobile qu'une statue, comme pétrifié par le choc. Mais alors qu'elle parcourait ses lèvres avec les siennes, la main sur sa joue, il se pencha plus près d'elle. Toujours en l'embrassant, il enfonça les doigts dans ses cheveux, l'embrassant plus profondément, sa langue caressant la sienne.

Elle avait du mal à croire qu'ils s'embrassaient, et pourtant c'était bon, comme si c'était la chose à faire. Elle noua les bras autour de son cou et se plaqua contre lui, fermant les yeux pour succomber pleinement au désir. Sa peau s'embrasait de toutes parts, picotant de besoin. Il assaillait ses sens par son contact, sa saveur, le son de sa respiration accélérée lorsqu'il reprit son souffle.

– London, murmura-t-il au bord de ses lèvres.

Lorsqu'elle rouvrit les yeux, il la regardait intensément. Elle l'embrassa encore pour qu'il ne doute plus de son désir. Elle en avait autant besoin que de respirer.

– Maman, on peut avoir plus de pop-corn ?

La voix de Poppy trancha l'air dense autour d'eux. Alarmée, Juliet se détacha de l'étreinte de Ryan. Ils échangèrent un regard anxieux.

– Comment, chérie ? cria-t-elle d'une voix dérapant dans les aigus.

Les yeux ronds, elle orienta son regard derrière l'épaule de Ryan et vit Poppy dévaler les escaliers en tenant un saladier.

Juliet se glissa sous les bras de Ryan pour creuser de l'espace entre eux. Elle sentait le sang affluer sur ses joues, les embraser, tandis qu'elle incitait son corps à se calmer.

– Nous avons fini le pop-corn, s'impatienta Poppy. Tiens, salut Ryan, fit-elle, sans inquiétude dans la voix.

Avait-elle vu quelque chose ? Juliet n'en savait rien, mais au cas où, elle aurait aimé que le sol s'ouvre sous ses pieds et l'engloutisse.

Un peu comme avec Ryan, un instant plus tôt.

– Vous avez déjà tout mangé ? Vous allez exploser.

Avec un grand sourire, Ryan prit le saladier en plastique des mains de l'enfant. Comment pouvait-il rester aussi détendu alors qu'elle était à deux doigts de se consumer ?

– Vous devriez faire une pause avant d'en reprendre.

S'appliquant à retrouver son souffle, Juliet s'empara du saladier en veillant à ne pas toucher les doigts de Ryan. Sinon, elle ne répondrait plus d'elle.

– C'est Fluffy ? Charlie l'a cherché partout ! s'exclama-t-elle, inconsciente de l'atmosphère dans la cuisine. Charlie, j'ai retrouvé Fluffy ! cria-t-elle.

Aussitôt, le fils de Ryan accourut dans l'escalier, son visage s'éclaira à la vue de son père et de sa peluche préférée sur le plan de travail.

Aussi vite que ça, ils redevinrent deux parents. Juliet flottait entre déception et soulagement.

Quoi qu'il en soit, la soirée lui laissait un goût d'inachevé.

Restait à savoir si elle souhaitait aller jusqu'au bout.

Ryan referma sa porte d'entrée, s'adossa au mur et se massa les yeux avec les paumes des mains pour retrouver son calme. Que venait-il de se produire ? Il était sur le point de partir et, l'instant d'après, ils se bécotaient comme deux adolescents. Il toucha ses lèvres, se remémorant la sensation de sa bouche, la douceur de sa langue quand elle s'était ouverte à lui.

Il avait l'intention de la questionner sur leur geste. Mais Charlie et Poppy s'étaient attardés, réclamant à boire et insistant pour que Juliet regarde le film avec eux. Il avait fini par rentrer chez lui sans rien de plus qu'un regard éloquent et des questions qui ne cessaient de tourner en rond dans sa tête. Qu'est-ce qui lui avait pris ? Avait-elle dérapé, en quelque sorte ? Ou le désirait-elle autant qu'il la désirait ?

Il n'avait pas les réponses à ses questions et il ne les obtiendrait qu'en en parlant avec elle. Toutefois, il s'était promis de ne pas la brusquer. De respecter sa volonté de rester de simples amis. Si elle souhaitait passer à la vitesse supérieure, il ne la presserait pas. Il la respectait trop pour se comporter comme un horrible macho. Même si cela le torturait, il attendrait qu'elle passe à l'action.

Quoi qu'il advienne, si jamais il y avait une suite, elle dépendait d'elle. Et l'attente serait un calvaire.

13

« À peine se sont-ils rencontrés qu'ils se sont envisagés ;
à peine se sont-ils envisagés qu'ils se sont aimés »

Comme il vous plaira

– Eh bien, ton voisin est drôlement canon, observa Cesca tandis qu'elles se promenaient dans les bois, derrière la maison.

Juliet leva les yeux au ciel. Elle avait délibérément entraîné sa sœur à l'écart de la cabane à laquelle Ryan apportait les dernières finitions, sa scie électrique grondant dans le bois.

– Dit la fille qui s'est fiancée à une star. D'ailleurs, tu ne devrais pas le mater comme tu le fais.

Son ton était plus cinglant qu'elle ne l'aurait voulu. Cesca haussa les sourcils et la regarda avec suspicion.

– Tu ne serais pas jalouse ?

– Pas du tout, répliqua Juliet du tac au tac. Ce n'est qu'un voisin. Et j'aimerais autant que tu arrêtes de le reluquer.

La bouche sèche, elle se repassa mentalement leur baiser. Occupée par une importante commande de fleurs, elle n'avait pas eu l'occasion de s'entretenir avec lui depuis ce soir-là. Peut-être était-ce mieux ainsi, étant donné qu'elle ignorait quoi faire de ses sentiments.

Elles enjambèrent une bûche recouverte de mousse.

– Ça ne coûte rien d'admirer le paysage. Et tu devrais en faire autant. C'est rare de tomber sur un voisin dans son genre. D'autant plus qu'il est formidable avec les enfants.

– Tu n'es fiancée que depuis quelques mois. Sam perdrait-il déjà de son lustre ?

Juliet tenta de ramener la conversation vers Cesca. Elle n'aimait pas que sa sœur la cuisine. Le sourire de Cesca illumina son visage.

– Au contraire. Il est toujours aussi charmant et, pour être honnête, ton voisin passerait pour un troll à côté de lui. Mais il faut se contenter de ce que l'on a.

Elle fit un clin d'œil à Juliet pour montrer qu'elle plaisantait.

– Plus sérieusement, que se passe-t-il entre vous ? Quand nous avons déposé Poppy à l'école ce matin, il n'arrêtait pas de te regarder.

Cesca avait atterri dans le Maryland la veille au soir. Elle avait laissé Sam à Washington DC, où il avait une conférence de presse. Il les rejoindrait dans la soirée, et ils s'entasseraient tous les quatre dans le petit pavillon de Juliet. Elle craignait qu'un acteur habitué à la grande vie le trouve peu prestigieux.

– Tu es sûre que vous ne seriez pas mieux à l'hôtel ? lui redemanda Juliet. Ce serait plus confortable pour Sam.

Cesca s'arrêta et s'appuya contre un vieux chêne.

– Essaierais-tu de changer de sujet ?

– Pas faux.

Juliet n'avait pas envie de parler de Ryan. Ni de penser à lui. Chaque fois qu'elle songeait à leur baiser, elle rougissait de la tête aux pieds comme une gamine de seize ans qui aurait son premier béguin.

– Pour répondre à ta question, nous sommes venus pour vous voir, toi et Poppy, pas pour passer la nuit dans un hôtel de luxe. Et si nous devons dormir par terre dans ton sous-sol, ça nous ira très bien. (Cesca lui fit un sourire.) Et concernant le changement de sujet, ne compte pas sur moi. J'ai vu de quelle façon tu le regardais toi aussi.

– Il n'y a rien entre nous.

– Mais tu as envie qu'il se passe quelque chose ?

Elles atteignirent le ruisseau au bas d'une colline bordée d'arbres. L'eau frémissait et serpentait en se frayant un chemin entre les arbres, pour rejoindre le fleuve Chesapeake de l'autre côté de la ville. Elles longèrent la berge, leurs bottes s'enfonçaient dans la boue.

– Je ne sais pas ce que je veux. Je suis au beau milieu d'un divorce pénible et je m'efforce de protéger Poppy des conséquences qu'il pourrait générer. Ryan est peut-être l'homme le plus séduisant que j'aie jamais croisé, mais il tombe très mal.

– Mais en dehors de ça ? fit Cesca en riant. Nous savons toutes les deux que lorsque l'amour frappe, on ne peut rien faire pour l'en empêcher. J'en suis la preuve vivante.

Juliet ne put se retenir de sourire. L'histoire d'amour de Cesca et Sam les avait tous émus. Ennemis de longue date, la vie les avait réunis dans une maison en Italie pour l'été[2]. Et là, sous la chaleur méridionale, ils avaient en quelque sorte fondu et étaient tombés amoureux.

– Eh bien, une chose est sûre, ce n'est pas de l'amour. De l'attirance physique, possible, mais sûrement pas de l'amour. En aucun cas.

Elle marcha sur une branche sèche qui claqua sous ses pieds. Le craquement se répercuta dans le silence.

– De toute façon, ça ne change rien parce qu'ainsi que je l'ai déjà dit, je suis toujours mariée. Si Thomas l'apprenait…

– Il devra l'accepter, l'interrompit Cesca. Il ne se comporte pas en homme marié. Il a une petite amie, après tout.

2. Cf *Les promesses de l'été, The Shakespeare Sisters 1*, Hugo Roman.

Alors que vous négociez encore le divorce. Tu ne peux pas te servir de ce prétexte pour ne pas aller de l'avant, July, à moins que tu veuilles rester seule jusqu'à la fin de ta vie.

Elle se baissa pour ramasser un caillou, qu'elle lança dans l'eau dans un plouf retentissant.

– Je sais de quoi je parle. J'ai longtemps stagné. Il m'a fallu des années pour me rendre compte que la seule personne qui me retenait en arrière, c'était moi. Je ne veux pas que tu vives cela, toi aussi.

– Mais tu n'avais pas une fille à préserver, s'opposa Juliet en s'arrêtant à côté de sa sœur. Et Thomas m'a bien fait comprendre qu'il n'appréciait pas Ryan. Il y a de vieilles rancunes entre eux, et nous habitons dans une petite ville. Ce ne serait pas difficile pour lui de s'en servir contre moi au tribunal.

– July, ce sera toujours une petite ville. Que vas-tu faire ? Vivre comme une bonne sœur jusqu'à la fin de tes jours ? Te sacrifier au nom du conflit familial entre les Montaigu et les Capulet ? Tu n'es pas du genre à baisser les bras aussi facilement. Thomas n'a plus le droit de te dicter qui tu dois fréquenter de la même façon que tu n'as plus celui de lui dicter qui il voit. Il cherche à te contrôler, bien que vous soyez séparés. Ne le laisse pas faire.

Juliet fit rouler sa lèvre entre ses dents, le regard dirigé vers les arbres et les champs vallonnés au-delà. Sa famille avait toujours jugé Thomas trop dominateur. En réalité, ses sœurs avaient vu juste. Mais, auparavant, l'amour l'aveuglait trop pour qu'elle s'en aperçoive.

– Il ne me contrôle pas, ou plus maintenant. Mais je ne vais pas sauter sur la première occasion ni lui sauter dessus d'ailleurs, sans avoir mûrement réfléchi.

Cesca souriait.

– Lui sauter dessus ? C'est ce que tu aimerais lui faire ? (Elle remua les sourcils à la manière de Groucho Marx.) Il y a autre chose que tu ne me dis pas ?

– Rien.

Réponse trop courte, trop hâtive. Elle savait que cela piquerait davantage la curiosité de sa sœur. C'était le problème avec une sœur écrivaine : c'était une observatrice aguerrie, et Cesca lisait en Juliet aussi aisément que dans son manuscrit. En grandissant, elles avaient naturellement, toutes les quatre, endossé chacune leur rôle. En tant qu'aînée, Lucy était la plus forte, l'organisatrice. Juliet était l'idéaliste, poursuivant des études aux Beaux-Arts écourtées par son histoire d'amour avec Thomas. Cesca était l'auteure sensible, toujours à écouter, à observer, à bûcher sur l'ordinateur. Comme leur pauvre mère décédée, elle rêvait de faire carrière au théâtre, bien que contrairement à elle, Millie Shakespeare, son cœur la portât à rester en coulisses, pas à saluer sur le devant de la scène. Leur sœur cadette, Katherine, surnommée Kitty, était la plus calme de toutes, mais la tragédie qui avait affecté la famille ne l'avait pas épargnée. Elle vivait à L.A. où elle travaillait comme assistante d'un producteur sur un gros projet.

Soupirant, Juliet croisa le regard de sa sœur. Impossible de cacher des choses à Cesca.

– Il s'est passé quelque chose entre nous, récemment. Mais ça ne se reproduira plus.

– Quoi ? fit Cesca, yeux et bouche grands ouverts. Ne me laisse pas mariner. Raconte !

– Je l'ai embrassé.

Un sourire satisfait survola le visage de Cesca.

– Je le savais. J'ai su, dès que je vous ai vus ensemble, que vous n'étiez pas seulement amis. Lorsqu'il t'a observée, la température a grimpé de dix degrés. Alors, c'était comment, ce baiser ? Agréable ?

Au souvenir de ses lèvres chaudes sur les siennes, un frisson lui parcourut l'échine.

– Très.

C'était le moins qu'on puisse dire.

– Alors, pourquoi tu fais cette tête ?

– Parce que ça ne marchera jamais.

– Pourquoi ? s'enquit Cesca.

– Nous sommes trop différents. Il est relax et positif. Il ne se laisse pas démonter. Et puis, il part s'installer à New York en juin. Il n'y a pas d'avenir possible.

– Pourquoi déménage-t-il ? demanda Cesca avec une vive curiosité.

– Il a décroché un contrat, je crois. Si j'ai bien compris, ça ne l'intéresse pas de rester dans la région.

– Et la mère de Charlie ? Où est-elle ? Ils sont divorcés ?

– Ils n'ont jamais été en couple. Elle est en tournée avec son groupe en ce moment. Mais d'après les informations que j'ai réussi à glaner, elle est aussi cool que Ryan. Ils n'avaient pas d'engagement l'un envers l'autre. Plutôt de bons amis qui couchaient ensemble à l'occasion.

– Un type d'avantages indécents. Je comprends pourquoi leur arrangement convient à cette fille.

Juliet sentit son visage s'empourprer.

– Oui, eh bien, elle n'a plus accès à ces avantages, à mon avis.

– C'est parce qu'il s'économise pour toi.

– Arrête ça, rit-elle, et Cesca partagea son amusement. Sérieux, la dernière chose dont j'ai besoin, c'est d'un sex-friend.

– N'importe quoi ! Plus que quiconque de ma connaissance, tu as besoin de sexe.

– Tu peux parler, tu as renoncé aux hommes pendant six ans.

– Ah oui, sourit Cesca. Mais je rattrape le temps perdu. Et tu devrais en faire autant. Tu sais, quoi qu'il se passe entre toi et ton voisin canon, profite de l'instant. Il n'est pas nécessaire qu'il soit ton amant maudit ou même ton prochain petit copain. Cède à tes envies. Sans trop réfléchir.

Elles atteignirent la lisière du bois. Elles rebroussèrent chemin le long du ruisseau en pataugeant dans la gadoue.

– Une liaison, tu veux dire ? clarifia Juliet.

– Pas exactement, tu n'es plus mariée, argumenta Cesca d'un ton désespéré. Plutôt une passade. Ce type ne restera pas longtemps dans le coin, et voyons les choses en face, tu n'es pas prête à te mettre en ménage tant que tout ne sera pas mis au clair avec Thomas. Mais je ne connais personne à qui un peu de distraction ferait plus de bien qu'à toi.

Juliet ne put s'empêcher de regarder fixement sa petite sœur. Elle avait beau la connaître depuis sa naissance, elle ne l'avait jamais vue ainsi. Celle qui s'apitoyait, se vautrait dans la solitude et s'obstinait dans une voie peu épanouissante, avait disparu. Au lieu de ça, elle était vibrante et éclatante.

– Tu as changé, nota Juliet. Dans le bon sens. Je veux dire, tu as grandi, tu dégages de l'assurance, de la force.

Cesca hocha la tête.

– Je me sens forte. Et c'est parce que j'ai tiré un trait sur le passé. J'ai arrêté de laisser mes regrets modeler le présent. C'est tellement libérateur que je ne peux pas l'expliquer.

Elle serra la main de Juliet entre ses deux mains.

– Je veux que tu connaisses ça, toi aussi. Tu es encore jeune. La plupart des femmes de ton âge débutent dans la vie, elles entament leur carrière ou font la java. C'est comme si tu avais tout concentré durant les sept dernières années, sans réellement en profiter. Alors, si ce sublime voisin te propose de te divertir, pourquoi refuser ?

Sur le chemin du retour, Juliet remâchait les conseils de sa sœur. Elles cheminaient dans un silence détendu, leurs bottes foulaient le tapis de feuilles mortes. Les couleurs de l'automne redessinaient le paysage, teintant les arbres en orange doré et en rouge sang, et les feuilles commençaient à se mêler à l'humus. Durant sa première année dans le Maryland, elle avait attendu ces tonalités automnales avec impatience, se précipitant au Parc national et dans la campagne environnante dès que les feuilles avaient commencé à changer de couleur. À l'époque, son ventre s'arrondissait, son cœur était plein de joie et elle croyait avoir épousé l'homme de sa vie.

Tant de choses avaient changé depuis. Cette année, pour la première fois, elle n'était pas allée au parc. Elle s'employait à composer des bouquets et des décorations florales. Avec un pincement au cœur, elle prit conscience de tout ce qu'elle avait raté au cours de cette période, tant la perte de son mariage la déprimait. Son chagrin était comme un rideau de tulle jeté devant ses yeux, qui assombrissait sa vie au point de l'en isoler.

Le temps était probablement venu de soulever le voile.

Elles arrivèrent dans la partie du bois qui rejoignait les jardins. Elle pointa son regard vers la cabane, derrière le jardin de Ryan. Son cœur sursauta aussitôt qu'elle le vit adossé, examinant sa construction. Elle était quasi terminée. Les fenêtres étaient posées, le toit cloué et étanchéifié. Il n'avait plus qu'à installer l'échelle. Après quoi, elle serait fin prête.

Mais ce n'était pas la maisonnette en bois qui captait son attention. C'était lui, son jean qui épousait ses cuisses musclées, son tee-shirt qui embrassait ses pectoraux. Elle le zyeutait, même si elle savait qu'elle n'aurait pas dû.

– Comme je l'ai dit, il est craquant, murmura Cesca, son regard suivant celui de Juliet. Il est magnifique, disponible et il en pince pour toi. Qu'est-ce qui cloche là-dedans ?

En cet instant, Juliet n'y trouvait rien à redire.

Ryan fouillait le placard de sa cuisine à moitié vide, cherchant quoi cuisiner pour le dîner, quand la sonnette retentit dans le couloir. Il claqua la porte du placard et se rendit dans l'entrée.

À peine eut-il ouvert la porte qu'elle lui coupa le souffle.

– London. Ça va ? dit-il en souriant.

Elle portait un jean skinny qui paraissait avoir été vaporisé sur ses jambes et qui mettait ses courbes en valeur.

Elle l'avait associé à un pull en cachemire beige. Avec ses cheveux ondoyants roux et bouclés, elle était presque trop belle pour être vraie. Il se souvint de la sensation de sa chevelure lorsqu'il y avait passé ses doigts, de son corps parfaitement emboîté contre le sien le soir où elle l'avait embrassé. C'était une gageure de penser à autre chose.

–Très bien. Je me demandais si vous et Charlie aimeriez dîner avec nous. Ma sœur est là. C'est elle qui était avec moi ce matin. Et son fiancé est arrivé aussi. Je crois que ça lui ferait plaisir d'avoir la compagnie d'un autre homme. La plupart des représentants de la gent masculine redoutent en général de se retrouver, seuls, parmi les sœurs Shakespeare.

Ryan eut la bouche sèche. La seule femme dont il souhaitât la compagnie se tenait pile devant lui.

–Dîner ? Ce soir ? répéta-t-il.

–À la bonne franquette. Je vais chercher des plats à emporter. Charlie aime la cuisine chinoise ?

Malgré ses joues roses, elle ne semblait pas partager son inconfort. L'attirance sexuelle était presque à sens unique. Cela ne lui plut guère.

–Oui, il aime les plats chinois, murmura Ryan en écartant ses cheveux de ses yeux. Mais il n'arrête pas de se goinfrer depuis qu'il est rentré, je doute qu'il ait faim.

Elle haussa les épaules, un petit sourire flottant sur ses lèvres. Il fronça les sourcils, tentant de définir ce qui avait changé en elle.

–Pas grave. Nous leur prendrons des pâtés impériaux et leur mettrons un film. S'il n'a pas envie de chinois, il ne refusera pas du pop-corn.

Son sourire ne se serait-il pas teinté de suffisance ? Ryan n'en était pas sûr, mais quoi qu'il en soit, cela la rendait autrement plus attirante. Ce qui n'était certainement pas une bonne chose.

–Du pop-corn ? répéta-t-il d'une petite voix.

– Nous savons tous deux combien ils aiment le pop-corn.

Il inspecta son visage avec curiosité. Quelque chose d'indéfinissable lui échappait. Comme si une aigrette de pissenlit hirsute se balançait au ras de ses doigts. Il se lécha les lèvres tandis qu'elle continuait de lui sourire. Il dut rassembler toute sa volonté pour ne pas caresser sa joue.

Puis une idée lui traversa l'esprit.

– Il y a école demain, dit-il, secouant un peu la tête pour se remettre les idées en place.

– Et ?

– Il est presque sept heures. Poppy n'a pas encore dîné ? Ce n'est pas l'heure de son bain ?

Il connaissait sa routine par cœur.

Juliet haussa les épaules.

– Pour une fois que ma sœur nous rend visite, je peux bien faire une entorse aux habitudes.

– Aussi facilement que ça ? questionna-t-il.

Elle rejeta la tête en arrière et éclata de rire. S'il la trouvait belle avant, ce n'était rien comparé à cet instant d'abandon insouciant.

– Je suis rigide à ce point ? Vous me faites passer pour un mélange de sergent-major et de Mary Poppins. Je sais m'assouplir au besoin.

– Vous assouplir ?

Ah non ! Il n'avait absolument pas besoin de *cette* précision. Elle hocha lentement la tête.

– Alors, vous venez ou pas ?

Un sourire langoureux se dessina sur ses lèvres.

– Je ne manquerais cela pour rien au monde.

S'adossant dans sa chaise, Ryan souleva son verre et vida le chianti. Le vin moelleux le réchauffait, participant de son humeur détendue grâce à la bonne ambiance de la soirée. Tous les quatre, ils avaient si bien discuté et ri qu'il s'était surpris à apprécier Sam Carlton.

Ils avaient visité les mêmes villes, pour la plupart, ce qui facilitait grandement la conversation.

Quant à Juliet, il ne l'avait jamais vue aussi décontractée. À croire qu'elle avait jeté ses soucis au feu pour la première fois depuis leur rencontre. Le contentement irradiait d'elle par vagues.

Ils échangeaient si fréquemment des regards enflammés que c'en était embarrassant. Dès qu'elle parlait ou riait, ses yeux cherchaient les siens, un accès de plaisir le submergeait chaque fois que leurs regards se croisaient. Il ne pouvait s'empêcher de sourire alors que la magie du vin la gagnait, la rendait plus joyeuse et ouverte. Comme la fille qu'elle était certainement autrefois.

Mais, à présent, elle était femme jusqu'au bout des ongles.

– Il faudrait débarrasser tout ça, dit-elle, le nez plissé, examinant l'amas de boîtes en carton qui jonchait la table de la cuisine. Au moins, pour une fois, tout peut aller directement aux ordures.

Ses lèvres vibrèrent d'amusement en entendant son accent anglais ressortir. Ce soir, son surnom était plus approprié que jamais. Le voyant sourire, elle lui tira la langue. Il lui fit un clin d'œil, puis entreprit de rassembler les emballages vides.

– Je ne vais pas tarder, London. Je dois mettre mon fils au lit.

– Il faut profiter de la vie, contra Juliet, ses yeux pétillant devant l'inversion des rôles. Détendez-vous, Charlie va très bien. La dernière fois que je suis montée les voir, les enfants dormaient. Ils se sont même brossé les dents, vous n'avez pas à vous inquiéter qu'il ait des caries.

– Des caries, ma plus grande crainte !

Il lui fit un clin d'œil.

– Pourquoi l'appelez-vous London ? demanda Sam en débouchant une bouteille de vin.

– À ton avis ? s'interposa Cesca. Parce qu'elle est londonienne, petit malin.

– Et parce que ça m'agace, précisa Juliet. Il fait tout son possible pour m'asticoter.

– Ne m'en parle pas ! renchérit Cesca. Sam ne loupe pas une occasion de me chambrer. On dirait un étrange rituel d'accouplement.

– Ça marche, non ?

Sam attrapa Cesca par la taille, tenant la bouteille de l'autre main. Il frotta son nez dans son cou.

– Il y a deux ans, tu m'as détesté à la minute même où j'ai sonné au portail de la villa. On ne change pas une équipe qui gagne.

– Eh, les tourtereaux, prenez-vous une chambre.-

Juliet secoua la tête en souriant. Puis elle regarda de nouveau Ryan. Cette fois, elle soutint son regard et écarquilla les yeux.

Bon sang, l'envie de l'embrasser la reprenait.

– Nous avons déjà une chambre, et par chance pour toi, elle est à côté de la tienne, ironisa Cesca, riant tandis que Sam lui pressait la cuisse.

Juliet regarda Ryan avec un air faussement horrifié.

– Vous pouvez m'héberger cette nuit ?

L'idée de l'accueillir dans sa chambre l'alarmait et l'exaltait à parts égales. Il dut inspirer à fond pour recouvrer son calme. Si elle flirtait, qu'y avait-il de mal à jouer le jeu ?

– Ma maison est la vôtre.

Il lui sourit. Non, aucun mal à ça.

– Et ils nous reprochent notre manque de discrétion, observa Cesca. C'est moi, ou il fait chaud ici ?

Elle se fit de l'air avec la main. Juliet leva les yeux au ciel.

– Tais-toi.

– Vas-y, essaie toujours.

– Ne me tente pas, l'avertit sa sœur. Souviens-toi de ce que je faisais quand nous étions petites.

Cesca fit une moue dégoûtée.

–Oh non, pas la tristement célèbre brûlure chinoise? Tout mais pas ça. (Elle coula un regard vers Sam.) Elle est démoniaque avec ses mains. Elle met les hommes à terre et leur arrache des larmes.

Ryan toussota en riant.

–J'en suis sûr.

–Comment ça, Ryan? On se ligue contre moi? fit Juliet en enfonçant un index dans son torse.

Il ne put retenir un grand sourire de fendre son visage. La présence de sa sœur la détendait comme jamais.

Il avait très envie de la revoir aussi légère.

–Toutes vos sœurs sont comme elle? demanda-t-il.

–Ouaip, confirma Sam en lui resservant un verre de vin.

Apparemment, Ryan n'était pas près de regagner ses pénates.

–C'est un cauchemar quand elles sont toutes réunies. On ne s'entend plus penser. Les seules fois où elles se taisent, c'est quand leur père réclame la parole, ce qui n'arrive pas souvent, le pauvre!

Juliet baissa les yeux, il vit la tristesse assombrir son regard.

–Tout va bien? demanda discrètement Ryan.

Quand elle releva la tête, ses yeux étaient embués de larmes.

–Ce n'est rien. Ma famille me manque, c'est tout. Je ne me rendais pas compte à quel point avant que Cesca n'en parle. Je n'ai même pas pu assister à la première de sa pièce à Londres, parce que Thomas s'y est opposé. Et maintenant, il m'interdit de voyager avec Poppy, ne serait-ce que pour un court séjour. J'aimerais qu'elle voie mon père tant que c'est encore possible.

–Mais tu fais ce qu'il faut pour arranger les choses, pas vrai? intervint Cesca. Lucy m'a dit qu'elle surveillait ça de près et qu'elle t'avait conseillé d'aborder plusieurs points avec ton avocate.

– Oui, mais c'est beaucoup plus long que prévu. Pendant ce temps, la santé de papa ne s'améliore pas.

– Pourquoi ça traîne autant ?

Juliet haussa les épaules.

– En partie à cause du système juridique. Dans le Maryland, Il faut vivre séparément pendant un an avant de demander le divorce. Mais, dans l'intervalle, Thomas n'est pas pressé de trouver un accord sur les conditions. On dirait qu'il n'a pas vraiment envie de divorcer.

Ryan préféra garder le silence. Même si faire mention du futur ex-mari de Juliet lui donnait envie de grincer des dents.

– Prends un meilleur avocat, peut-être, suggéra Cesca.

– J'ai déjà versé au mien une coquette somme en acompte. Je ne veux pas dépenser plus d'argent que nécessaire.

– Si tu t'inquiètes pour l'argent, nous pouvons t'aider. Je suis quasiment sûre que Lucy et Kitty participeraient elles aussi.

– Merci, ma puce, mais je peux me débrouiller seule, contesta Juliet. Je me suis mise dans le pétrin, c'est à moi de m'en sortir. Ne crois pas que je n'apprécie pas ton offre. Au contraire, ça me touche. (Elle frappa dans ses mains pour signifier la fin de la discussion.) Bon, changeons de sujet. C'est déjà Thanksgiving cette semaine, vous y croyez ?

– Vous le fêtez ? lui demanda Ryan. Vu que vous êtes de Londres, et tout ça.

– Moi non, mais Poppy le fête. Elle sera avec Thomas cette année. Je prévois de passer la journée à nettoyer le magasin. Ce ne sera pas du luxe. (Elle lui sourit et il répondit d'un franc sourire.) Et vous ? Vous ferez rôtir une dinde ?

– Probablement. Je vous en mettrai de côté si vous voulez.

Leurs regards se croisèrent de nouveau. C'était si fréquent qu'il pouvait presque compter les secondes jusqu'à la prochaine fois.

Elle posa son menton dans le creux de sa main, sans détacher son regard de lui. Il aurait aimé savoir à quoi elle pensait. Si elle se remémorait leur baiser aussi clairement que lui. Son attirance pour elle ne s'étiolait pas d'un iota, même s'il se donnait un mal fou pour la refouler.

–Vous savez quoi, Ryan? dit-elle, la tête penchée sur le côté. Ça me plairait énormément.

14

« Je n'ai d'autre réponse que des mercis, des mercis encore et à jamais, des mercis »

La nuit des rois

Ryan s'engagea sur une place de parking près de l'entrée. La pluie s'était un peu calmée, mais le cimetière restait peu fréquenté en raison de l'orage. Le silence lui convenait d'autant mieux qu'il n'était pas venu ici depuis longtemps. Trop longtemps. La dernière fois qu'il avait franchi ce portail en fer forgé, il portait le cercueil de son grand-père vers sa dernière demeure.

Toutes ces années plus tard, il revenait avec son fils. Sa chair et son sang. Quelqu'un qui ne le jugeait pas pour son argent ou pour ses choix. La seule personne au monde qui le prenait tel qu'il était, sans le questionner et sans rien exiger de lui.

– Tu es prêt ? demanda-t-il à Charlie.

Il attrapa le parapluie sur la banquette arrière et contourna la voiture pour aider son fils à descendre. Charlie hocha la tête. Il portait une petite plante en pot personnalisée par ses soins.

– C'est ici que papy Cutler est enterré ?

– Exactement. Mamy Maisie aussi.

– Mais ce sont tes grands-parents, c'est ça ? Pas les miens ? Ma grand-mère, c'est bien Samantha ?

C'était la mère de Sheridan. Charlie avait des difficultés à s'y retrouver dans les liens de parenté, et Ryan s'en sentait en partie responsable. Il évoquait rarement sa famille, hormis son grand-père. Normal que Charlie s'y perde.

– Cutler et Maisie étaient tes arrière-grands-parents.

Charlie hocha la tête, l'air grave, serrant sa petite main autour de la barre métallique du parapluie pour la rapprocher de sa tête.

– Bon, d'accord.

Le portail franchi, les allées sinuant entre les tombes étaient aussi désertes que le parking. Ryan essuya son visage trempé de pluie, puis enroula le bras autour du dos de Charlie pour le guider dans le cimetière. Ils croisèrent quelques rares familles qui, tête basse sous leurs parapluies, rendaient hommage à leurs proches en cette journée de Thanksgiving.

Ils atteignirent la rangée d'arbres qui jouxtait la concession familiale. C'était une partie privée, repérable à ses bustes en marbre, ses sculptures en pierre et ses sépultures qui exaltaient toute la fortune de ses ancêtres. Les Shaw habitaient cette ville depuis le XVIIIe siècle, bien que le cimetière n'ait été aménagé qu'en 1835.

Ils tournèrent à gauche, dépassèrent les prénoms familiers de ses aïeux : des Martha et des Williams, des John et des Eleanor, tous enterrés de longue date, même si leur sang continuait de couler dans ses veines. La main dans le dos de son fils, il l'escorta dans le fond, à droite, où deux simples stèles blanches indiquaient la tombe de ses grands-parents.

C'est alors qu'il s'aperçut qu'ils n'étaient pas seuls. Enveloppée dans un épais manteau rouge, sous un parapluie gris clair, sa mère se tenait là. Le regard fixé sur le caveau, ses lèvres rouges retroussées, ses yeux plissés. Elle paraissait plus petite que dans ses souvenirs, plus frêle, et ses cheveux jadis épais et vigoureux étaient plus épars sur sa tête. Tandis que Ryan et Charlie s'approchaient de la tombe, elle leva les yeux, cillant pour accommoder sa vue sur les deux silhouettes.

– Ryan ? Est-ce bien toi ?

À l'image de sa personne, la voix de Nancy Sutherland avait perdu en densité.

Son cœur s'agitait. Il s'éclaircit la voix dans l'espoir de dénouer sa gorge. La dernière fois qu'il l'avait vue, alors qu'il était deux fois plus jeune, elle pleurait, le visage rougi par le chagrin, les yeux humides de larmes. Pétrie d'incompréhension, elle l'avait supplié de renoncer à partir. Mais voir son père la rabaisser quotidiennement le tuait.

– Mère.

Il hocha la tête. Il sentit Charlie remuer les pieds à côté de lui, sans prononcer un mot.

– On m'a dit que tu étais revenu. C'est ton fils, je suppose.

Ryan hocha la tête.

– Oui, c'est Charlie.

Son visage s'adoucit.

– Bonjour Charlie. Je suis ta grand-mère.

Elle humidifia ses fines lèvres rouges et avança vers eux. Charlie se ratatina contre Ryan comme s'il recherchait sa protection.

– Ma grand-mère habite à San Diego. Elle s'appelle Samantha.

Les lèvres de sa mère tremblèrent.

– Je suis ton autre grand-mère.

Charlie fronça les sourcils et leva les yeux vers Ryan.

– C'est vrai ?

Ryan posa la main sur l'épaule de son fils.

– Tu te rappelles que je t'ai parlé de ma mère et de mon père ? Qu'ils habitent dans cette ville ? (Les yeux écarquillés,

Charlie fit oui de la tête.) Eh bien, cette dame est ma maman. Elle s'appelle Nancy et elle est aussi ta grand-mère.

Elle réduisit la distance entre eux et s'arrêta devant Charlie. Les yeux humides, la bouche tremblotante, elle se mordilla la lèvre comme pour contrôler ses émotions.

– Charlie, j'espérais te rencontrer un jour. Je suis si heureuse de pouvoir enfin te dire bonjour.

Quand elle lança un regard à Ryan, il vit son reflet dans ses iris.

– On dirait toi au même âge. Un vrai Shaw.

– Je m'appelle Charlie Shaw Sutherland.

Une unique larme roula sur sa joue ridée.

– C'est un très joli nom. Très significatif aussi. Ton père t'a raconté que les Shaw avaient construit cette ville à partir de rien ? Que notre famille, ta famille, est très influente ?

Charlie consulta Ryan du regard, le visage marqué par une ribambelle de questions.

– Non, je ne lui ai pas raconté, répondit Ryan. Je l'élève dans l'idée que tout le monde est important. Que nous ne sommes pas différents de toutes les personnes que nous rencontrons, les riches comme les pauvres.

Sa mère tressaillit, et Ryan regretta immédiatement sa brusquerie.

– Je suis désolé, je...

Elle agita la main.

– Ne t'excuse pas. Je comprends ce que tu veux dire. Mais c'est ton fils, la moitié de ses gènes viennent de cette terre. Il est autant le produit des Shaw et des Sutherland que de son éducation. Et il devrait connaître un minimum son histoire, même si tu as tourné le dos à ton passé.

– Il saura quand il sera prêt, déclara Ryan d'une voix monocorde. Et il saura pourquoi je le trouvais étouffant aussi. Je veux qu'il sache qu'il est davantage qu'un nom, qu'une petite ville où tout le monde se mêle de la vie des autres. Et surtout, je veux qu'il sache qu'aucun homme ne doit traiter une femme comme papa te traitait.

–Il a mis de l'eau dans son vin, lui dit-elle d'une voix tremblotante qui contredisait ses propos. Il prend de l'âge, comme moi, et il s'adoucit.

–C'est toujours un tyran. Je l'ai constaté quand il m'a convoqué dans son bureau.

–Tu l'as vu ?

Elle resta bouche bée, aussi Ryan en conclut-il qu'il lui cachait des choses, comme autrefois. Quand il était enfant, son père dirigeait la famille d'une poigne de fer. Tout le monde se pliait à sa volonté. Quiconque osait le contrarier endurait son courroux.

Peut-être était-ce pour cela que Nancy Sutherland avait renoncé à s'affirmer. Et lorsque Ryan avait tenté de prendre sa défense, elle l'avait exhorté à arrêter, à respecter son père, arguant qu'elle ne le quitterait jamais.

Résultat, c'était Ryan qui avait claqué la porte. Dès l'instant où il était monté dans l'avion, il s'était senti libre.

–Oui, je l'ai vu. Toujours aussi aimable.

–Pourquoi es-tu revenu si tu le hais autant ? Pourquoi choisir cette ville précisément ?

La question à un million de dollars. En vérité, la réponse était simple : il ne l'avait pas choisie sans raison. Ou bien était-ce la ville qui l'avait choisi, lui ? Il avait beau retourner le problème dans tous les sens, il avait passé la moitié de sa vie à éviter la localité qui renfermait tous ses mauvais souvenirs, mais pas seulement. Elle représentait aussi sa famille, son histoire, une ville bâtie par ses aïeux, tout ce qui faisait de lui l'homme qu'il était désormais. Avec Sheridan, lorsqu'ils avaient réfléchi au lieu où Charlie serait scolarisé, Ryan avait spontanément proposé sa ville natale. Shaw Haven, son lieu de naissance. Il l'avait quitté dans de sombres circonstances, avec pour seul bagage un nom auquel se raccrocher, et il était revenu en homme, un photographe à la carrière florissante en dépit des épreuves, qui avait fait sa vie, su saisir sa chance. Pourtant il lui restait quelque chose à prouver. Il était revenu parce qu'une partie de son histoire restait à écrire.

Une fois qu'elle serait écrite, il s'en irait et ils referaient leur vie ailleurs. Loin d'ici.

Ryan essuya la pluie sur son front et regarda sa mère.

– Je suis revenu parce que j'en avais envie. (Détachant son attention de sa mère, il regarda Charlie.) Veux-tu déposer ta plante sur la tombe de mamy Maisie ?

Charlie hocha la tête et avança, suivi de près par Ryan qui l'abritait sous le parapluie. Son fils s'accroupit et posa délicatement le pot devant le caveau. Ryan ferma les yeux, paupières serrées, essayant de retenir le flot d'émotions que sa mère faisait renaître. D'ignorer les souvenirs douloureux qu'elle remuait.

Presque aussitôt, ses pensées allèrent vers Juliet. Et, soudain, le besoin de la voir devint impérieux. Avec une telle intensité qu'il en resta abasourdi. Comme un aimant, elle l'attirait vers elle.

– Voilà, déclara Charlie en se frottant les mains. C'est bien comme ça ?

– C'est parfait.

Ryan sourit à son fils. Du coin de l'œil, il vit que sa mère les observait.

– Allons-y, fiston, dit-il, le bras passé sur les épaules de Charlie. J'ai promis de la dinde à Juliet.

Juliet fit rouler ses épaules et étira la tête de droite à gauche pour réduire les tensions dans sa nuque. Elle portait des gants en caoutchouc jaune, les manches de sa chemise à carreaux enroulées jusqu'aux coudes, ses cheveux entortillés sur le sommet de sa tête pour les protéger des produits ménagers.

– Je suis reconnaissante d'avoir cette boutique aujourd'hui, murmura-t-elle.

C'était son refuge, l'endroit où elle vivait au contact d'une végétation épanouie. Raison pour laquelle elle avait décidé de passer Thanksgiving là, à astiquer les sols et les comptoirs, à trier sa réserve, libérant de la place pour les compositions qu'elle réaliserait pour les fêtes. Une manière de prendre un nouveau départ et de s'occuper pendant ces deux jours où Poppy séjournait avec sa famille paternelle. C'était toujours mieux que broyer du noir, enfermée chez elle.

En début d'après-midi, tout reluisait. Elle avait fait du tri dans les rayonnages de vases et les boîtes de fil de jardinage, et dressé une liste de fournitures à commander. À l'occasion, elle vérifiait son téléphone et constatait qu'il n'y avait pas de message, ni de Thomas ni de personne d'autre. Ses quelques amis de Shaw Haven célébraient Thanksgiving en famille, et ceux du Royaume-Uni ignoraient probablement que ce jour était férié de ce côté de l'Atlantique. Pour eux, ce n'était qu'un jeudi pluvieux de novembre comme un autre.

Aucune importance. Cela lui donnait le temps d'organiser son local avant les premières commandes pour les fêtes de fin d'année. Et en laissant Thanksgiving à Thomas, elle passerait Noël avec Poppy. Projet pour le moins enthousiasmant.

Perchée sur l'escabeau en bois, elle remplaçait une ampoule lorsqu'un bruit fit vibrer la porte vitrée. Elle se pencha pour apercevoir celui qui frappait à travers la vitre floutée par la pluie. Mais elle ne vit personne.

Immédiatement, elle pensa à Poppy. Descendant hâtivement les échelons, elle posa la main sur sa poche. Sur son téléphone. Thomas l'aurait contactée s'il lui était arrivé quelque chose.

Elle atteignit la porte essoufflée, plus par inquiétude que par sa course à travers le local. Elle débloqua tous les verrous un par un, les yeux plissés pour tenter de voir si Thomas patientait à l'extérieur, mais la vitre détrempée était opaque.

Ouvrant la porte, elle découvrit avec stupéfaction un Ryan aux cheveux plaqués sur la tête, des filets de pluie ruisselant sur son visage. Sa veste était bien trop fine pour la saison. Elle était si trempée qu'elle adhérait à son torse d'une manière atrocement distrayante.

– Vous êtes dans un drôle d'état. Entrez vite vous mettre à l'abri.

Elle s'écarta pour le laisser entrer.

– Je ne peux pas, Charlie m'attend dans la voiture. Je suis juste passé vous apporter de la dinde.

Il lui remit un sac en plastique. Lourd, contenant deux grosses boîtes.

– Comme promis, vous savez ?

Elle s'autorisa à sourire. La visite surprise de cet homme qui, sur le seuil de sa boutique, lui offrait de la nourriture parce qu'elle n'avait pas de compagnie pour Thanksgiving, l'aida à se sentir moins seule. Tout mouillé qu'il était, sa simple présence rayonnait comme le soleil perçant les nuages.

– Merci. Une pause me ferait du bien après tout ce ménage. (Elle ôta ses gants en caoutchouc.) Vous l'avez cuisinée vous-même ?

– Avec l'aide de Boston Market[3]. Mais c'est assez bon. Même Charlie a aimé.

Il porta son regard derrière elle, dans la boutique. Il ouvrit des yeux ronds en constatant l'ampleur du désordre.

– Vous ne participez pas au Black Friday ?

Elle secoua la tête.

– Aucun intérêt. Personne ne cherche des bouquets en promo à Black Friday. Et puis, la période des fêtes devrait être plus lucrative cette année. Alors, je préfère organiser la boutique pour Noël.

– Et demain, vous travaillez ?

Par-dessus son épaule, elle pouvait voir son vieux pick-up, les gouttes de pluie bombardant le toit métallique.

3. Chaîne de restauration rapide.

Sur le siège passager, Charlie pressait son visage contre la vitre. Elle lui fit un signe de la main, et il sourit en lui répondant timidement.

–Je ne pense pas. J'espère terminer ce soir pour m'accorder un jour de repos demain. Poppy ne rentre à la maison que samedi.

Elle s'y voyait déjà : un bain chaud pour réchauffer ses os, plus un bon verre de vin rouge. Tout compte fait, elle commençait à découvrir des avantages à la garde alternée.

–Venez faire de la voile avec moi demain. (Son sourire recouvrit son dos de frissons.) Charlie est invité par un copain à aller voir le film de dragons au cinéma. Moi aussi, je serai seul.

–Faire du bateau par ce temps ? Est-ce une bonne idée ?

–Les prévisions météo sont optimistes. Il fera froid, mais en s'habillant chaudement et en emportant du chocolat chaud, ce ne sera pas déplaisant. Hormis en cas d'orage, sortir en mer ne présente aucun danger. La baie de Chesapeake est splendide en été, mais en automne, c'est un cran au-dessus. Quasiment sublime. J'aimerais beaucoup vous la faire découvrir.

–Et s'il se met à pleuvoir en pleine sortie ?

–Alors, nous nous abriterons dans la cabine et je vous défierai au poker. Dites oui, London. Accompagnez-moi.

Son instinct lui soufflait de décliner. Quoiqu'elle s'interrogeait, cherchant à analyser sa réaction. Était-ce la peur de Thomas ou d'elle-même qui la retenait ?

Qu'avait dit Cesca, lors de sa visite ? *S'il te propose de t'amuser un peu, pourquoi te refuser ça ?*

D'avance, elle savait qu'elle passerait une journée divertissante avec Ryan. Elle n'avait pas ri autant qu'avec lui depuis des années. Il était séduisant, gentil et avait un solide sens de l'humour. Mais avant tout, il ne serait plus là dans quelques mois. Comme elle, il traversait une période de transition.

Un bon moment. Elle pouvait s'accorder ça.

– D'accord, répondit-elle avec un grand sourire. J'irai faire de la voile avec vous. Mais si jamais une bourrasque me pousse par-dessus bord, j'espère que vous plongerez à mon secours.

Son sourire fut encore plus large que le sien.

– Comptez sur moi, trésor.

15

« Alors, chère sainte, laisse tes lèvres faire
ce que font tes mains »

Roméo et Juliette

Le grand nettoyage de Thanksgiving l'avait épuisée, au point que tous ses muscles étaient endoloris. Après qu'elle eut quitté la boutique, tard dans la soirée, des toiles d'araignée dans les cheveux, la peau des mains à vif tant elle avait frotté, Juliet discuta au téléphone avec Poppy, se réjouissant que sa fille soit heureuse et qu'on s'occupe bien d'elle, après quoi elle s'écroula dans le bain tant attendu. Mais au lieu de déguster le verre de malbec qu'elle s'était servi, elle s'endormit et fut réveillée par la fraîcheur de l'eau. Et, bien sûr, le temps qu'elle se sèche et se mette au lit, elle avait un regain d'énergie.

Elle resta étendue, écoutant la maison grincer, le vent souffler alors que la tempête s'éloignait, et essaya de clarifier les pensées qui affluaient dans son esprit.

« *Cet homme en pince pour toi.* » C'est ce que Cesca lui avait dit, au moment où Ryan emportait Charlie chez lui, ses muscles contractés sous le poids de son fils. « Il a passé la moitié de la soirée à te faire l'amour avec les yeux. Il te dévore du regard constamment de telle sorte qu'il est clair que tes yeux ne sont pas la seule partie qu'il aime chez toi. »

Par bonheur, ni Ryan ni Sam ne l'avaient entendue. C'était bien assez embêtant que Sam l'appelle London jusqu'à la fin de son séjour, son grand sourire lui donnait envie de lui planter un stylo dans l'œil. Quant à Cesca, quand elle ne lui témoignait pas son soutien dans ses conflits avec Thomas, elle chantait les louanges de Ryan, répétant que le meilleur moyen de surmonter une séparation avec un homme, c'était de passer au suivant.

À peine s'étaient-ils envolés pour L.A. qu'ils lui manquaient. À présent, sa maison était plus silencieuse que jamais. Rien que Juliette et ses pensées, compagnie dont elle se serait volontiers passée.

L'aube se leva, augurant une amélioration météorologique. Quoique chargé, le ciel ne portait plus trace de la tempête de la veille, hormis quelques nuages aux contours jaunes destinés à se dissoudre. Juliet tira sur le coin de son rideau, inspectant le jardin où des branches brisées et des brindilles jonchaient les feuilles brunes boueuses, recouvertes de flaques d'eau de pluie. Un temps plus clément, sans nul doute.

Elle emporta sa tasse de café sur la véranda. Le vieux banc grinça lorsqu'elle s'assit, ses jambes serrées dans son jean repliées sous elle. Des tourbillons de vapeur s'élevaient de sa tasse, se mélangeant à la buée de son souffle à chaque expiration. Cela lui fit penser à sa fille qui appelait cela « le souffle du dragon ».

Elle buvait sa dernière gorgée lorsqu'elle vit la porte de la maison voisine s'ouvrir. Ryan émergea, vêtu d'un pull gris foncé et d'un jean. Son pantalon s'accrochait à ses cuisses comme si sa vie en dépendait.

Wouah. Époustouflant.

– Salut !

Souriant, il descendit les marches et vint vers son pavillon. Ses vieilles baskets crissaient sur l'herbe humide.

– Prête à partir ?

– Dès que j'aurai terminé mon café. (Elle souleva sa tasse.) Il en reste dans la cafetière. Vous en voulez ?

Sa proximité déclenchait à coup sûr des réactions physiques. Il n'avait qu'à se tenir près d'elle pour qu'elle soit hyper-consciente de sa grande taille, de ses muscles, de son visage semblable à une sculpture parfaite. Il sentait bon la douche et le bois de santal, mélange qui embrasait quelque chose dans ses synapses et formait un tourbillon qui, sous l'effet de l'accès d'adrénaline envahissait son organisme.

– Je veux bien un café, dit-il d'une voix empâtée par le sommeil. Avez-vous un thermos ? Pour en emporter sur le bateau.

Il la suivit dans la cuisine, et tandis qu'il se tenait derrière elle, elle pouvait sentir sa chaleur corporelle. La pièce semblait plus petite, plus fermée que d'ordinaire. Comme si, en la traversant, il rendait tout insignifiant.

– Je nous ai préparé des sandwichs. Je ne savais pas combien de temps nous serions absents, alors j'ai préféré prendre des provisions au cas où.

Elle bavardait pour remplir le silence, craignant ce qu'il adviendrait si elle le laissait durer.

– J'ai choisi jambon-salade ? Vous aimez le jambon ? J'aurais dû vous demander d'abord.

– Jambon, c'est parfait. Merci de les avoir préparés. Et nous pouvons partir naviguer aussi longtemps que vous le souhaitez puisque nous sommes sans les enfants. La journée nous appartient.

Une nervosité excitante lui donnait la chair de poule.

Ils rejoignirent le port en un rien de temps. Il régla la radio sur une station rock et fredonna en traversant la ville en direction du bord de l'eau. Son pied battait la mesure, sa cuisse musclée sautillait, et elle n'arrivait pas à en détacher son regard. Au feu rouge, il la regarda, un petit sourire étirant ses lèvres. Ils restèrent les yeux dans les yeux, comme s'ils partageaient un secret qu'ils étaient les seuls à connaître. Sa peau recommença à picoter.

– Tout va bien, London ?

– Très bien.

– Vous êtes très silencieuse. (L'observant, il inclina sa tête sur le côté.) Un problème ?

– Juste un peu de fatigue, c'est tout. Ces derniers jours ont été chargés.

– Raison de plus pour prendre le voilier et se détendre. J'aurai besoin d'aide pour quitter le port mais après, vous pourrez tranquillement profiter du paysage. J'essaierai de ne pas trop vous épuiser.

Il sourit largement, et un frisson de plaisir la parcourut.

– Je suis pleine de ressources et je peux assumer ma part sur le bateau.

Il ajouta, sans se départir de son grand sourire, déjà plus suffisant que tout.

– Vous n'êtes pas bien épaisse pourtant.

Il la survola du regard : son pull rayé bleu et blanc, son jean skinny. Son regard s'adoucit.

L'atmosphère entre eux était électrique, comme la nuit au club de danse. Elle la sentait crépiter sur sa peau, faisant se dresser les petits poils sur ses bras.

– Je le prends comme un compliment, observa-t-elle, d'une voix détachée. Mais ça pourrait aussi bien être une insulte.

– C'est un compliment, dit-il d'une voix rauque. Prenez-le comme tel.

À l'arrivée sur le parking, l'embarcadère était peuplé de marins du dimanche profitant du jour férié. Ils se dirigèrent vers la jetée, en direction de *Miss Maisie*, le voilier fièrement dressé, indemne après la tempête.

Comme lors de sa précédente visite, le bateau avait été préparé, certainement briqué par Stan, l'ami de Ryan. Mais contrairement à la dernière fois, ils étaient seuls, et sans Poppy et Charlie, elle se sentait exposée quoiqu'excitée.

Ryan embarqua en premier, puis lui tendit la main pour l'aider à grimper. Ses doigts se replièrent autour de ceux de Juliet, chauds et puissants, et la tirèrent sans effort jusqu'à ce que ses pieds se posent sur le pont. Il se tenait debout, près d'elle, la dominant physiquement. La brise soulevait ses cheveux. Il ramena une mèche échappée de sa queue-de-cheval derrière son oreille.

Ses doigts s'égarèrent dans sa nuque, laissant un sillon glacé à sa suite. Un frisson s'insinua dans son dos, faisant trembler ses cuisses. Personne ne l'avait jamais autant troublée que lui. Il était fort, chaleureux et beau, et il lui fichait une peur bleue.

L'amour fait souffrir. Elle l'avait appris à ses dépens. L'amour l'avait détruite à la mort de sa mère, et plus tard, l'histoire s'était répétée quand elle avait perdu Thomas. C'était un couteau enveloppé dans du velours, doux au toucher mais fatal.

Avec lui, ce n'était pas de l'amour, mais du désir. Et elle pouvait en profiter, non? Elle pouvait s'autoriser à succomber au désir, aux sensations des doigts de Ryan. Ils étaient tous deux adultes, célibataires, et ils savaient à quoi s'en tenir.

Une passade. Rien de plus, rien de moins. Quelques mois de légèreté, pendant qu'elle reprenait sa vie en main et que Ryan attendait de déménager, puis ils pourraient tous deux aller de l'avant sans regrets. Personne n'avait besoin de savoir, cela pouvait rester leur petit secret. Ça pourrait être aussi simple que cela, si seulement elle pouvait arrêter de trop analyser.

–Vous vous sentez d'attaque? murmura-t-il, tenant sa nuque dans sa main, ses doigts caressant doucement sa peau.

L'était-elle ? Sans aucun doute. Prête, quoi qu'il arrive, et déterminée à l'affronter de plein fouet.

Elle hocha la tête.

– Je suis prête. Allons-y.

Le vent gagnait en force au large, faisant claquer les voilures contre le mât, tandis que le bateau prenait de la vitesse. À la proue, Juliet s'accrochait au garde-corps pour ne pas tomber, ses cheveux fouettant son dos. Elle se tenait dos à Ryan, le regard fixé sur la baie, et un court instant, elle lui fit penser aux figures de proue en bois sculpté des anciens navires.

La Grande-Bretagne maîtresse des mers.

Quand elle se retourna vers lui, son visage était rougi par le vent. Ses lèvres gonflées et rouges, ses yeux luisants. Sa vitalité était enivrante, un fil sous tension qu'il avait envie de toucher contre toute attente. L'intensité de ses réactions ne le surprenait plus, mais cela n'atténuait en rien leur impact. Chaque fois qu'il posait les yeux sur elle, il ne pouvait s'empêcher de repenser à leur baiser fougueux. À la chaleur de sa bouche, à la souplesse de ses seins pressés contre lui.

Ils voguaient depuis un peu moins d'une heure, laissant Shaw Haven derrière eux, tandis qu'ils parcouraient la baie. Et pendant presque soixante minutes, il n'avait pas réussi à détacher son attention d'elle. Ne pas la toucher le rendait dingue. Et pourtant, il ne pouvait pas faire autrement que de se remémorer la promesse qu'il s'était faite, ce fameux soir, en rentrant chez lui. *Ce qui se passera ensuite dépend d'elle.* Il n'était pas du genre à forcer les choses, pas après une enfance passée à voir son père dominer sa mère. Si elle désirait quelque chose, elle devrait faire le premier pas.

– Je vais amarrer dans ce coin, cria-t-il en espérant être entendu malgré le vent.

Il obliqua à gauche, vers la rive herbeuse qui se prolongeait en une petite crique. Loin de toute agglomération, elle était déserte à l'exception des oiseaux qui descendaient en piqué et planaient au-dessus des marais.

Juliet acquiesça de la tête, se hissant sur le pont avant pour attraper l'ancre pendant qu'il les dirigeait vers le rivage. Il adorait le naturel avec lequel elle agissait, anticipant ses instructions avant qu'il ait pu les formuler. C'était une équipière facile, ne faisant qu'une avec l'eau, et c'était follement séduisant de la voir prendre le contrôle.

Il arrêta le voilier à six mètres de la terre ferme, évitant les eaux peu profondes où ils risqueraient de s'échouer.

– C'est profond ? cria-t-elle.

– Un peu plus de quatre mètres.

Sans un autre mot, elle mesura la ligne d'ancrage et la noua avec fluidité à la bonne longueur avant de plonger l'ancre dans l'eau. Il redressa le voilier tandis que l'ancre touchait lentement le fond, et que Juliet ligotait la corde restante autour du taquet.

– C'est bien comme ça ? J'ai fait comme vous m'avez montré, mais ça fait un moment.

Elle fronça les sourcils, tirant sur le nœud pour vérifier sa solidité. Il quitta le gouvernail et alla la rejoindre. En un coup d'œil, il constata la solidité de l'attache. Le bateau se balançait doucement sur l'eau, se soulevant au rythme de la marée.

– C'est parfait, dit-il sans plus regarder le nœud.

Il était trop occupé à examiner son visage, ses lèvres, ses yeux noisette intenses.

Il sentit la chaleur de son regard tandis qu'elle soutenait le sien. Elle paraissait différente sur la rivière. Plus forte, en un sens. Malgré ses chaussures de tennis plates, elle paraissait grandie de quelques centimètres.

Bercés par les roulis de l'embarcation, ils se fixaient du regard, sans que l'un d'eux ne rompe la connexion. Le doux ressac contre la berge accompagnait les cognements du sang dans ses oreilles. Une bernache du Canada se posa au bord de la rivière. Dans les herbes hautes, elle poussa un cri grave.

– Nous partons en exploration ? proposa-t-il en montrant la rive du doigt. Nous avons assez de temps.

Sans le quitter des yeux, elle secoua la tête.

– Non. Pas envie d'explorer.

Il fronça les sourcils.

– Non ?

– Non.

– Si vous avez froid, j'ai un pull dans la cabine. Je vais vous le chercher ?

Une amorce de sourire se dessina sur les lèvres de Juliet.

– Je n'ai pas froid. Je n'ai pas besoin d'un pull.

Elle se rapprocha de lui, jusqu'à ce qu'il n'y ait plus que très peu d'espace entre eux. Il pouvait sentir l'arôme sucré de son shampooing, combiné à l'air vif de la rivière. Il dut serrer les poings pour se retenir de la toucher.

– London…

Cette détermination, il ne l'avait jamais vue sur son visage.

– Chut. Tout va bien. Pas la peine d'avoir cet air inquiet, Ryan.

– Je ne suis pas inquiet.

Du bout du doigt, elle suivit les rides sur son front.

– Vous plissez le front, murmura-t-elle, son doigt longeant sa tempe.

Il ferma un instant les yeux. Le plus bref contact suffisait à raviver le besoin qu'il s'appliquait à contrôler. Ses poings étaient si serrés que ses ongles s'enfonçaient dans ses paumes.

Lorsqu'il rouvrit les yeux, elle parcourut l'infime distance qui les séparait encore. Sur la pointe des pieds, elle le scrutait, le regard doux mais intense.

– Ryan, susurra-t-elle.

– Oui ?

– À quoi penses-tu ?

À quoi pensait-il ? Était-elle démente ? Avec elle aussi proche, il était bien incapable de former une pensée lucide.

– Je pense que vous êtes extrêmement proche de moi.

– Vous voulez que je m'écarte ?

– Non.

– Vous voulez savoir ce que je pense ? demanda-t-elle.

Il pouvait sentir la chaleur de son souffle quand elle parlait.

– C'est mon vœu le plus cher.

Sa réponse suscita un autre sourire.

– Je pense à ce baiser. Dans ma cuisine. Et je pense à ce qui serait arrivé si les enfants n'avaient pas été là.

– Comme maintenant, vous voulez dire ?

– Exactement comme maintenant. (Son doigt descendit vers sa mâchoire.) Je n'arrive pas à me le sortir de la tête. Impossible depuis ce soir-là. Je ressens sans cesse la chaleur de vos lèvres, la fermeté de votre corps. Combien j'en voulais encore.

– Encore ?

Sa voix flancha.

– Tellement plus.

Elle passa le doigt sur sa lèvre inférieure. Il se tenait aussi immobile que possible sur un bateau amarré. Il était trop subjugué par cette version de Juliet pour faire autrement que de l'admirer.

– Ryan ?

– Oui ?

– Vous voulez m'embrasser encore ?

En cet instant, il ne pouvait penser à rien d'autre. Pourtant, il attendit, gardant son désir solidement bridé en lui, ses yeux plantés dans les siens.

– Oui, j'ai envie de vous embrasser.

– Alors, pourquoi ne le faites-vous pas ?

Elle l'aguichait. Il le voyait au petit air dans ses yeux, au son de sa voix. C'était fou ce qu'il aimait ça, sa façon d'être si vulnérable et si forte à la fois. Cela le touchait en des points qu'il ignorait posséder.

– Parce que j'aimerais que vous m'embrassiez en premier.

Son sourire qui jouait à cache-cache sur son visage éclata plus franchement. Les épaules soudain détendues, les joues plus charnues, elle était plus désirable que jamais.

– Il fallait le dire.

16

« Pourquoi alors ne pas abuser des bonnes choses ? »

Comme il vous plaira

Ce n'était qu'un baiser, non ? Une bouche pressée sur une autre. Même pas un premier baiser – cet honneur revenait à l'étreinte dans la cuisine, une délicieuse embrassade contre le bois dur du plan de travail. Ce soir-là, ils avaient cédé à l'impulsion et échangé un baiser spontané. Libre de toute anticipation et dénué de sens profond.

Mais pas ce baiser. Celui-là, elle l'avait anticipé toute la matinée. Elle s'était demandé quand – et pas si – il se produirait. Si ce serait aussi bon que la première fois, chez elle.

Le fait était qu'il paraissait plus délectable avant même qu'il se concrétise. L'hésitation, exquise tant elle se chargeait de besoin et de signification, pulsait dans son corps au point que sa peau picotait de désir.

Il était lourd de sens, parce que c'était son choix. Sa décision. Elle ne subissait plus les choses, elle les *provoquait*. Elle revendiquait ses désirs, sans craindre les conséquences. Pour la première fois depuis bien longtemps, elle vivait dans l'instant, consciente que tout pouvait s'arrêter.

Et elle s'en délectait.

Elle resserra sa main autour de sa nuque, son autre main à plat sur son torse pour s'empêcher de basculer. Elle sentait ses muscles plats, fermes et inflexibles, sous son pull fin.

Elle souriait toujours lorsqu'elle l'embrassa, l'allégresse de leur connexion lui donna envie de rire. Mais alors, ses lèvres étirées s'unirent aux siennes, le dégustant avec une exigence qu'elle n'eut pas besoin de formuler. C'était comme si elle avait actionné un interrupteur et que la lumière abondait. Ryan l'embrassait aussi, ses mains glissant dans son dos et pressant le creux de ses reins.

Ce n'était pas une lutte de pouvoir. Ils étaient deux personnes, différentes mais égales, avec des besoins et des désirs qui coïncidaient. Elle n'aurait su dire qui avait entrouvert ses lèvres en premier, ou quelle langue avait recherché l'autre, car ils étaient pétris d'un même désir ardent.

Lorsqu'ils reprirent leur souffle, elle laissa sa tête retomber en arrière, exposant son cou. Et d'instinct, il y sema des baisers sans qu'elle ait besoin d'exprimer son désir.

Depuis quand n'avait-elle pas ressenti un tel désir? À peine ses lèvres l'avaient-elles touchée qu'elle s'embrasait. Sur son thorax, sa main retraça ses pectoraux et son abdomen, ses doigts exploraient les reliefs de sa musculature.

–Tu es belle. Si belle, murmura-t-il à son oreille, et la sensation de son haleine la fit frémir.

S'il n'était pas le premier à le lui dire, son compliment la toucha différemment. Comme s'il voyait en elle plus profondément, sans s'arrêter à ses traits harmonieux.

–Toi aussi, tu es beau.

Elle pencha la tête et captura ses lèvres. En gémissant, il l'embrassa et passa la main dans ses cheveux. Dans le ciel, une bernache fondit vers la berge, laissant échapper un appel déchirant au moment de se poser dans l'herbe.

Elle s'obligea à interrompre leur baiser.

– Ryan ?

– Mmm ?

– Tu devrais m'emmener à l'intérieur.

– London ?

Elle roula sur le côté, bien au chaud dans les couvertures. Son esprit flottait dans une semi-conscience éclipsée par des rêves. Aussi eut-elle du mal à identifier les bercements qu'elle ressentit. Un court instant, elle faillit replonger dans le sommeil, se raccrochant encore un peu à la sensation de bien-être.

– London ? Il faut te réveiller.

Elle rouvrit subitement les yeux. En jean, torse nu, Ryan était assis au bord du lit. Ses cheveux humides peignés en arrière, sa peau brillait comme s'il sortait de la douche.

– Que se passe-t-il ?

Elle se redressa sur son séant et se frotta les yeux pour ajuster sa vue. Elle regarda autour d'elle. Où était-elle ?

Dans la cabine.

De son voilier.

Nue.

Nom d'un petit bonhomme.

Sans réfléchir, elle remonta les couvertures pour cacher sa poitrine. Ryan l'observait avec un petit sourire en coin, comme si sa réaction l'amusait.

– Quelle heure est-il ? demanda-t-elle, cherchant son téléphone du regard.

– Un peu plus de quatre heures.

– Quatre heures ? C'est pas vrai !

Elle s'agenouilla précipitamment, tout en tâchant de cacher sa nudité. Ses mouvements frénétiques le firent rire, tandis qu'il la regardait avec tendresse.

– Nous devons retourner au port avant la tombée de la nuit. Il fait froid sur l'eau quand le jour décline et je n'ai pas emporté suffisamment de couvertures.

Elle pinça sa lèvre entre ses dents.

– Je n'avais pas réalisé qu'il était aussi tard. J'ai dû dormir des heures.

– Cinq heures environ. Mais c'est sans importance.

Elle redressa le dos.

– Pas pour moi. Je n'arrive pas à croire que j'ai dormi aussi longtemps. Tu t'es sûrement ennuyé à mourir.

– Au contraire, j'ai passé un excellent moment. Tu es intéressante quand tu dors. Tu sais que tu parles beaucoup quand tu rêves ?

Ryan fit un grand sourire.

– Pas du tout.

– Oh que si. Je te répéterais bien ce que tu as dit, mais c'est plutôt indécent. Disons simplement que mon nom revenait souvent.

– Arrête ça. Tu inventes.

Faisant fi de toute pudeur, elle traversa le lit et lui donna une tape sur le bras.

Il saisit son poignet et l'attira vers lui. Les couvertures retombèrent, révélant ses seins rougis et son ventre blanc. Son sourire s'évanouit au profit du désir qui modela ses lèvres et étrécit ses yeux. Le reflet du besoin qu'il éprouvait d'elle.

– Mon Dieu, London, dit-il, accroché fermement à elle. Je me contrôle aussi bien que tu frappes fort, et nous devons regagner le port. Si tu veux me taper, garde ça pour plus tard, quand nous serons chez nous.

Elle ouvrit la bouche pour répliquer qu'ils ne partageaient pas le même foyer. Qu'une fois qu'ils seraient rentrés à Shaw Haven, ils retourneraient chacun chez soi. Mais devant son regard insistant, elle referma la bouche, ses lèvres claquèrent comme un poisson qui fait des bulles.

Ryan posa un baiser sur son front, si délicat qu'elle sentit à peine la pression de ses lèvres. Lâchant son poignet, il lui passa la main dans les cheveux et enroula une mèche autour de ses doigts.

– Tu devrais te rhabiller avant que je craque, l'avertit-il en s'écartant pour enfiler un tee-shirt.

– Et si je préfère que tu craques ?

Elle sourit. Il haussa un sourcil.

– Tu veux que je perde mes moyens ?

Elle lécha ses lèvres sèches.

– Possible.

– Alors, habille-toi, London, et ramène ton joli petit derrière sur le pont. Dès que nous franchirons ma porte d'entrée, je te montrerai exactement ce qu'il advient quand je perds le contrôle.

Était-ce une menace ou une promesse ? Quoi qu'il en soit, sa peau picotait et son cœur battait à tout rompre. L'idée que Ryan Sutherland craque pour elle lui parut follement alléchante. Elle avait hâte de voir ça.

Lorsqu'ils amarrèrent le voilier à la jetée, le soleil glissait lentement derrière l'horizon et projetait des tons rougeoyants sur Chesapeake Bay. Ryan aida Juliet à descendre du pont, ses semelles en caoutchouc crissant sur les planches en bois de la promenade, ses muscles se rebellant contre la soudaine secousse.

Elle avait mal partout pour deux raisons exquises : la navigation et le sexe. Contrairement à Ryan, elle n'avait pas eu le temps de se glisser dans la minuscule cabine de douche, aussi se sentait-elle poisseuse après ces multiples activités de l'après-midi.

Elle le regarda opérer les dernières vérifications sur le pont, enrouler la corde et replier la voile. Il verrouilla la porte de la cabine, ficha la clé et son porte-clés en liège dans sa poche, puis la rejoignit sur le quai.

– Tu es prête ?

À quelques pas de la voiture, il se figea devant une pancarte fixée à la clôture.

À VENDRE, CONTACTER *WITHIN AND CROSS REALTORS*

En quelques mots, ses yeux lancèrent des éclairs.

– C'est quoi, ce bordel ?

Son mécontentement grimpa d'un cran tandis qu'il orientait son regard vers la cabane en bois, où Sam se tenait pas plus tard que dans la matinée. Elle était fermée pour la nuit, ses volets en bois rabattus sur les fenêtres. Pour une raison curieuse, cela excéda davantage Ryan.

– Que se passe-t-il ?

Il toucha le panneau, puis retira sa main et serra le poing.

– Il aurait dû me prévenir qu'il le mettait en vente.

– Stan ne le sait peut-être pas.

Juliet s'efforça de parler posément. Pourtant, les yeux fous de rage de Sam la rendaient nerveuse.

– Pas Stan. Mes parents. Ma mère au moins aurait dû m'en informer.

– L'embarcadère appartient à ta famille ?

Elle ne savait pas pourquoi cela l'étonnait. Ce n'était un secret pour personne, les Sutherland et les Marshall possédaient chacun une moitié de la ville. Deux familles super-puissantes, dans lesquelles elle et Ryan apparaissaient comme les moutons noirs.

– Exact. Et à moi aussi.

Elle en resta bouche bée.

– À toi ?

– Je suis l'un des actionnaires.

– Je l'ignorais. Je pensais...

Sa voix s'estompa. Que pensait-elle ? Naturellement il possédait des actions et de l'argent, comme seul un Sutherland ou un Marshall pouvait en détenir par ici. Thomas ne s'en était pas caché, après tout.

Il était l'un d'eux, même s'il prétendait le contraire.

– Que vas-tu faire ? demanda-t-elle.

Son regard embrassa l'embarcadère déserté.

– Rien dans l'immédiat. (Il fit des petits ronds avec ses épaules pour chasser les tensions.) Bon, rentrons à la maison.

Il lui prit la main, et ils repartirent vers sa voiture, leurs pieds crissant sur les graviers du parking. Il était crispé, le corps rigide, et elle savait que la pancarte À *vendre* l'avait contrarié. À plusieurs reprises sur le chemin du retour, elle faillit le questionner, mais ses lèvres serrées en une ligne fine et son front plissé figèrent la question sur sa langue. Il semblait avoir dressé une frontière invisible autour de lui-même. Et elle ignorait comment la déjouer.

Au moment où il s'engagea dans l'allée, elle tergiversait. Peut-être souhaitait-il rester seul pour réfléchir à la vente de l'embarcadère ? Et si elle ne tenait certainement pas à être seule, elle pouvait au moins lui accorder cela.

– Je vais rentrer, déclara-t-elle en descendant de voiture, alors qu'il lui tenait la portière ouverte. Merci pour cette merveilleuse journée.

Il posa la main sur son épaule.

– Je pensais que tu venais à la maison.

– Eh bien, voilà. Je suis arrivée à la maison, chez moi.

– Chez moi, je voulais dire. Je ne veux pas que tu partes. (Son visage s'adoucit et la tension se dissipa en partie dans sa mâchoire.) J'étais préoccupé en voiture, je sais. Cette pancarte m'a fait un choc, je ne m'y attendais pas. J'essaie de digérer la nouvelle.

Rassurée, elle libéra une longue expiration.

– N'as-tu pas envie d'être un peu seul, de passer des coups de fil ou je ne sais quoi ? J'ai l'impression que tu es attaché à cet endroit.

– Tu peux le dire. Mais non, je n'ai pas envie d'être seul. J'aimerais t'inviter chez moi, te prendre encore, mais sur la terre ferme cette fois. Et quand tu t'endormiras, je veux que ce soit dans mes bras, pas toute seule chez toi.

Il tendit la main vers elle.

Elle prit sa décision en un quart de seconde. Elle posa la main de Ryan sur la sienne, sur sa paume chaude, et le laissa replier ses doigts. Avec un léger sourire, il la guida vers les marches, puis sur la terrasse jusqu'à sa porte. Il mit la clé dans la serrure et au moment où il la tourna, un revirement s'opéra en elle. Ses émotions se déverrouillèrent, la laissant à nu, ouverte comme cela ne lui était pas arrivé depuis longtemps. Sa poitrine s'emplit de cette prise de conscience.

– Entre, chuchota-t-il.

Le tenant par la main, elle lui emboîta le pas. Elle n'était jamais passée par le vestibule. En général, elle entrait par la cuisine, à l'arrière. Les murs étaient décorés de photos encadrées. D'images de gens, de destinations, de Charlie posant sur des plages et dans des villes. Autour de ces photos, des souvenirs des quatre coins du monde. Des masques anciens et des attrapes-rêves colorés, accrochés à côté d'un artefact tribal et de carrés de soie. C'était comme pénétrer dans un musée vivant.

– Wouah, souffla-t-elle en regardant autour d'elle.

Il l'observait, un sourire perplexe jouant sur ses lèvres.

– Quoi ? Il y a un problème ?

– Tout ça, répondit-elle en indiquant les murs. Je ne m'attendais pas à ça. Je ne sais pas pourquoi. Je veux dire... je sais que tu as beaucoup voyagé et c'est naturel que tu souhaites t'en souvenir. Mais je te croyais du genre à voyager léger.

– C'est le cas.

– Alors, comment as-tu rapporté tous ces objets avec toi ? Il y a suffisamment de souvenirs pour remplir un camion.

– Je ne les trimballe pas sur mon dos. Quand je trouve des objets qui me plaisent, je les expédie dans mon box de stockage. En arrivant ici, les murs me paraissaient nus, ils avaient besoin de vie.

Elle se rapprocha du masque en bois, au visage peint en vert, rouge et bleu.

– Je peux toucher ?

– Bien sûr.

Du doigt, elle caressa la surface, la peinture à l'huile, le bois brut, traçant un sillon vallonné au gré des ondulations du visage.

– D'où vient-il ?

– De Bonsaaso, au Ghana. Un petit village niché dans la forêt tropicale.

Surprise par sa voix forte, elle s'aperçut qu'il se tenait tout près d'elle.

– Nous y sommes restés plusieurs semaines, en reportage photo pour un magazine.

– Et ça ?

Elle tendit le doigt vers un bouclier en bois.

– Il vient des Philippines. Ça s'appelle un *kalasag*. Les guerriers philippins s'en servaient dans les batailles.

Juliet sentit son haleine dans sa nuque, qui suscita un frisson le long de son échine. Il se tenait si près qu'elle n'avait qu'à pivoter pour que leurs corps se touchent. Elle inhala le mélange d'odeurs du fleuve et de savon qui lui devenaient familières. Tout en lui la charmait.

– Ils sont magnifiques, souffla-t-elle, incapable de détacher son regard. Je comprends pourquoi tu tenais à les garder avec toi.

Elle se tourna face à lui, à son regard scrutateur. Cette fois, ce fut Ryan qui promena ses doigts sur sa joue, lui redressant délicatement le menton pour l'embrasser.

– J'ai quelque chose d'autre à te montrer, chuchota-t-il contre sa bouche, un sourire relevant le coin de ses lèvres.

– Je l'avais deviné.

Elle répondit d'un même sourire. Quand il lui prit la main pour l'entraîner vers l'escalier, elle ne savait pas qui d'elle ou de lui était le plus impatient de gagner sa chambre.

Ils arrivèrent ex aequo. Plus précisément, ils furent tous deux vainqueurs.

17

« La séparation est une si douce tristesse
que je vais inlassablement te dire bonne nuit
jusqu'à ce que nous soyons à demain »

Roméo et Juliette

Juliet était recroquevillée sur son lit, son corps éclairé par un rayon de lune. Il admirait son visage, suivait les courbes de son profil en s'imaginant les capturer avec son appareil photo, cliché qu'il garderait pour lui seul. Ils étaient nus, aussi avait-il poussé le chauffage à fond pour les préserver du froid qu'ils avaient subi sur le voilier.

Le sommeil agité, elle marmonnait. Il jeta un regard au réveil à côté du lit. Les chiffres lumineux lui apprirent qu'il était presque une heure du matin. Si seulement il pouvait étouffer ses pensées et la rejoindre au pays des songes. Au lieu de ça, les idées se déversaient dans sa tête comme une rivière dévalant une cascade, et s'écrasaient contre son crâne pour qu'il reconnaisse leur existence.

Des pensées plaisantes, sur la manière dont Juliette l'avait embrassé sur le bateau, son sourire insouciant quand elle l'avait taquiné. Aujourd'hui, il avait découvert une nouvelle facette de sa personnalité et s'était fortement réjoui qu'elle se soit décidée à agir.

Puis venaient des pensées plus sombres. Il cligna des yeux, tentant de repousser le souvenir de la pancarte À vendre, mais il persistait obstinément. Son ventre se noua à cette perspective. À l'idée de ce que les promoteurs feraient de cette propriété une fois qu'ils auraient mis le grappin dessus.

Prenant soin de ne pas réveiller Juliet, il bascula vers le bord du lit, se leva et mit son short. Pieds nus, il foula le parquet du couloir et descendit les marches. Dans la cuisine, il se servit un verre d'eau.

Le liquide froid apaisa ses lèvres irritées. Il remplit son verre et l'emporta au salon. Il redémarra son MacBook, se hâta d'ouvrir son navigateur et de chercher *Within and Cross*, les agents immobiliers chargés de vendre le quai. Il les trouva rapidement. L'annonce du bien apparaissait en page d'accueil. Par curiosité, il cliqua sur le lien de la présentation détaillée.

Opportunité de développement

Cet embarcadère authentique d'époque fait partie de Shaw Haven depuis 1760. Cet ancien port marchand, devenu un lieu de villégiature fréquenté par une population aisée, nécessite une rénovation. Fort d'un permis de construire pour un hôtel et un complexe de loisirs, mais aussi d'un accès direct aux principaux axes routiers ainsi qu'à l'aéroport de Baltimore, ce bien ne restera pas longtemps sur le marché. Pour toute demande, contacter *Within and Cross*, par téléphone, mail ou sur rendez-vous dans nos agences de Baltimore.

Il but une autre gorgée d'eau dans l'espoir d'étancher la colère qui le prit aux tripes. Parmi tous les biens que son père aurait pu vendre, il avait dû deviner que le quai serait celui qui mettrait Ryan dans une colère noire. Était-ce intentionnel ?

Ryan avait grandi dans ce port, suivant son grand-père sur les quais, apprenant à naviguer et à pêcher avec lui. Et alors que son grand-père se mourait d'un cancer dans une chambre stérile d'hôpital, Ryan lui avait promis de sauvegarder le débarcadère, de veiller à ce que Stan garde son emploi et que *Miss Maisie* reste là. Les yeux fermés, Ryan se revit adolescent, tenant délicatement la main frêle de son grand-père en écoutant sa voix éraillée de vieil homme. Il avait accepté de protéger ce lieu, de faire tout son possible pour qu'il ne tombe pas entre de mauvaises mains. Naïvement, il avait cru qu'il serait facile de tenir promesse. Sa mère aimait les docks autant que lui. Assurément, elle ne laisserait pas son père le vendre.

Il secoua la tête. C'était exactement le projet de son père. Quand avait-il jamais écouté sa femme ?

– Est-ce que ça va ?

Seulement vêtue d'un tee-shirt blanc, Juliet entra dans la pièce. La voir suffit à l'agiter, emplissant son esprit de la promesse de son corps.

– Je me suis réveillée et tu avais disparu. Je me demandais où tu étais.

Il rabattit l'écran de son ordinateur.

– Je n'arrivais pas à dormir, je suis descendu prendre un verre d'eau.

Il montra du doigt le verre à moitié vide sur la table. Elle s'appuya au dossier du canapé.

– Que regardais-tu sur ton ordinateur ?

Elle était trop loin. Il avait besoin d'elle tout près de lui. Ryan la prit par les mains et la guida autour de l'accoudoir pour l'amener sur ses genoux. Elle s'assit à califourchon sur lui, ses jambes nues autour de lui. Il n'eut qu'à sentir la douceur de sa peau, la chaleur de l'intérieur de ses cuisses, pour que le besoin s'empare de lui.

– J'ai cherché l'annonce de vente du débarcadère. Ils le présentent comme un bien à rénover.

Il passa les mains dans sa magnifique chevelure et dévora son corps des yeux comme un festin.

– Quel genre de rénovation ?

– Sûrement un projet de grande envergure. C'est un bien immobilier de premier ordre, proche des grandes villes et de l'autoroute. L'emplacement idéal pour bâtir des hôtels et des immeubles locatifs pour les gens riches qui souhaitent passer le week-end ici. Ajoute à cela le panorama et l'accès au fleuve, et les promoteurs vont se presser au portillon.

Elle fronça les sourcils.

– Pourquoi le vendent-ils ? Il n'est pas dans ta famille depuis des décennies ?

– Depuis plusieurs générations. Grosso modo, depuis l'arrivée du premier Shaw à Shaw Haven, nous possédons les quais et la zone environnante. C'est comme ça que les Shaw ont fait fortune, en contrôlant les importations et les exportations de la région. Nous avons tous grandi avec un pied dans le Chesapeake. Ce fleuve fait partie de nous.

Elle passa les mains sur son torse et dessina des cercles avec ses doigts. Son contact suffit à l'apaiser.

– Aurais-tu les moyens de l'acquérir ? De cette façon, tu empêcherais que le quartier soit modernisé.

– Je ne dispose pas de la somme nécessaire. J'aurais besoin d'accroître mon capital et je ne pourrais y parvenir qu'avec un plan de développement. Ce qui impliquerait de le réaménager ou de trouver une activité complémentaire. (Il leva les yeux vers elle.) Et puis, je pars dans quelques mois, je n'ai pas besoin de nouvelles attaches ici.

Elle s'humecta les lèvres, essayant de faire bonne figure.

– Pourquoi le vendent-ils maintenant ? La société est en difficulté ?

– Au contraire, le dernier bilan comptable que j'ai reçu est on ne peut plus positif. Sans compter qu'ils peuvent rassembler les fonds nécessaires au besoin. Ils m'ont proposé une grosse somme pour racheter mes parts.

Frappée d'étonnement, elle écarquilla les yeux.

– Ils ont essayé de t'évincer ? Mais pourquoi ?

– Parce qu'ils considèrent que je peux bloquer toute décision. Que je représente un poids. Mon père déteste le fait que je détienne des parts. Nous sommes à couteaux tirés depuis des années, il aimerait que je disparaisse.

Il enfouit son visage dans son cou et inhala la senteur de pomme qui émanait d'elle. Un court instant, il se laissa distraire par son parfum sucré et la douceur de sa peau.

Elle laissa ses doigts sillonner son torse, son regard suivant leur parcours. À son air, il devina qu'elle essayait de comprendre le sens de ses propos, d'en saisir la logique.

– Pourquoi tu n'acceptes pas leur offre ? Comme tu l'as dit, tu ne veux pas rester ici, tu pars bientôt. Alors, pourquoi endurer des négociations qui ne t'apportent rien ? Tu pourrais tout céder, les laisser faire ce qu'ils veulent de l'embarcadère et oublier toute cette histoire.

Il noua les mains dans le creux de ses reins et l'attira contre lui. Si près qu'il sentit ses seins sous le tissu de son tee-shirt et sa chaleur sur sa peau.

– J'ai promis de veiller à ce que l'embarcadère reste dans la famille, répondit-il. Et il n'est pas uniquement question de moi, mais aussi de Charlie. C'est un Shaw et un Sutherland et je lui dois de protéger son héritage.

Elle frotta les lèvres dans son cou, ses cheveux effleurant ses épaules.

– Je comprends, dit-elle. C'est incroyable ce que nous sommes prêts à faire pour nos enfants.

– Comme résider dans une ville où nous ne sommes pas à notre place.

Il la sentit sourire.

– Et la facilité avec laquelle nous endurons les épreuves juste pour les protéger, concéda-t-elle.

Elle saisit le lobe de son oreille entre ses dents et l'aguicha avec sa langue. Haletant, il renversa la tête en arrière et porta ses hanches à sa rencontre pour presser son érection contre elle. Elle lui faisait perdre la tête, avec ses caresses et ses lèvres chaudes, et il raffolait de chacune de ses petites attentions.

– C'est peut-être pour cette raison que notre relation est aussi importante, murmura-t-elle, ses doigts parcourant ses bras. Un petit havre de paix rien qu'à nous. Un endroit où nous réfugier quand les enquiquineurs et la famille nous accablent.

Était-ce là son objectif ? Fuir la réalité ? Il ferma les yeux et savoura la sensation présente de ses lèvres sur sa joue, qui l'embrassèrent et le léchèrent jusqu'à le pousser à capturer sa bouche en retour. Elle était apaisante et excitante, et lui procurait à la fois toute la palette d'émotions qui existaient entre les deux.

À califourchon sur lui, le serrant entre ses jambes exquises, elle se souleva et le guida avec sa main vers le point précis où il voulait être. Ainsi pressé contre elle, il constata que son désir et son besoin étaient aussi forts que les siens.

Il serait son refuge si elle était le sien. Il ne connaissait pas meilleur asile.

Ils étaient assis dans la balancelle, à l'arrière de sa maison, cachés de la route et des voisins. Juliet était sur les genoux de Ryan, tous deux enveloppés dans une couverture. Elle se blottit contre lui tandis qu'il les berçait du bout du pied, avec une lenteur qui trahissait leur fatigue.

– À quelle heure Thomas ramène Poppy ? demanda Ryan.

Son ton mélancolique reflétait l'humeur de son cœur. Maussade comme si l'été touchait à sa fin, bien qu'ils fussent fin novembre. Une ambiance de dernier jour de vacances, nostalgique à un point qui lui donnait envie de taper du pied et de pleurer.

– Dans une heure environ. À peu près l'heure à laquelle tu vas chercher Charlie, murmura-t-elle, la voix étouffée par son torse. J'espère qu'elle est aussi fatiguée que moi. J'ai besoin de me coucher tôt.

Elle le sentit rire sous cape, son thorax se soulevant sous elle.

– J'ai enfin réussi à t'épuiser.

– Nous nous sommes mutuellement vidés de toute énergie. Tu n'es pas au mieux de ta forme, mon cher.

– Oui, bah, voilà ce qui arrive quand on se dévore toutes les deux heures. Et tu as sûrement raison, je vieillis.

– Tu ne vieilliras jamais.

– Dis ça à mes muscles. Pour l'instant, ils me crient que je suis vanné et que même si j'avais encore envie de sexe – ce qui est d'ailleurs le cas –, ils se rebelleraient.

Elle sourit plus largement.

– J'aime quand tu parles de sexe.

Elle contempla son grand sourire. Sa beauté dévastatrice. Son homme en or au sourire séduisant.

– Je sais, London.

Amusant comme ce surnom la hérissait au début et que, désormais, elle l'adorait. C'était comme un petit secret rien qu'à eux. Elle aurait aimé l'envelopper dans du papier bulle et le garder à l'abri, le protéger contre les vents violents du monde extérieur. Car tout lui semblait fragile. Comme un panache de fumée secoué par le vent.

– Que répondras-tu à Charlie s'il te demande ce que tu as fait ?

– Probablement quelque chose comme « de la voile... manger... et j'ai vu London ».

Elle se redressa sur ses genoux et lui frappa le bras.

– Tu ne ferais pas ça !

Il haussa les épaules.

– Charlie se contrefiche de ce que je fais. Il sera trop occupé à me raconter sa journée et le film qu'il a vu pour se soucier de mon week-end. Normal, c'est un gamin. Ce n'est pas son rôle de s'inquiéter pour son père.

Son regard insistant suscitait en elle des réactions physiques devenues familières. Sa poitrine serrée, les muscles de ses cuisses cruellement contractées. Son désir pour lui ne tarissait pas.

– Poppy m'interrogera à coup sûr. Cette fille renifle le mensonge à des kilomètres.

Ryan écarta les cheveux de son visage, ses mains effleurèrent ses joues.

– Que répondras-tu ?

– Eh bien, rien à propos de nous, évidemment. (Elle écarquilla les yeux.) Sûrement que j'ai rangé la boutique, entamé les présentations de Noël, et j'espère que ces projets l'enthousiasmeront suffisamment pour qu'elle n'insiste pas.

– Et si Charlie lui racontait que nous avons fait de la voile ? Il était dans la voiture quand je t'ai invitée, tu te souviens ? J'ai dû lui dire que nous sortirions le bateau.

– Tu as fait ça ? La barbe. (Elle se mordit la lèvre jusqu'à la douleur.) Voilà que je suis tiraillée. Elle verra clair en moi.

Amusé, il l'étreignit et resserra confortablement la couverture autour d'eux.

– Calme-toi, ce n'est pas si grave. Quelle importance que Poppy l'apprenne ? Ce n'est pas la fin du monde, si ?

Elle se raidit dans ses bras.

– Seulement si elle le répète à Thomas...

Elle ne termina pas sa phrase, refusant de l'envisager. Il resserra son étreinte.

– Poppy ne pensera pas à lui en parler, et nous non plus. Tout ira bien pour nous deux.

Malgré le ton de sa voix, elle n'était qu'à moitié rassurée. Elle leva les yeux vers lui et cilla rapidement, ses pommettes assombries par ses cils.

– Sûr ?

Elle fut tentée de demander des éclaircissements sur ce « nous deux », mais la question mourut sur sa langue. Elle n'était pas censée s'interroger sur l'avenir.

– Évidemment. Écoute, avec les fêtes qui approchent, les enfants sont obnubilés par Noël et l'école n'arrange pas les choses. Et ce n'est pas comme si j'allais débarquer dans ta cuisine à l'heure du dîner et t'embrasser fougueusement sur le réchaud.

Cette perspective lui coupa le souffle. Pourquoi ça l'excitait autant ?

– Ah non ?

– Du moins, pas en présence des enfants. Mais si je te surprends seule chez toi, ou penchée dans le jardin en train de planter des fleurs en l'absence de Poppy, je ne pourrai pas être tenu pour responsable de mes actes. D'accord ?

Il rassembla ses cheveux en queue-de-cheval et tira doucement, de manière à obliquer son visage vers lui.

– Parce que si je te surprends seule, London, je serai obligé de t'embrasser. (Sa bouche effleura la sienne.) Et si je t'embrasse, je devrai te déshabiller, murmura-t-il contre ses lèvres. Et si je te déshabille, je serai obligé de coucher avec toi.

– C'est une menace ou une promesse ? marmonna-t-elle contre sa bouche.

– Les deux, ma beauté. Les deux.

18

« Ô péché de mes lèvres ? Ta douceur pousse au crime !
Donne-m'en davantage encore »

Roméo et Juliette

– Maman, c'est vrai que les Indiens d'Amérique ont cuisiné de la dinde pour les Pères pèlerins ? Ils l'ont achetée où? Il y avait un supermarché à Plymouth Rock ?

Concentrée, Poppy coloriait un dessin en marron.

Juliette regardait par la fenêtre, vers la maison au bout du jardin. Était-ce possible qu'elle s'y trouvât encore cinq heures plus tôt ?

– Je ne sais pas, ma puce, répondit-elle distraitement. Il faudrait chercher sur Google.

– Nicole n'aime pas la dinde. Elle dit que c'est cruel de manger de la viande. Elle est végétale.

Juliet réprima un rire.

– Végétarienne, je pense.

Poppy fronça les sourcils.

– C'est ce que j'ai dit. Bref, elle dit que papa devrait le devenir aussi. Il a répondu qu'il essaiera peut-être.

– Il a vraiment dit ça ?

– Oui, et après, quand grand-père a préparé des hamburgers vendredi soir, Nicole et papa en ont pris aux légumes.

Juliet détourna son attention de la maison de Ryan pour regarder sa fille. Elle attendit que la douleur l'assaille. D'habitude, toute allusion à Thomas et à son amie lui faisait l'effet d'un coup de poing dans le ventre, mais cette fois, elle ne ressentit rien.

Déconcertant.

– Et toi, qu'as-tu mangé ?

Juliet referma le lave-vaisselle et enfonça les boutons. La machine se mit en marche et se remplit d'eau.

– Un burger, et un hot-dog en plus. Grand-père a brûlé les saucisses, mais ça allait.

– Tu as dû te régaler.

Chez Ryan, la porte arrière s'ouvrit et il apparut sur la terrasse. Muni de son appareil photo, il prit appui sur la rambarde et braqua son objectif vers les arbres, derrière la maison. Inconscient du regard de Juliet, il se concentrait totalement sur un point dans les branches effeuillées. Elle le regarda prendre des photos, le visage sérieux, les bras pliés, ses cheveux barrant son front. Il y avait quelque chose d'indéniablement séduisant dans son application et dans la manière dont l'appareil semblait le prolonger. Poppy continuait de bavasser à table, absorbée dans son livre de coloriage, et Juliet lui répondait sans réfléchir, les yeux focalisés sur son beau voisin.

Avec une lenteur désespérante, il détourna son objectif de l'arbre pour le focaliser sur sa fenêtre. Il opéra un réglage, peut-être un zoom avant, et elle se sentit se figer tout en l'observant par la vitre.

Son souffle se bloqua dans sa gorge lorsqu'un petit sourire se dessina sur son visage, éveillant une pression dans son ventre.

Ryan se retourna et rentra chez lui, côté cuisine. Elle s'attarda là un instant, espérant qu'il ressorte et qu'ils trouvent le moyen de communiquer à distance.

Peu après, son téléphone vibra dans sa poche. Elle s'en saisit et le consulta distraitement.

Tu es belle dans cette robe, London

Sa main vola vers sa poitrine. Émue par son message, son cœur martelait ses côtes. Des lettres noires sur un écran ne valaient pas sa voix, mais il pensait à elle, et ce constat l'emplit de joie.

Souriante, elle répondit rapidement.

Qu'as-tu photographié ?

Sa réponse ne tarda pas.

Un cardinal rouge. Tapi dans les branches nues.

Elle se remémora sa concentration, si attirante. Un instant, elle s'imagina en voyage avec lui, le regardant capturer de splendides paysages, les animaux, les gens. Une expérience enrichissante, à n'en pas douter.

Tu peux m'envoyer la photo ?

Je l'ai pris avec mon argentique. J'en développerai une pour toi.

Une autre chose qui l'attirait. Sa passion pour les tirages photo. Même s'il utilisait principalement son appareil numérique pour le travail, il avait un faible pour le développement à l'ancienne.

Merci. Au fait, tu me manques.

Tu me manques aussi. Je m'imagine escalader la fenêtre de ta chambre.

Elle sourit à cette perspective et l'imagina l'appeler comme Roméo courtisant Juliette à son balcon.

On dirait des lycéens, non ?

Je suis comme un lycéen avec toi.

Ça te dirait de frapper quelques balles avec moi[4] ?

Tu veux jouer au base-ball ?

Ça ne risque pas de réveiller les enfants ?

4. De nombreuses expressions empruntées au base-ball ont un double sens clairement sexuel. Et un peu ado. À l'image du terrain, progresser de base en base symbolise les étapes de l'intimité. Ici, frapper des balles renvoie à une fellation.

Tu as beaucoup à apprendre, London.

Alors, apprends-moi.

J'en ai bien l'intention.

Une promesse de plus déguisée en menace. Elle commençait à s'y habituer.

– Je t'attendais.

Le père de Ryan s'adossa dans son haut fauteuil en cuir, les mains croisées devant lui. Son luxueux costume en laine laissait entrevoir les poignets de ses manches de chemise blanches fermées par des boutons de manchette. Son bureau était immaculé, sans une feuille de papier en vue. Tout était soigneusement ordonné, à son goût. Petit déjà, Ryan savait combien son père ne tolérait pas le désordre. Tous les soirs, une demi-heure avant son retour du bureau, sa mère s'affairait dans la maison, ramassait jouets et livres et tirait Ryan vers la salle de bains pour qu'il se lave le visage et se brosse les dents. Il n'autorisait rien de moins que la perfection.

Il scruta un instant son père sans parvenir à le déchiffrer.

– Tu sais probablement pourquoi je suis là.

Ryan n'avait pas pu chasser ce projet de ses pensées depuis Thanksgiving. Il remâchait cette affaire depuis des jours.

– J'espérais que tu reconsidérerais mon offre de rachat de tes parts.

Ryan prit un siège dans l'angle du bureau, évitant sciemment la chaise basse que Matthew Sutherland lui indiquait.

Son père tressaillit.

– C'est un bureau à trois mille dollars, observa-t-il. En orme des Carpates. J'aimerais autant que tu évites de l'érafler ou de l'écorner.

– J'aimerais autant que tu ne vendes pas l'embarcadère à des promoteurs.

–Il semblerait que ni toi ni moi n'obtenions gain de cause aujourd'hui, n'est-ce pas ?

Son père croisa les bras.

–Pourquoi ne m'as-tu pas dit que tu projetais de le vendre ?

–Ce sont les affaires. Tu as beau être actionnaire, nous ne sommes pas contraints de te soumettre toutes les décisions émanant de la direction. Tant que nous respectons notre part du contrat et continuons de verser les dividendes, tes plaintes sont infondées.

–Maman est au courant ?

Son père plissa les yeux.

–Elle n'a pas besoin de savoir. Ainsi que je l'ai fait remarquer lors de notre dernière entrevue, tu n'es qu'un actionnaire, comme elle. Tu n'as jamais travaillé pour l'entreprise et tu n'as pas ton mot à dire concernant sa gestion.

–C'est faux, je peux convoquer une assemblée extraordinaire.

–Pour dire quoi ? Que tu es contrarié parce que nous vendons une propriété sans valeur qui ponctionne de l'argent depuis des années ? Qu'en tant que société, nous n'avons pas cessé de renflouer ces quais, sans pouvoir espérer en tirer un quelconque bénéfice ? C'est un bien de premier ordre, Ryan. Le vendre à des promoteurs fait partie de nos fonctions.

–Mais ce n'est pas n'importe quel bien, n'est-ce pas ? Il fait partie de notre histoire. De la famille Shaw. C'est là que mes grands-parents se sont rencontrés, là que j'ai grandi. Ce n'est pas une simple transaction financière, une société va racheter cette propriété, l'exploiter à outrance et priver cette ville de son charme.

–Va donc raconter ça aux autres actionnaires. En affaires, il n'y a pas de place pour les sentiments. Nous sommes là pour gagner de l'argent, et rien d'autre.

– Grand-père m'a fait promettre de veiller sur cet endroit. Tu sais à quel point il y était attaché. Je ne peux pas croire que tu sois prêt à sacrifier tout ça pour un peu de fric.

– Si tu es tellement attaché à cet endroit, achète-le.

Ryan lui lança un regard noir.

– Je ne dispose pas d'une telle somme.

Son père se pencha en avant, le menton posé sur le bout de ses doigts.

– Je sais comment tu pourrais en obtenir. En me cédant tes parts.

Un frisson glacial s'insinua dans le dos de Ryan.

– C'est donc ça ?

– Que veux-tu dire ?

Son père ouvrit des yeux ronds avec une innocence feinte. Ryan s'adossa, en baissant la voix.

– Tu as très bien compris. Tu l'as mis en vente pour me forcer à te vendre mes actions.

– Je te propose une solution. Pour préserver cet embarcadère, quel meilleur moyen d'y parvenir que de céder tes parts ? Nous pourrions même l'intégrer à l'accord de vente.

Ryan s'écarta de son père, tendant les bras pour tenter de garder ses poings le long de son corps. Narines frémissantes, il sentait la colère tournoyer dans ses tripes, puis remonter dans son estomac. C'était comme si chaque muscle de son corps se crispait, aux aguets, le sommant de laisser exploser sa fureur croissante.

– Tu n'es qu'une ordure, tu le sais ? siffla Ryan. Tu vas briser le cœur de maman.

Il ne pouvait pas croire qu'elle puisse se séparer aussi facilement de son patrimoine alors qu'elle avait été si chaleureuse avec Charlie.

– Ta mère me délègue toutes les décisions.

Bien sûr. Ryan le savait d'expérience. Son père le tenait à la gorge. Soit il vendait ses parts, soit il perdait le seul lieu où il se sentait chez lui. Il serait perdant sur les deux tableaux.

–Alors, c'est tout? demanda Ryan, la gorge sèche. Tu vas les laisser construire une série d'immeubles d'habitations sur notre histoire sans un remords? (Il secoua la tête). Où est ta loyauté envers ta famille?

Son père eut un rire moqueur.

–Et la tienne, de loyauté? rétorqua-t-il. Au moins, je suis resté ici et j'ai fait fructifier les affaires. Tu as quitté la ville sans jamais regarder en arrière, alors ne viens pas pleurnicher sur notre patrimoine qui n'a rien signifié pour toi pendant aussi longtemps. (Il se leva et montra la porte d'un geste.) Tu connais le chemin. À moins que tu préfères que je te fasse escorter par la sécurité?

–Appelle qui tu voudras, répliqua Ryan en ouvrant la porte à toute volée. Je suis sûr qu'ils te baiseront les pieds et te couvriront de compliments. Mais le fait est que nous savons tous deux quel genre d'homme tu es réellement. Un homme qui rudoie sa femme pour parvenir à ses fins. Tu n'es qu'un lâche.

–Inutile de prendre la peine de revenir, sinon pour me vendre tes parts.

–Oh ça, je reviendrai. Une partie de cet endroit m'appartient, comme quelque part une partie de toi, et je sais à quel point ça t'insupporte. Alors je reviendrai, papa, et je ferai en sorte de te rendre ta vie infernale.

Ryan sortit d'un pas rageur, sans se retourner, visualisant le sourire narquois de son père. Il savait comment l'atteindre et il aimait l'excéder. Ryan sentait la fureur dominer son corps.

Elle l'accompagna sur tout le chemin du retour.

–Poppy est couchée?

Ryan se tenait devant sa porte arrière, la mâchoire si serrée que l'articulation frémissait. Il s'accrochait d'une main au chambranle, le corps raide comme la justice. La tension irradiait de lui par vagues.

Juliet se lécha les lèvres, essayant d'humidifier sa peau sèche.

– Elle s'est endormie il y a une heure. Il y a un problème ? Charlie va bien ?

Il hocha la tête.

– Il dort aussi. L'entraînement de football l'a éreinté.

Même la tonalité de sa voix était tendue. Juliet avait envie de le toucher, de l'apaiser, mais ses mains restaient immobiles. Que se passait-il ? Elle le couva d'un regard doux. Elle ne l'avait jamais vu aussi remonté.

– Tu veux boire quelque chose ? proposa-t-elle.

– Non, j'avais juste envie de te voir. D'entendre ta voix. (Il déglutit, sa pomme d'Adam remontant et redescendant.) J'ai passé une mauvaise journée.

– Un rapport avec l'embarcadère ? demanda-t-elle en se souvenant de son exaspération le week-end précédent.

– Oui. En fait, mon père s'en sert pour faire pression contre moi. Il a proposé de me le céder en échange de mes actions de l'entreprise familiale.

Elle aurait voulu lisser les rides d'inquiétude sur son front. Malgré la distance, il dégageait une tension palpable.

– Que comptes-tu faire ?

– Aucune idée. (Il ferma les yeux et prit une goulée d'air.) J'avais promis à mon grand-père...

– Promis quoi ?

– Je lui ai promis que je ne céderais jamais mes parts. (Il tressaillit.) Mais j'ai également promis que l'embarcadère ne serait jamais cédé pour être exploité. Et je ne vois pas comment tenir ces deux promesses.

– Qu'est-ce qui serait le plus important pour lui ? demanda-t-elle.

– Je ne sais pas.

Ryan secoua la tête, autrement plus confus.

– L'entreprise était toute sa vie. Mais l'embarcadère était son amour. Bon sang, je ne sais pas comment m'en sortir.

Elle observa ses yeux intenses et les nuages qui les assombrissaient.

– L'amour ne compte pas plus que tout ? Tu ne privilégierais pas ce que tu aimes plutôt que le fruit de ton travail ? Si ta maison était en feu, tu irais chercher Charlie, pas ton appareil photo et tes photos ?

Ryan s'appuya contre l'encadrement de la porte, son épaule musclée pressée contre le bois.

– Tu as raison, dit-il d'une petite voix. C'est curieux comme tu vois toujours juste.

– Tu devrais dire ça à Poppy, plaisanta-t-elle avec un petit sourire. Pas sûr qu'elle soit du même avis.

Comme s'il ne pouvait pas se retenir, il effleura du doigt sa lèvre inférieure.

– Tu n'imagines pas à quel point j'ai besoin d'être avec toi, tout de suite, London. Comme j'aimerais m'enfoncer en toi jusqu'à ce que nous oubliions tout, sauf la manière dont nos corps s'emboîtent.

Sa respiration se coinça dans sa gorge. Parce qu'elle en avait besoin, elle aussi. Depuis le week-end, il accaparait ses pensées. Il ne restait que peu de place pour le reste.

– Moi aussi, j'ai envie de toi.

– Quand Thomas aura-t-il la garde de Poppy ? demanda-t-il.

Elle fit la grimace.

– Pas avant deux semaines. Il est débordé de travail, il a demandé à échanger certains week-ends.

Ryan secoua la tête.

– Pas de chance. Heureusement que tu mérites amplement que je t'attende !

Ses mots mirent le feu aux poudres. Mais elle s'appliqua à tempérer son excitation. Techniquement, elle était toujours mariée, ils se voyaient en douce et elle savait déjà qu'il déménagerait avant l'été. Elle devait apprendre à préserver son cœur.

– Maman ! Je peux avoir un verre d'eau ?

La voix de Poppy déchira l'air chargé de désir.

Ryan se redressa, une amorce de sourire traversa ses lèvres.

– Le bon vieux tour du verre d'eau. Certaines choses ne vieillissent pas.

– C'est pas faux.

Elle sourit à son tour.

Poppy se glissa sous le bras de Juliet et fit un grand sourire à leur voisin.

– Salut, Ryan. Charlie est avec toi ?

– Il n'est pas là. Et je ferais bien de retourner auprès de lui.

Ryan ébouriffa ses cheveux, ses doigts longèrent le bras de Juliet dans le mouvement.

– Bonne nuit, Poppy. J'espère que tu n'as pas trop soif. Sois gentille avec ta maman, d'accord ? (Sa voix s'adoucit.) Dors bien, London. Merci pour la discussion.

– Avec plaisir, quand tu veux.

Elle le suivit du regard tandis qu'il traversait le jardin, retournant de son côté de la limite, d'un pas long et puissant, les épaules droites.

– J'aime bien Ryan, déclara Poppy qui l'observait également.

– Moi aussi, murmura Juliet.

N'était-ce pas la pure vérité ?

19

« L'amour est comme un enfant qui désire
tout ce qu'il peut obtenir »

Les deux gentilshommes de Vérone

– Alors, il n'existe aucune solution pour s'opposer à la vente ?

Renfrogné, Ryan posa les coudes sur la table de la salle de réunion. Frank Daniels, son avocat, était assis en face de lui, des documents étalés sur la table, ses lunettes de vue baissées sur son nez.

– Vous n'êtes pas titulaire d'un droit de veto. Même si vous convoquiez une assemblée extraordinaire, les parts de vos parents combinées leur suffiraient à vous contrecarrer.

Ryan prit une longue inspiration, l'air afflua entre ses lèvres. Ils avaient épluché son dossier dans l'espoir de repérer un vide juridique ou une clause qui lui permettrait de prendre le dessus.

Mais il n'existait aucune porte de sortie.

– C'est pas possible.

– J'ai tâté le terrain à propos de l'embarcadère. Un acheteur préférentiel se détache du lot. La *North Atlantic Corporation.*

Ryan releva la tête.

–Je connais ce nom. Ils n'ont pas déjà acquis la moitié de Virginia Beach ?

–C'est bien eux. J'ai glané des renseignements des avocats de leur service juridique et j'ai appris qu'ils avaient déjà fait dessiner des plans pour un hôtel casino. En graissant la patte des bonnes personnes, le comité d'urbanisme ne devrait pas leur faire barrage. D'après mes sources, l'affaire est quasiment conclue.

Ryan se prit le visage dans les mains. Tout espoir d'empêcher l'aménagement du site et de sauver l'embarcadère s'envolait. Et avec lui, toute possibilité de tenir la promesse faite à son grand-père.

–Et Stan ?

Frank haussa les épaules.

–Vous imaginez la réponse aussi bien que moi. Il touchera des indemnités de licenciement, mais comme il réside sur le site, il devra se reloger.

–C'est insensé.

–C'est légal. Je suis désolé, Ryan, mais ce sont les faits. La vente de l'embarcadère est parfaitement légale, tout comme le limogeage de Stan Dawson et son expulsion des lieux. Si votre père a l'âme charitable, ils lui proposeront un nouveau logement, mais rien ne les y oblige.

–Mais que puis-je faire ? Il y a forcément une solution.

–Franchement ? Aucune, à part accepter que parfois les méchants l'emportent. Pensez aux points positifs, l'hôtel créera des emplois et représentera une solide source de revenus pour la ville.

–Ouais, ça aidera les riches à s'enrichir.

–Les affaires sont les affaires. La vie est ainsi faite.

Ryan se leva et se mit à emprunter l'espace entre la fenêtre et la porte.

–Mais ça ne tient pas debout. Mes parents adorent Shaw Haven, l'ambiance de village. Ce projet de construction changera entièrement la physionomie de cette localité, pourquoi feraient-ils ça ?

– Ce sont vos parents. À vous de me le dire.

Il s'immobilisa devant la fenêtre donnant sur la ville. Il scruta les toits familiers du quartier des affaires : des églises et des boutiques anciennes amalgamées à des immeubles modernes en verre. Dans le fond, à droite, il aperçut la tour de son père.

– Ils ne feraient jamais ça. Pas ma mère, en tout cas. Mon père, c'est une autre histoire. Dans son cas, l'argent passe avant les sentiments.

– Reste la possibilité de céder vos parts, lui rappela son avocat qui poursuivait son raisonnement. Écoutez-moi jusqu'au bout. Je sais que vous ne voulez pas qu'ils gagnent, mais dans le fond, il ne s'agit pas d'eux. Le cœur du problème, c'est ce que vous voulez, et votre priorité est de sauver l'embarcadère.

– Pas au détriment de ce qui est juste.

– La décision n'est pas facile à prendre, je le sais. J'aimerais pouvoir vous proposer d'autres alternatives. Mais de mon point de vue, soit vous acceptez d'échanger l'embarcadère contre vos parts, soit vous refusez et vous refermez le dossier.

La seconde option lui parut soudain plus attrayante. Il n'avait pas envisagé que son retour puisse engendrer des complications en série. C'était plus fort que lui, il se sentait responsable de la vente de l'embarcadère et du renvoi de Stan.

– Et si je vendais mes parts à un tiers ? J'obtiendrais la même somme ?

Par ce biais, il ne tiendrait pas davantage sa promesse, mais la suite serait plus digeste.

Adossé dans sa chaise, Frank le scruta intensément.

– Je ne comprends pas.

– J'ai besoin de cet argent, mais je refuse de me plier aux exigences de mon père. Et si je vendais mes actions à un acheteur extérieur et que je faisais l'acquisition de l'embarcadère avec les bénéfices? De cette façon, je pourrais à la fois sauver le site sans le laisser gagner.

Ryan se remit à faire les cent pas, les mains enfoncées dans les poches de son jean.

– Ça tient la route, non? Si nous cherchions un acheteur en douce?

– Je peux certainement en glisser deux mots autour de moi. Mais il vous faudrait réfléchir à un moyen de mettre la main sur l'embarcadère, car je présume qu'ils ne vous percevront pas comme l'acquéreur préférentiel. Peut-être par le biais d'une société-écran. Tout cela prend du temps, Ryan. Qui peut dire s'ils ne concluront pas la vente avant que vous ayez trouvé preneur?

– C'est risqué, bien sûr, mais je suis prêt à tenter le coup.

– Et si vous rachetez l'embarcadère, qu'en ferez-vous? Vous m'avez dit que vous pensiez quitter Shaw Haven à la fin de l'année scolaire. Diriger une entreprise, ce n'est pas la même chose que détenir des parts, cela prend du temps et implique de prendre des décisions, de rester joignable.

– Je ne changerai rien. J'engagerai un gérant.

– Et qui surveillera le gérant? Comment vous assurer qu'il sera fiable? Mon but n'est pas de vous dissuader, mais c'est mon travail de signaler les écueils. En tant que propriétaire de l'embarcadère, vous serez responsable de la sécurité du site, pour toutes sortes de problèmes. Vous risquez même la prison en cas d'accident. C'est une charge, qui pourrait bien devenir un vrai boulet. Vous devez vous demander sérieusement si c'est ce que vous voulez.

Il ne voulait rien de tout cela. L'embarcadère faisait partie de la famille Shaw depuis des siècles. Sa liquidation lui était juste inconcevable. Sa mère avait toujours chéri ce lieu et son père y avait toujours ancré son bateau. Il était certain qu'ils étaient aussi attachés que lui à cet endroit.

Son téléphone vibra dans sa poche. Il vérifia l'écran.

London.

–Je dois prendre cet appel. Ne bougez pas.

Frank montra la porte au fond de la salle de réunion.

–Vous pouvez utiliser ce bureau. C'est isolé.

Il traversa la pièce et fit glisser son doigt sur l'écran pour décrocher.

–Salut, ça va ?

–Moyen. Le mariage de ce soir a commandé une vingtaine de compositions florales supplémentaires. Lily et moi avons travaillé d'arrache-pied toute la journée et nous ne sommes pas prêtes. Je n'arriverai jamais à aller chercher Poppy à la sortie de l'école. J'ai téléphoné à toutes les personnes que je connais. Melanie est en voyage et tous ses amis ont des activités extrascolaires. Je ne te le demanderais pas si j'avais le choix, Ryan...

Il interrompit son flot de paroles frénétique.

–Sans problème, je la ramènerai. Je ne comprends pas pourquoi tu n'as pas pensé à me le demander en premier. J'habite juste à côté de chez toi, après tout.

–Je ne voudrais pas que tu croies que je me sers de toi.

Il eut un petit rire.

–Tu veux dire, échanger le sexe contre du baby-sitting ? Ce serait nouveau pour moi.

–Pas ça ! s'offusqua-t-elle. Je veux dire que je n'attends rien d'autre que... je ne sais pas exactement ce qui se passe entre nous.

–Je ne sais pas ce qui se passe entre nous ? répéta-t-il sans comprendre. Comment ça ?

–Rien, répliqua-t-elle nerveusement. (Il pouvait presque voir ses joues d'un blanc laiteux s'empourprer.) J'essayais simplement de préciser que ce n'est pas parce que nous nous fréquentons que tu me dois quelque chose. Tu ne me dois rien d'ailleurs, car nous tenons tous deux à garder les enfants à l'écart de... ça. Ce qui fait de moi une idiote, étant donné que je t'appelle à l'aide.

Elle soupira.

– Je devrais probablement solliciter Thomas.

Cela conforta sa décision.

– Je récupérerai Poppy à l'école. Je lui servirai même une assiette de ce que Charlie voudra pour le dîner. Et ce n'est rien de plus qu'un service entre voisins. Je ne m'attendrai pas à ce que tu tombes à genoux et me voue une reconnaissance éternelle, même si l'idée de toi agenouillée me fait un effet indécent. Détends-toi, arrête de te tracasser et laisse-moi m'occuper de nos enfants, d'accord ?

– D'accord... fit-elle d'une voix hésitante.

Il rit doucement.

– Remets-toi au travail. Je gère.

Elle soupira.

– Merci.

– Pas de quoi.

Juliet faillit s'affaler en descendant de voiture après s'être pris le pied dans le tapis de sol. Elle tituba dans l'allée et se rattrapa de justesse à la clôture. Une jambe cassée, ce serait la conclusion parfaite d'une journée parfaite. Exactement ce dont elle avait besoin.

Par-dessus le marché, un message de Thomas l'attendait sur son téléphone.

Nous devons parler de Noël. J'aimerais prendre Poppy du 24 au 27.

Elle en était à un point où l'apparition de son nom sur l'écran l'excédait. Ses messages étaient si froids qu'elle se sentait traitée comme une transaction financière.

Jusque-là, il avait eu Poppy le 4-Juillet et pour Thanksgiving. Deux jours que Juliet lui avait volontiers accordés. Après tout, il s'agissait de fêtes américaines et, dans son cœur, elle sentait que sa fille préférait les célébrer avec sa famille américaine. Alors qu'il s'était engagé à lui laisser Noël, il essayait de lui prendre ça aussi ? Que s'imaginait-il donc qu'elle ferait seule ?

Elle ferma les yeux un instant, paupières serrées, pour endiguer sa nervosité croissante. Inhalant une longue bouffée d'air frais, elle sentit son cœur ralentir et ses muscles se détendre sous l'apport d'oxygène.

Tout se passerait bien.

Un instant plus tard, elle frappa à la porte de Ryan. Elle entendit de la musique à l'intérieur, ainsi que les rires des enfants, et pour la première fois de la soirée, un sourire traversa son visage.

– Bienvenue à la maison, s'exclama joyeusement Ryan en ouvrant la porte. Tu as passé une bonne journée ?

Pieds nus, il était vêtu de son habituel jean et d'une chemise aux manches relevées. Sa décontraction agit comme un baume sur son âme.

– Horrible.

– Entre et laisse-moi t'aider à décompresser.

Il se décala sur la gauche pour la laisser entrer.

– Je ferais bien de rentrer avec Poppy, nous avons suffisamment abusé de ton hospitalité. Je te suis tellement reconnaissante de m'avoir aidée aujourd'hui. En fait, tu m'as sauvé la vie.

La tête inclinée sur le côté, Ryan la scruta.

– Ma douce, tu as l'air vannée. Viens manger de la pizza avec nous. Déchausse-toi, assieds-toi. Je te sers un verre de vin et tu pourras t'empiffrer de poivrons. Qu'en dis-tu ?

Un éclat de rire retentit dans la cuisine. La gaieté de Poppy et Charlie la convainquit d'entrer voir leurs joyeuses frimousses.

– Je peux rester un peu, si tu es sûr que ça ne te dérange pas.

Il la prit par la main et l'entraîna dans le couloir. Sa ferme énergie la projeta presque contre son torse musclé et sa soudaine proximité la fit haleter.

– London, j'en suis sûr, tu as passé une sale journée, laisse-moi m'occuper de toi pour une fois. Tu mérites de te faire chouchouter de temps en temps.

Sa main longea son dos.

Ses paroles combinées aux épreuves de la journée et à sa façon de la toucher lui firent monter les larmes aux yeux. Elle n'aurait su définir l'émotion qui la gagnait, mais elle la submergeait.

– Je n'ai pas l'habitude d'être chouchoutée, murmura-t-elle contre lui.

– Je le sais, mais il faut savoir se laisser faire parfois. Tu es une femme forte, mais même les plus forts d'entre nous ont besoin de se reposer sur quelqu'un par moments. Alors, appuie-toi sur moi, rien que ce soir.

– Les enfants ne doivent pas savoir pour nous.

Il sourit.

– Je sais. Je t'ai promis de rester prudent devant eux. Je garderai les mains dans mes poches.

Elle haussa un sourcil.

– Quelle déception !

Il sourit.

– Je ne te garantis pas que je n'aurai pas de pensées coquines.

Se penchant, elle rapprocha ses lèvres de son oreille.

– Je te garantis qu'elles ne le sont pas autant que les miennes.

Elle laissa son expiration caresser sa peau, le faisant haleter.

– Chaque fois que je crois que je t'ai eue, tu me surprends, dit-il avec chaleur.

– C'est grave ?

Lentement, il secoua la tête.

– Au contraire, London. C'est même une très bonne chose.

– Maman, tu triches.

Fâchée, Poppy se tordit le cou pour lorgner les cartes de sa mère. Juliet plaqua ses mains sur sa poitrine pour cacher ses cartes.

– Jamais.

Elle sentit ses lèvres frémir d'amusement. Après le dîner, elle et Ryan avaient rangé la cuisine pendant que les enfants jouaient au salon. Puis ils s'étaient tous réunis autour de la table pour jouer à la bonne pioche. Juliet avait gagné toutes les parties sauf une, écrasant Ryan.

– C'est sûr qu'elle triche, renchérit Ryan, plantant ses yeux brillants dans les siens. Personne n'est aussi bon aux cartes.

– Pour ta gouverne, j'ai passé mon enfance à jouer aux cartes. Nous avions peu de loisirs. Ne propose pas une partie de rami à mes sœurs, ça se termine immanquablement en disputes.

– Je m'en souviendrai.

Il ne cessait de lui sourire. Comment était-il possible que chaque fois qu'il souriait, son cœur ratait un battement ? Même dans sa cuisine, alors qu'il jouait simplement aux cartes avec les enfants, il ne cessait de l'émouvoir.

– Tu as des dix ? demanda Charlie à Poppy.

– Pioche.

Poppy plissa les yeux, cramponnée à ses cartes au point que ses phalanges blanchissaient.

– Tu mens, je vois ton dix.

Charlie montra son jeu du doigt.

– Tu n'as pas le droit de regarder mes cartes. C'est de la triche. Pas vrai, maman ?

Juliet secoua la tête.

– Ce n'est pas à moi qu'il faut demander ça. Je suis la reine des tricheuses.

– Peut-être que j'ai un dix, mais je veux le garder. Je veux composer une famille. Alors, pioche une autre carte.

Poppy abattit bruyamment ses cartes à l'envers sur la table. Son irritation amusa Juliet.

– Je vois qu'elle a autant de caractère que toi, murmura Ryan, son haleine chatouillant son oreille.

Juliet regarda sa fille.

– Poppy, c'est la règle, si un joueur te demande une carte, tu es obligée de la lui donner. Sinon, ce n'est plus du jeu.

– Mais il sait que j'ai un dix. Sinon, il ne l'aurait pas demandé, protesta Poppy.

– Je savais pas. Même si je l'avais vu, tu serais obligée de me donner ta carte. C'est la règle. Tu dois la respecter.

Charlie la regardait, mécontent.

– Je constate qu'il tient sa conception du bien et du mal de toi.

Juliet regarda Ryan en haussant les sourcils.

– Ils sont le portrait craché de leurs vieux parents.

– Je ne suis pas vieille, rétorqua-t-elle, lui donnant un coup de pied dans le tibia.

Il attrapa sa jambe pour parer à toute nouvelle attaque et caressa sa cheville. Les petits cercles qu'il traçait sur sa peau la firent frissonner.

– C'est de la triche, ça aussi, chuchota-t-elle.

Il lui adressa un clin d'œil et passa la main sous sa jupe, posa sa paume chaude sur le haut de sa cuisse. Alors qu'elle allait le taper, il retira sa main, laissant sa peau froide à la place.

Zut, il savait précisément comment lui faire tourner la tête.

– On arrête de jouer ? suggéra Ryan. Avant que la guerre n'éclate, à la façon des sœurs Shakespeare. J'ai le sentiment qu'un fléau risque de s'abattre sur nos foyers.

– Sage décision. Il se fait tard et Poppy doit prendre son bain avant de se coucher.

– Maman, je n'ai pas sommeil. Je veux rester, protesta Poppy, bras croisés. On peut rester ici ?

– Impossible. Nous habitons à côté, tu te souviens ?

Juliet essayait d'ignorer la voix ensorcelante dans sa tête qui lui assurait qu'une invitation à dormir chez les Sutherland représentait la solution idéale.

– En plus, papa vient te chercher demain. Tu dois être en forme.

– Je peux dormir ici. En fait, je dormirai mieux ici, sans les horribles bruits de chaudière.

– Oui, elle peut dormir dans mon lit, insista Charlie, leur rancune oubliée. Nous construirons un fort et mangerons du pop-corn comme chez vous.

Juliet coula un regard vers Ryan. Pop-corn. Cela lui rappela leurs baisers.

– S'il te plaît, Ryan. Je peux dormir chez toi ? l'implora Poppy.

– C'est ta mère qui décide. Elle a eu une longue journée au travail et elle n'a pas besoin qu'on l'enquiquine. Si elle veut rentrer, tu dormiras à la maison un autre jour.

Sa gorge devint sèche. Le respect qu'il lui témoignait était nouveau pour elle. Toutes les décisions qu'elle avait prises pendant six ans engendraient des conflits tandis qu'elle s'efforçait de défendre ses positions sous une pluie d'assauts.

Elle regarda Poppy et Charlie, leurs grands yeux et leurs bouches ouvertes, attendant impatiemment sa réponse. Son amour pour sa fille lui serra le cœur.

– Tu peux dormir ici, céda-t-elle doucement. Mais promets-moi de te lever très tôt pour être à la maison avant que ton père ne vienne te chercher.

– Bien entendu. (Poppy sourit, gagnée par l'excitation.) Merci, maman, merci ! Je peux avoir mon sac de couchage, Princesse Merida ? Je peux mettre mon nouveau pyjama ? On va bien s'amuser. (Elle tapa dans ses mains.) J'ai trop hâte de dormir chez toi, Charlie.

– Telle mère telle fille, je l'avais bien dit, murmura Ryan.

– Plus un mot, sinon je te donne un coup de pied.

– Ne te gêne pas. J'ai bien aimé le premier.

Il sourit largement.

– J'ai remarqué ça aussi chez les Sutherland. Vous truquez la donne.

Elle le regarda avec de grands yeux. Poppy, entendant les mots de Juliet, hocha vigoureusement la tête.

– C'est vrai, hein maman ? Ils trichent ! Tout le temps. (Elle soupira.) Il faut les surveiller de près. Ils sont rusés.

– Tu as raison. Très rusés même, concéda Juliet.

20

« Petite chère et grand accueil font joyeux festin »

La comédie des erreurs

– Qu'est-ce que c'est que ça ?

Juliet considéra le document présenté par Thomas. Un tableur imprimé, composé de blocs colorés en rose et bleu. Cela ressemblait à un formulaire administratif d'entreprise, tout à fait inapproprié devant la porte chez elle.

– Un plan de garde alternée pour l'an prochain. Les périodes qui te concernent apparaissent en rose et les miennes en bleu. Tu constateras que le partage est équitable. Je t'ai cédé Pâques et les ponts de mai, plus six week-ends sur dix en été.

Elle jeta un regard derrière elle, vérifiant que Poppy se trouve hors de portée de voix. Elle entendit l'eau couler dans la salle de bains. Comme elles étaient en retard, elle se brossait les dents.

– Mais nous ne sommes qu'en décembre. Nous devons encore nous accorder sur la répartition de la période de Noël. Nous ne devions pas traiter de ce point lors de la médiation ?

– Bien évidemment, nous nous sommes mis d'accord pour Noël. Je t'ai envoyé un SMS.

– Celui auquel je n'ai pas répondu.

Ses mâchoires se crispèrent. Ce n'était pas une conversation qu'elle souhaitait poursuivre sur le pas de sa porte, en particulier à proximité de Poppy.

– Et je ne l'ai pas validé.

– Eh bien, tu aurais dû m'informer que cela ne te convenait pas. J'ai déjà pris mes dispositions.

Elle sentit son sang bouillir dans ses veines.

– Thomas, tu m'as envoyé ce message hier. Avant de te répondre, je voulais vérifier mon planning professionnel et proposer une alternative. Mais je n'accepterai en aucun cas de ne pas avoir ma fille du 23 à bien après Noël.

– Je te la ramènerai le 27, vous pourrez sûrement faire quelque chose ensemble ce jour-là.

Elle serra les poings et enfonça ses ongles dans ses paumes pour se retenir de hurler.

– Figure-toi que j'aime passer Noël avec ma fille. Elle a six ans, j'aimerais la voir ouvrir ses cadeaux et son visage déborder de joie en les découvrant. Je sais que toi aussi tu veux partager ce moment avec elle, mais nous devons trouver un compromis.

– Je me doutais que tu te braquerais. (Thomas secoua la tête.) C'est inutile d'essayer de discuter avec toi. Tu serais sans doute heureuse que je sorte de votre vie, tant que je continue à t'envoyer des chèques.

– Je ne me braque pas. Je m'efforce simplement de te faire comprendre que j'aimerais passer du temps avec ma fille à Noël. Et toi aussi, je le sais. Je ne veux pas que tu sortes de sa vie, je veux qu'elle connaisse son père et qu'elle passe beaucoup de temps avec toi. Mais je ne peux pas toujours être celle qui cède. Tu as eu Thanksgiving et plusieurs jours fériés. Pourquoi ne pas partager celui-là ?

– Parce que j'aimerais l'emmener en vacances. Nous avons réservé un séjour au ski, dans le Colorado. J'aurais préféré partir une semaine, mais je me doutais que tu refuserais. Alors, je me contenterai de quelques jours.

Génial!

–Tu as réservé des vacances avec elle sans me consulter?

Thomas leva les mains dans les airs.

–Bon sang, de quoi était-il question dans mon SMS d'hier, à ton avis? Je veux juste emmener ma fille en vacances quelques jours, lui apprendre à skier et passer du temps en famille. Ce n'est pas déraisonnable, si?

–Ce qui est déraisonnable, c'est que tu la prennes plusieurs jours autour de Noël. Nous étions d'accord pour que je l'aie à Noël et toi à Thanksgiving. C'est déloyal.

Il soupira et secoua la tête.

–Tu compliques tout. Qu'as-tu prévu avec elle? Tu ne travailleras pas à la boutique jusqu'au soir de Noël? Si tu réfléchis bien, je te rends service.

–Tu ne m'as jamais rendu un seul service.

–Je t'ai pourtant épousée.

La mâchoire lui en tomba. Elle chercha une réplique bien sentie, mais son cerveau s'embourbait. Faute de mieux, elle articula.

–Va au diable, Thomas.

–Maman? Quelque chose ne va pas?

La petite voix de Poppy se fit entendre dans son dos. Son ventre se noua. Poppy lui prit la main et se blottit contre elle, comme lorsqu'elle était plus jeune. Sa réaction de tout-petit lui donna envie de pleurer. Dans les mois suivant leur séparation, pas une seule fois Juliet n'avait manifesté d'animosité envers son ex devant leur fille. Elle s'était fait un devoir de la préserver. Bon, donc Poppy savait qu'ils étaient brouillés et que Juliet avait frappé l'assistante de son père. Mais elle n'avait jamais entendu sa mère mal parler à son père avant ce jour.

–Rien de grave, ma chérie, répondit Juliet d'une voix faussement détachée. Nous avons un désaccord. Tu sais, comme toi avec tes camarades d'école parfois.

–Mais tu es toujours amie avec papa, dis?

– Naturellement.

Thomas se pencha pour ébouriffer les cheveux de Poppy, un sourire plaqué sur ses lèvres pincées.

– Nous discutons, c'est tout.

– Tout va bien, Poppy. Va chercher ton sac. Tu as pris ta brosse à dents ?

Juliet se retourna pour dissimuler son visage à Thomas. La culpabilité formait une bande qui comprimait sa poitrine et prenait le pas sur la colère.

Elle s'était promis de ne pas devenir ce genre de maman solo. Amère et furieuse, bombardant son ex d'accusations à la première occasion. Pourtant c'était arrivé : elle se disputait avec lui sur le pas de sa porte.

– Et voilà, dit-elle avec une joie feinte dans la voix tandis qu'elle remettait la valise de Poppy à Thomas. Bon, ma puce, à demain. Amuse-toi bien.

Elle posa un baiser sur le dessus de sa tête et inhala le parfum fleuri de son shampooing. Elle pressa ses paupières pour mémoriser son odeur. Le départ ne devenait pas plus facile avec le temps, même si ce n'était que pour une nuit.

– Nous parlerons de ça dans la semaine, déclara Thomas, se retournant pour descendre les marches.

Au ton de sa voix, il était clair qu'il comptait avoir le dernier mot.

Eh bien, il n'était pas au bout de ses peines.

– Que fais-tu ? demanda Ryan.

Juliet sourit, le téléphone contre son oreille. Le son de sa voix la raviva comme la pluie après la sécheresse.

– Pas grand-chose, admit-elle.

Sauf si l'on considérait la seconde réorganisation du magasin en quelques semaines comme une tâche essentielle. Tout était bon pour chasser de ses pensées les exigences de Thomas et l'angoisse installée dans son ventre.

– J'ai passé l'après-midi à la boutique, je suis lessivée. Et toi ?

–J'avais prévu une sortie en bateau avec Charlie, mais il a reçu une meilleure offre. Apparemment nager, aller au fast-food et dormir chez un copain l'intéressent davantage que son père.

Sous son apparent mécontentement, Juliet savait qu'il se réjouissait. Il s'inquiétait que Charlie ait peu d'amis de son âge. Mais il semblait s'adapter.

–Mon pauvre ! Délaissé pour un McDo. Au moins, tu sais à quoi t'en tenir.

–J'arrive en bas de la liste, concéda-t-il. C'est d'ailleurs pour cela que je te téléphone.

–Ah oui ?

–Accepterais-tu de dîner avec moi ?

–Chez toi ?

Elle s'assit sur le tabouret de cuisine et appuya la tête contre le mur, essayant d'ignorer son rythme cardiaque affolé par une simple proposition.

–Non, au restaurant. J'en ai marre de me cacher, un coup chez toi, un coup chez moi. Et puis, j'ai envie de cakes au crabe et d'un bon steak.

–Tu as le droit d'emmener ton fils hors du Maryland, plaisanta-t-elle, un peu pour se donner le temps de calmer sa respiration. Mais, sérieusement, ce n'est peut-être pas une bonne idée.

–Les cakes au crabe ?

–De dîner à l'extérieur ensemble. C'est une petite ville, les ragots vont bon train.

–Alors, sortons de la ville. Je connais une excellente adresse à Annapolis. Ils servent le meilleur filet de bœuf que tu ne goûteras jamais. Et si quelqu'un nous voit, nous sommes des amis et des voisins abandonnés par leurs enfants. L'histoire s'arrête là.

Elle ne pouvait pas nier que l'idée la tentait. Et ce n'était pas seulement l'invitation à dîner qui faisait gargouiller son estomac. C'était lui, parler avec lui, rire avec lui, attablée face à lui. Sortir comme un couple normal.

Mais ils n'étaient pas en couple. Si ?

Elle poussa un long soupir et survola la cuisine du regard, imaginant une autre manière d'occuper son samedi soir. Elle prendrait un bain, se servirait un verre de vin, allumerait la télévision sur un mauvais reality show et s'endormirait sur le canapé à la moitié de l'émission. Comment en était-elle arrivée là ?

– Un steak, ça me paraît bien. Mais si Thomas l'apprenait, il me ferait la vie dure, dit-elle.

– C'est pourquoi il ne l'apprendra pas. Nous dînerons chez Gilbert et rentrerons directement.

– Dormir ?

– Dans mon lit, précisa Ryan. Je le précise pour chasser tout malentendu.

C'était clair. Son estomac gargouilla de nouveau et elle s'aperçut qu'elle était affamée, et pas seulement de nourriture.

– Alors, j'accepte le rendez-vous galant.

– Qu'est-ce que je vous sers ? demanda le serveur devant leur table, stylo en main.

Malgré son pantalon noir et sa chemise blanche immaculée, son attitude reflétait l'ambiance du restaurant. Décontractée, chaleureuse, mais chic.

– Juliet ? fit Ryan, la laissant commander en premier.

– Je n'ai pas encore choisi. Commande avant moi.

– Je prendrai des cakes de crabe du Maryland, suivis d'un steak trois cents grammes et d'un supplément de frites.

Il rendit le menu à la couverture de cuir noir au serveur. Comme toujours, sa facilité à choisir la stupéfia.

– Pour moi, ce sera juste un burger. Pas d'entrée.

Elle adressa un bref sourire au serveur et lui remit le menu.

Ryan fronça les sourcils.

– Pas de steak ?

Elle haussa les épaules avec une nonchalance feinte.

– Je n'ai pas très faim.

– Tu as assez faim pour un hamburger, observa-t-il avec inquiétude. Tu devrais essayer le steak. Il est délicieux.

– Le meilleur, confirma le serveur. Mais les hamburgers aussi sont excellents.

Un an plus tôt, le prix des steaks ne l'aurait pas freinée. Mais alors, elle était Mme Thomas Marshall et l'argent était le cadet de ses soucis. Désormais, son compte était dans le rouge à cause des factures de l'avocat et des cadeaux de Noël de Poppy.

– Le hamburger, c'est parfait.

– Pourriez-vous nous donner une minute? demanda Ryan au serveur.

– Bien sûr. Je reviens dans cinq minutes.

Il n'avait pas l'air perturbé, contrairement à Juliet, plus embarrassée que jamais. Il se tourna vers une autre table et remplit les verres d'un vin onéreux.

– London, commandes-tu un hamburger par envie ou parce que tu t'es bizarrement mis en tête que tu paierais ta part?

Elle se força à croiser son regard, mais alors, elle n'y vit que de la bienveillance.

– Pourquoi cette question?

– Parce que le burger est le plat le moins cher sur la carte.

– Je n'ai pas si faim que ça.

– Trésor, quand on n'a pas faim, on ne commande pas un hamburger.

Elle fixa ses yeux bleus, ses pattes d'oie qui révélaient son sourire facile. Son visage à la peau hâlée malgré le climat froid de la côte Nord-Est, parfaitement encadré par ses cheveux blonds.

– J'économise, admit-elle d'une petite voix gênée. Le divorce prend plus de temps que prévu. Je viens d'envoyer plusieurs milliers de dollars à mon avocat. (Elle se lécha les lèvres.) Thomas ne facilite pas les choses.

– Ça ne m'étonne pas.

– Nous avons rendez-vous au tribunal pour une médiation la semaine prochaine. Ça devrait s'arranger une fois que nous nous serons accordés sur les modalités de la séparation.

– S'il accepte tes conditions.

– Bien sûr, il acceptera, dit-elle sans conviction. Nous avons tous deux l'intérêt de Poppy à cœur.

Ryan ouvrit la bouche pour répliquer puis la referma. Il se massa les tempes dans un geste apaisant.

– Nous avons le choix. Soit tu me laisses t'offrir un steak, soit nous partons et prenons des plats à emporter. À toi de voir.

– Ne sois pas ridicule. Je suis contente avec mon burger, et tu as envie d'un steak. Restons dîner ici.

– Je vais manger un steak en face de toi pendant que tu mangeras ton hamburger parce que le reste est au-dessus de tes moyens ? C'est censé être un rendez-vous, et j'aimerais te faire plaisir. Alors, que préfères-tu : partir et prendre à emporter ?

– Mais tu as rêvé de ce steak toute la journée.

– London, c'est de toi que je rêve. S'il le fallait, je mangerais un sandwich juste pour m'asseoir avec toi. Steak ou plats à emporter, peu importe. Je ne veux que ton bonheur.

Son cœur repartit au galop, hors de contrôle, comme un cheval de course. À son regard franc et chaleureux, elle voyait bien qu'il était sincère. La violence de son désir l'ébahit.

Plats à emporter suivie d'une nuit dans sa chambre. Elle l'avait sur le bout de la langue. Mais il l'avait invitée à déguster un steak, non ? Elle aurait eu l'impression de le planter s'ils ne dînaient pas ici.

– Je crois que je pourrais avaler un petit steak, admit-elle.

– Plus un cake de crabe ?

Un sourire se dessina sur son visage.

– Et ça aussi.

Après avoir passé commande, Ryan lui prit la main avec un grand sourire.

– Tu as besoin d'énergie pour ce que j'ai prévu de faire ensuite.

– C'est-à-dire ? demanda-t-elle en le regardant timidement. Courir un marathon ?

– Non, London, je t'emmène dans ma chambre et je te fais l'amour de toutes les manières possibles.

Il porta sa main à ses lèvres. Soudain, il se rembrunit et son sourire s'évanouit tandis qu'il observait un point derrière elle.

Gagnée par un sentiment de malaise, elle redressa le dos. Elle se retourna et vit le couple qui les observait les yeux plissés, deux tables plus loin.

– La poisse, c'est Susan Stanhope. (Elle déglutit, elle avait soudain la bouche sèche.) Et son mari Richard. C'est un partenaire de golf de Thomas.

– Je sais. Je les connais.

Évidemment. Le fils de Susan était dans la classe de Charlie et Poppy. Cependant, cela ne rassura pas Juliet.

– Tu crois qu'ils t'ont vu m'embrasser la main ? demanda-t-elle, tellement alarmée qu'elle en restait pétrifiée. Tu crois qu'ils le diront à Thomas ?

Elle ôta sa main de la sienne et glissa ses mains fermement serrées sous la table.

– Je l'ignore, répondit-il honnêtement.

– Deux cakes de crabe du Maryland, annonça le serveur en plaçant leurs assiettes devant eux. Bon appétit.

Juliet inspira un bon coup, prit ses couverts et piqua le cake avec sa fourchette. Il s'émietta aussitôt. Et bien qu'il ait eu l'air délicieux, ce que confirmait son fumet, elle se sentit incapable d'avaler une bouchée.

Elle avait complètement perdu l'appétit.

Ils rentrèrent en silence, passant devant des maisons décorées de guirlandes, de pères Noël agitant la main et de rennes hochant la tête, perchés dans des arbres à feuilles persistantes illuminés. Le regard concentré sur le pare-brise partiellement embué, Juliet tentait d'apaiser le torrent de pensées qui tourbillonnaient dans sa tête.

– Ça va ? demanda Ryan pour rompre le silence.

Il s'arrêta au feu, à vingt minutes de route de chez eux.

– Je ne sais pas trop, avoua-t-elle.

Lorsque le feu passa au vert, il accéléra et tourna lentement à gauche en direction de Shaw Haven.

– Je ne m'attendais pas à tomber sur quelqu'un de ma connaissance.

– Ce n'est qu'une maman de l'école, voulut-il la rassurer. Elle répandra peut-être quelques ragots, mais nous survivrons, non ?

– À t'entendre, on dirait que c'est simple.

– Parce que ça l'est.

Les grognements de son estomac lui rappelèrent qu'elle avait à peine touché à son assiette.

– Pas pour moi, rétorqua-t-elle. Pas du tout. Les cancans sur ma séparation se tarissent à peine que je leur livre déjà un nouveau sujet de conversation. Susan est probablement en train d'envoyer des textos à toutes les autres mères.

– Et après ? Laisse-les à leurs commérages.

Elle soupira.

– Tu ne comprends pas. Thomas n'attend que ça, de nouvelles munitions à utiliser contre moi. Une médiation est prévue la semaine prochaine et s'il apprend pour nous...

Sa voix s'éteignit et elle ferma les yeux. Elle préférait ne pas y penser.

– Ça se présente mal. Très mal.

– Il ne peut t'atteindre que si tu le laisses faire, nuança Ryan à voix basse.

– Quoi ? Tu dis que c'est ma faute ? s'offusqua Juliet.

–Je ne dis pas ça, soupira Ryan. Je précise juste que tu ne peux pas contrôler ses attaques, mais tu peux contrôler ta réaction.

–Et comment devrais-je contrôler ma réaction alors qu'il m'attend au tournant ? Tu crois que je voulais devenir mère célibataire ? Je n'ai rien choisi de tout ça, Ryan.

Elle se mordit la lèvre dans une volonté de retenir ses larmes. Non qu'elle fût triste. Mais elle était furieuse.

–Non, ce n'était pas ton choix. Mais que préfères-tu qu'il advienne ? Tu espères te remettre avec lui ? Est-ce pour cela que tu as peur qu'il l'apprenne ?

Elle perçut une pointe d'irritation dans sa voix qu'elle ne lui connaissait pas.

–Bien sûr que non, je ne veux pas me remettre avec lui.

–Alors, pourquoi est-ce si important que tu aies choisi ou pas ? (Ryan tambourinait sur le volant.) Ta vie actuelle te déplaît tant que ça ?

Sa mâchoire vibrait rapidement au rythme de son pouls. Les yeux rétrécis, le front plissé par la contrariété. Sa réaction lui parut exagérée. À croire qu'il était...

Jaloux ?

Elle eut la bouche sèche, si bien qu'elle sentit ses lèvres se craqueler. Était-il possible qu'il soit jaloux de Thomas ? Ils n'avaient jamais évoqué leur relation, tout occupés qu'ils étaient à faire profil bas. Ils n'étaient pas ensemble, ne s'étaient pas engagés à être fidèles, ils n'étaient rien l'un pour l'autre.

Et pourtant, à l'idée qu'il soit jaloux, un frisson d'exaltation dissolva sa colère.

–C'est vrai, c'est sans importance, reprit-elle, apaisée. J'aime ma vie telle qu'elle est. C'est l'incertitude que je déteste. Savoir que Thomas peut utiliser Poppy pour me blesser.

–Je ne le laisserai pas te nuire. Tu devrais le savoir.

–Je n'ai pas besoin d'un chevalier blanc, lui rappela-t-elle.

L'air grave, Ryan hocha la tête.

– Il y a différentes sortes de chevaliers. Je pourrais être celui qui se tient à tes côtés et te soutient, et te dire que je serai toujours là pour toi.

Sa respiration se bloqua dans sa gorge.

– Tu le pourrais, en effet.

Il bifurqua à droite et pénétra dans l'allée, les phares éclairèrent sa maison de pierre blanche. Quand il s'arrêta, au lieu d'éteindre le moteur, il se tourna vers elle.

– Tu es beaucoup plus forte que tu ne le penses, London. En prime, tu es quelqu'un de bien. Je crois au karma, et je suis convaincu que cela se retournera contre ton salopard de mari. Mais, parfois, il faut donner un petit coup de pouce au karma.

– De quelle façon ?

– Crois en toi autant que moi.

Il refaisait assaut de compliments et ses mots doux imprégnaient son cœur. Comment faisait-il pour deviner quels mots la feraient succomber ?

Car ça marchait du tonnerre.

21

« Est-ce là, la génération de l'amour ?
Du sang chaud, des désirs ardents et de brûlants effets ? »

Troïlus et Cressida

Il y avait quelque chose de gratifiant dans la facilité avec laquelle elle s'emboîtait dans le creux de son bras, la tête nichée entre son biceps et son épaule. Ses longs cheveux roux étalés sur sa peau chatouillaient son torse au plus petit mouvement. Ils avaient passé la fin de la soirée à discuter jusqu'à ce qu'ils ne soient plus d'humeur à bavarder. Au lit, ils s'étaient doucement aimés, d'une façon encore plus satisfaisante que ce qu'il avait imaginé.

Un rai de clair de lune s'infiltrait par un interstice entre les rideaux et diffusait un halo pâle sur le mur gris, face au lit. Il se reflétait sur le verre des cadres cloués au mur. Brièvement, il regarda les clichés en noir et blanc et se remémora le jour où il les avait pris.

Manille, sa première destination après qu'il eut quitté le domicile de ses parents. Il avait fait escale à Washington DC, puis à Séoul avant de débarquer dans la capitale grouillante d'activités des Philippines. Non sans raison, on la surnommait la perle de l'Orient. Les contrastes forts, si caractéristiques de Manille, l'avaient immédiatement frappé à son arrivée. L'extrême pauvreté coexistait avec une richesse ostentatoire, comme nulle part aux États-Unis. Contre toute attente, il n'avait pas fait l'objet d'envie ou du genre d'animosité qu'un tel fossé susciterait en Occident. Au lieu de quoi, il avait rencontré un peuple amoureux de la vie, d'authentiques fêtards qui l'accueillaient à bras ouverts. Il occupait son temps à photographier et à vagabonder dans le centre-ville, une ancienne citadelle fortifiée. Là, il installait son trépied et guettait la lumière parfaite. Le soir, il retrouvait des amis, dînait dans des cantines locales et dansait avec de jolies filles fort enclines à s'amuser avec un beau jeune homme.

C'était également là qu'il avait vendu ses premiers clichés puis décroché une commande pour *National Geographic*. Comme il s'était lié d'amitié avec un reporter local qui avait de l'entregent, Ryan s'était aperçu que sa passion pouvait être lucrative.

Il détacha son regard des photos et contempla la femme couchée dans ses bras, sa peau nacrée, l'arrondi que formaient ses lèvres roses quand elle dormait. Elle paraissait paisible, insouciante, tellement plus détendue qu'en fin de soirée. Ils s'étaient engagés à ne plus évoquer ni même penser à l'incident du restaurant. Après tout, ils ne pouvaient pas revenir en arrière. Aussi avaient-ils préféré fermer la porte et les rideaux, s'isoler du monde bien à l'abri dans sa chambre.

Il l'avait pénétrée en la tenant enlacée, les yeux résolument ouverts malgré la sensation bouleversante de sa chaude intimité. Elle aussi le fixait du regard, les yeux écarquillés, et gémissait doucement, les jambes autour de ses hanches pour s'unir à lui au point qu'il fut impossible de savoir où commençait l'un et où s'arrêtait l'autre.

Lorsqu'ils s'aimaient, Ryan se sentait vrai, d'une vulnérabilité presque cruelle, et cela l'avait secoué durablement.

À la rigueur, il aurait pu comparer son émoi à la naissance de Charlie qui, tout rouge et plissé, avait annoncé sa venue au monde avec force bruits. Un début mais aussi une fin. S'il avait été romantique, il aurait qualifié ses émotions d'amour.

Le rayon de lune se décalait lentement, centimètre par centimètre, sur le parquet. Dans moins d'une heure, il atteindrait le lit et la réveillerait. Il dégagea délicatement son bras, reposa sa tête endormie sur l'oreiller, puis bascula ses pieds sur le sol. Il se leva, attrapa le boxer lancé dans la chambre avant de se coucher.

Il tira le rideau pour occulter la petite bande de ciel noir et se retourna vers elle, étendue dans l'obscurité. Son corps nu recroquevillé sur les draps blancs. Dans ce lit immense, elle paraissait minuscule. Toutefois, elle ne manquait pas de force. Vigueur dont elle n'avait pas conscience. Un cœur d'acier sous une enveloppe de douceur prête à se battre à mort pour protéger sa fille.

Son image l'hypnotisait.

Étrange comme il s'était trompé sur son compte, au tout début. Dupé par sa beauté et son patronyme, il l'avait rangée parmi les épouses mondaines.

Or, elle était bien plus complexe. Et tandis qu'il la contemplait sur le lit, il éprouva le besoin de la protéger, comme elle-même défendait sa fille. De chevaucher sa monture, épée brandie, et de combattre Thomas pour elle.

Il se recoucha, et elle remua un peu avant de se retourner. Elle n'avait pas besoin de sa protection ni de son soutien. Contrairement à sa mère à lui, elle était capable de veiller sur elle-même. Et même s'il s'en réjouissait, une partie de lui – celle qui avait naguère fui la ville – murmurait à son oreille qu'il ne lui était pas essentiel, qu'elle pouvait se passer de lui. Qu'entre eux, c'était aussi fragile que le vieux rouleau égyptien suspendu au-dessus de son lit.

Il s'étendit à côté d'elle, elle rapprocha son corps chaud de lui. Peut-être n'avait-elle pas besoin de son aide, mais cela ne l'empêchait pas de l'étreindre. Au moins cette nuit.

Même si c'était loin de lui suffire.

– Quelqu'un est d'humeur joyeuse ce matin.

Ryan cilla pour humidifier ses yeux et attendit que sa vue s'accommode. Devant lui, Juliet était seulement vêtue d'une chemise blanche. Ses jambes fuselées dénudées à partir du haut des cuisses. Elle tenait un plateau rempli de café, de jus d'orange et de pâtisseries et arborait un grand sourire

– Il y a certainement un rapport avec hier soir, plaisanta-t-elle. Un type m'a invitée au resto, m'a promis de me faire l'amour de toutes les manières possibles et m'a gardée toute la nuit dans ses bras. Alors oui, je me sens carrément bien.

La tête penchée sur le côté, il tenta de détecter une trace de fanfaronnade. Mais sa réponse était trop simple et trop franche pour cela.

– Si tu comptes bien, je n'en suis qu'à deux positions. Il en reste un certain nombre à explorer.

Elle leva les sourcils.

– Mais le week-end arrive à terme.

– Et les suivants, alors ?

Il s'assit, lui prit le plateau des mains et le déposa sur la table de chevet. Puis il plongea vers elle, la saisit par la taille et l'attira à califourchon sur lui. Sa chemise boutonnée à moitié lui offrit une vue plongeante sur ses seins voilés sous le vêtement en coton fin. Ses mamelons se tendaient vers lui, rosés et prêts pour ses lèvres.

– Ma chemise te va bien.

Elle sourit largement.

– Merci. Je pensais te servir le petit déjeuner nue, mais je suis trop frileuse.

– Il vaut mieux se couvrir pour servir le café, observa Ryan.

– La santé et la sécurité avant le sexe, renchérit Juliet, hochant sérieusement la tête. Après tout, nous sommes deux adultes responsables.

Il glissa la main sur sa jambe nue et ses doigts parcoururent l'intérieur de sa cuisse lisse.

– Pas si responsable que ça, mon bébé.

– Tu as raison, tu n'es pas responsable. Tu es même répréhensible.

– Comment ?

– Répréhensible. Comme tout débauché.

Il se mit à rire, tandis que son pouce caressait la peau soyeuse de sa cuisse.

– Je commençais à te trouver normale, et voilà que tu me refais ton Anglaise guindée.

En se penchant, elle lui offrit une vue idéale sur son décolleté.

– Ne fais pas l'innocent. Je lis dans tes pensées, dépravé !

Il sentit l'amusement le gagner. Car elle était drôle quand elle ne se censurait pas. Toute britannique et guindée. C'était follement sexy.

– Dis encore des mots comme « dépravé ».

Elle leva les yeux au ciel.

– Sérieusement ?

Il hocha la tête.

– Sérieusement. Dis-moi des mots obscènes. Les plus indécents possible.

– Toi d'abord.

Ryan rit.

– Tu sais que je suis fort pour les obscénités. J'en dis chaque fois que nous couchons ensemble. Mais toi, jamais. Fais ça pour moi. (Ses yeux brillaient.) Où es-tu trop collet monté ?

Elle plissa les yeux et le scruta, la tête inclinée sur le côté.

– Tu essaies de me piéger, Sutherland ?

– Pas du tout. Je veux juste entendre les mots les plus dégoûtants que tu connaisses.

Elle se baissa un peu plus. Ses cheveux caressèrent son torse tandis que son souffle balayait son visage. Un petit sourire aux lèvres, elle murmura d'une voix aguichante :

– De la boue. C'est sale, pas vrai ?

Elle se redressa, sourit plus largement.

– Ah ouais vraiment, très.

Il sourit franchement.

– Totalement répugnant, renchérit-elle avec un clin d'œil. Je me choque moi-même parfois.

Amusé, il l'embrassa tendrement, les bras enroulés autour de sa taille.

– Et moi qui te croyais bien élevée.

– Tu as encore beaucoup à apprendre sur moi, fit-elle remarquer.

– J'aimerais tout connaître de toi.

Il ne plaisantait plus. Elle avait quelque chose de si fascinant qu'il aurait aimé la questionner sur tous les sujets possibles.

– Je mange de la viande, je dis des grossièretés et je jette l'ancre comme une pro. Je suis une version féminine de toi, en somme. Que veux-tu savoir d'autre ?

Il glissa ses mains sous sa chemise et les posa sur ses hanches. Sa peau était douce et chaude, son corps ferme. Quant à son corps à lui, il subissait les affres du désir.

– J'aimerais savoir ce qui se passe sous cette chemise.

– Plus ou moins ce que tu imagines. (Elle remua les sourcils.) La même chose que d'habitude.

– Comme d'habitude, répéta-t-il en passant les pouces sur son ventre. J'aime ce qui se passe d'habitude.

– C'est vrai ?

– Avec toi, oui.

N'était-ce pas le plus ensorcelant ? Alors qu'il avait passé l'essentiel de sa vie d'adulte à rechercher de nouvelles expériences, à présent, il n'aspirait qu'à revivre la même, inlassablement.

Tant que c'était avec elle.

22

« Prenez garde, Monseigneur, à la jalousie !
C'est le monstre aux yeux verts qui produit l'aliment
dont il se nourrit »

Othello

– Qu'en pensez-vous ? Elle n'est pas trop bouffante ?

Cesca tournoya et sa robe blanche se déploya derrière elle. Elle se trouvait dans un magasin d'articles de mariage avec Kitty qui filmait les essayages pour que Lucy et Juliet y assistent en direct.

– Je préférais la précédente, commenta Lucy, mais tu es belle aussi dans celle-là. Même dans un sac à patates, tu serais éblouissante.

– Je dois trouver la bonne, dit Cesca tandis que l'assistante dégrafait le dos du bustier. Élégante mais attrayante. Sobre mais sexy.

– Ce qui est bien, c'est que tu n'es pas trop exigeante, ironisa Kitty, hors champ.

Juliet réprima un rire. Voir sa sœur cadette essayer des robes de mariée sur l'écran de son ordinateur lui laissait un goût doux-amer. C'était plus fort qu'elle, elle se lamentait de ne pas être avec Cesca et Kitty – et Lucy, bien sûr – une coupe de champagne à la main, à pérorer sur les hommes et le mariage, et tous les sujets qui leur viendraient à l'esprit.

Elles lui manquaient horriblement. En prime, l'idée de rater le mariage de Cesca lui broyait le cœur.

La vendeuse apporta le modèle de robe suivant.

– J'ai gardé celle-ci pour la fin, annonça-t-elle. Nous l'avons reçue la semaine dernière.

Elle la passa par-dessus la tête de Cesca en veillant à ne pas toucher ses cheveux.

– Elle est assez originale.

Elle se plaça derrière Cesca pour la laisser enfiler les manches, puis remonta la fermeture. L'image se mit à trembler tandis que Kitty découvrait la robe. Juliet dut se coller à l'écran pour apercevoir sa sœur.

– C'est la bonne, déclara Kitty. Aucun doute là-dessus.

– Je la vois mal, se plaignit Lucy. Remonte le téléphone, Kitty.

Lorsqu'elle s'exécuta, Juliet en resta éblouie. La vendeuse avait vu juste, le charme unique de cette robe correspondait parfaitement à Cesca. La coupe simple : un voile de tulle sur un fond de robe chair. Les manches longues et le bustier près du corps au profond décolleté en V. Le voile diaphane orné de fleurs blanches en soie, cascadant sur le bustier et sur les hanches de Cesca. Sur quelqu'un d'autre, ça aurait été trop, mais sur la sœur de Juliet, c'était impeccable. Insolite mais dans l'air du temps, qui mettait sa silhouette en valeur sans être trop aguichant.

– Je suis d'accord. C'est la bonne, sans hésiter, approuva Lucy.

Juliet avait la gorge nouée. Les larmes lui piquaient les yeux. Elle était si heureuse de partager cet instant avec ses sœurs, enchantée de voir Cesca aussi belle. Néanmoins, sa plus grande crainte revenait sans cesse la tarauder sans qu'elle pût la bannir définitivement.

Et si elle ne pouvait pas se rendre au mariage ?

Cesca se rapprocha du haut miroir mural du magasin et s'examina sous tous les angles. Même de dos, il était évident qu'elle se sentait unique, si bien que la robe lui faisait hausser les épaules et redresser le dos.

– Elle est parfaite, admit-elle d'une petite voix.

Puis elle se retourna vers Kitty et l'objectif, et sourit.

– Merci de tout mon cœur pour votre aide. Je ne voudrais pas être là sans mes sœurs.

– Nous avons de magnifiques robes de demoiselles d'honneur pour aller avec cette robe, suggéra l'assistante en souriant comme elles toutes. Je vous les apporte, si vous le souhaitez.

– Avez-vous des robes pour la petite porteuse du bouquet ? Ma nièce a six ans, s'enquit Cesca.

Juliet se raidit. Ce verre de champagne n'aurait incontestablement pas été superflu, même en début d'après-midi. Elle écouta ses sœurs discuter des détails du mariage, du costume de Sam et de la destination choisie pour leur lune de miel. Juliet se retrancha dans le silence, de peur de ruiner l'enthousiasme de sa sœur. Mais elle avait beau avaler sa salive, le goût amer persistait dans sa bouche.

– Ça va, Juliet ? Tu es bien silencieuse, fit remarquer Lucy.

– Ça va, répondit-elle en hochant brusquement la tête.

– Ça n'a pas l'air, contesta Kitty, l'appareil orienté vers elle-même qui fronçait les sourcils. Qu'est-ce qui t'arrive ?

Juliet gratta sa lèvre entre ses dents.

– Je ne sais pas si Poppy et moi pourrons venir, avoua-t-elle avec une tristesse qui lui déplut. Thomas ne lâche rien.

Sur l'écran, Lucy se plaça au premier plan.

– Mais vous passez bientôt en médiation, n'est-ce pas ? Ensuite, vous négocierez les modalités du divorce.

Juliet confirma d'un mouvement de tête.

– C'est exact.

Ses sœurs étaient aussi agacées qu'elle par les lois sur le divorce en vigueur dans le Maryland. Devoir vivre séparément pendant un an avant que le divorce puisse être prononcé lui donnait l'impression d'être envoyée au purgatoire. Elle avait espéré qu'ils s'accordent sur les conditions de la séparation dans l'intervalle, mais Thomas ne l'entendait pas de cette oreille. Il avait reporté à trois reprises l'ultime séance de médiation. À croire qu'il ne souhaitait pas faire la paix.

– La dernière séance devant le conciliateur a lieu mercredi. J'espère que nous réussirons à nous accorder sur la garde et le montant de la pension. Mais rien ne sera appliqué avant l'année prochaine, quand nous pourrons prouver que nous vivons séparément depuis douze mois.

– Après cela, tu pourras voyager ? demanda Cesca avec optimisme.

Juliet hocha la tête.

– Oui, mais je ne pourrai pas quitter le territoire avec Poppy sans le consentement de Thomas. (Elle serra les poings de frustration.) Et vous connaissez Thomas, avec lui, tout a un prix.

Lucy lui adressa un sourire compatissant.

– Sur les autres points soumis à la médiation, vous êtes d'accord ? Concernant la garde et la pension alimentaire ? demanda Lucy.

– Mon avocate pense qu'il acceptera une garde à 70/30. C'est le seul point auquel je tienne. Tout le reste est négociable. Thomas possédait la plupart de ses biens avant de m'épouser, et ma boutique devrait commencer à faire des bénéfices le trimestre prochain. J'espère que nous ne dépendrons plus de lui que pour les frais de scolarité et les dépenses exceptionnelles pour Poppy d'ici la fin de l'année prochaine.

Elle ouvrit la bouche pour leur parler de Ryan et du fait qu'ils aient été vus au restaurant, puis la referma. Elle s'était promis de ne pas se tracasser pour ça, du moins jusqu'aux négociations de mercredi.

– Ta boutique marche bien, alors ? demanda Kitty. Je suis tellement contente pour toi. Cesca m'a envoyé des photos, tes compositions florales sont splendides.

– Oui, magnifiques, renchérit Cesca. Je veux qu'elle s'occupe des fleurs pour mon mariage. Nous trouverons une solution pour vous faire venir en Angleterre, Poppy et toi.

– Cesca a raison, tu t'en sors comme un chef. Mère célibataire, tu as monté ton commerce et tu ne te laisses pas faire par ton salopard d'ex. Un jour, il se réveillera et s'apercevra de tout ce qu'il a perdu. J'aimerais voir la tête qu'il fera, sourit Lucy. Parce qu'alors, tu t'en moqueras comme de ta première chemise.

– Parce qu'elle sera dans les bras d'un homme bien, ajouta Kitty, la grande romantique. Un qui sache prendre soin d'une femme.

– Elle en a déjà trouvé un comme il faut, souligna Cesca, avant de se couvrir la bouche avec effroi. Flûte ! Désolée, Juliet.

– Quoi ? s'écria Kitty. Qui est-ce ?

– Tu ne nous cacherais pas quelque chose ? fit Lucy, s'avançant avec intérêt. Ou quelqu'un ?

Juliet secoua la tête.

– Rien d'important. Cesca exagère.

Lucy plissa les yeux.

– Cesca n'exagère pas. Alors, qui est-ce ?

La question la déstabilisa plus que Lucy n'aurait pu le deviner. Car, en réalité, qui était Ryan ? Un voisin ? Un ami ? Un homme capable de la faire rire, crier et défaillir de plaisir.

Un homme dont elle était tombée amoureuse à son insu ?

Le problème était qu'il était tout cela, mais rien n'avait réellement d'importance. Il déménagerait l'an prochain, à la fin de l'année scolaire, tandis qu'elle resterait là, à Shaw Haven, à tout gérer seule.

– Personne.

– Parle. Je n'ai pas eu l'impression qu'il n'était personne, répliqua Cesca. À moins que « personne » ne signifie « homme grand, séduisant et qui en pince pour toi ».

Juliet haussa les épaules

– C'est juste un copain. Il habite à côté.

Kitty fit un grand sourire.

– Le garçon d'à côté ? Voilà que tu m'intrigues. Comment s'appelle-t-il ?

– On ne peut définitivement pas le qualifier de « garçon », protesta Cesca. C'est un vrai mâle que j'ai rencontré. Je trouvais déjà Sam grand et musclé, mais Ryan est gigantesque à côté de lui. Est-ce mal de dire que j'ai eu envie de lécher ses biceps ?

– Je ne sais pas à qui je dois en vouloir de m'avoir caché ça, s'insurgea Lucy. Juliet, pourquoi tu n'as rien dit ? Et Cesca, tu es trop secrète pour être honnête. Je suis l'aînée, tu dois tout me raconter.

– Il n'y a rien à raconter, se défendit Juliet. Franchement, il est adorable, mais il déménage l'été prochain. Nous sommes amis, ça s'arrête là.

Elle manquait de conviction. Et pourquoi en serait-il autrement ? De toute évidence, leur relation n'avait pas d'avenir à long terme, mais elle ne l'acceptait pas pour autant.

– Et s'il ne déménageait pas ? reprit Lucy. Et s'il décidait de rester ? Que ressentirais-tu ?

Juliet se frotta les yeux avec les paumes des mains, la pression projeta des étoiles sur le rideau noir de ses paupières closes. Quand elle les rouvrit, les étoiles continuèrent de danser devant ses yeux, un voile scintillant qui brouillait le visage de ses sœurs.

– Je ne sais pas, répondit-elle, la vue enfin clarifiée. Parce que ça n'arrivera pas. Il quittera la ville pour s'installer à New York et je resterai ici et partagerai la garde avec Thomas.

Elle inspira, tentant d'ignorer le pincement au cœur qu'elle ressentait sitôt qu'elle pensait au départ de Ryan.

– Ce n'est qu'une aventure sans lendemain, ajouta-t-elle sans grande conviction.

Ses trois sœurs lui souriaient avec bienveillance. Certes, elles avaient mûri depuis l'époque où elles envahissaient la maison pendant que leur père s'enfermait dans son bureau en prétextant un article à rédiger ou des recherches à effectuer, mais elles formaient toujours un clan de quatre filles. Elles étaient dispersées aux quatre coins du monde, mais elles restaient une famille et cela comptait plus que tout.

– Seriez-vous prêt à accepter une garde partagée à 70/30 ?

Mary Reynolds, la médiatrice du divorce, se détourna de Juliet pour s'adresser à Thomas. Assis en bout de table, les bras croisés.

– Oui, tant que l'accord financier est basé sur un partage à 50/50, intervint son avocat.

Le visage de Thomas ne trahissait aucune émotion.

– Je ne vois pas pourquoi nous serions pénalisés pour notre bonté.

Thomas portait un nouveau costume, du moins l'avait-il acheté après le départ de Juliet. Petit détail supplémentaire rappelant que la vie continuait.

– Et nous aimerions que tout bien personnel acquis avant le mariage reste en dehors de l'accord.

Dans les mois suivants le départ de Juliet de la propriété des Marshall, ils avaient rencontré quatre fois la médiatrice, individuellement. Cette dernière rencontre, leur unique rendez-vous commun, avait pour objectif de s'accorder sur les modalités de la séparation. Une fois ces conditions intégrées au divorce, ils seraient légalement engagés l'un envers l'autre.

– Souhaitez-vous prendre le temps d'y réfléchir ? proposa la médiatrice à Juliet.

Juliet coula un regard oblique vers son avocate. Ils s'étaient déjà entretenus sur ces points, et son avocate insistait pour qu'elle exige davantage. Mais l'accord restait généreux, suffisamment pour qu'elle ne se soucie plus de pouvoir payer son loyer ou nourrir sa fille. Elle n'avait besoin de rien d'autre.

– Ce ne sera pas nécessaire. Je l'accepte d'ores et déjà, décréta Juliet.

Elle n'aurait su dire qui paraissait le plus stupéfait, de Thomas, son avocate ou de la médiatrice. Tous trois l'observaient en fronçant les sourcils.

– Très bien, déclara enfin la médiatrice, griffonnant dans son carnet. Je pense que tous les points ont été approuvés.

– J'aimerais ajouter un dernier point de discussion, intervint Thomas.

Ne le connaissant que trop bien, le ton de sa voix alarma Juliet. C'était celui qu'il utilisait lorsqu'il pensait la terrasser.

La médiatrice n'eut pas d'autre choix que de lui donner la parole. C'était le problème en médiation, les décisions ne devenaient exécutoires que si les deux parties les validaient. L'un des deux pouvait se lever et quitter la séance sur-le-champ, et tous ces mois de négociation seraient réduits à néant.

Dès le début, elle vivait la séance dans un état de grande nervosité, le corps en alerte maximale, dans la crainte que Thomas lui porte un coup bas. Chaque fois qu'il ouvrait la bouche, elle s'attendait à ce qu'il rapporte qu'il avait vu Richard Stanhope au club de golf le dimanche précédent et exige des comptes sur sa relation avec Ryan. Mais au bout d'une heure de médiation sans encombre, elle commençait à se rassurer, à tort.

Lorsqu'il s'exprima, elle sut qu'elle n'était pas au bout de ses peines.

– J'aimerais bénéficier d'un veto concernant tout partenaire qu'elle pourrait fréquenter jusqu'à ce que le divorce soit prononcé.

– Pardon ?

Ce mot s'échappa de sa bouche malgré elle.

– Votre requête est pour le moins inhabituelle, nota la médiatrice. Je ne suis pas sûre que ce soit judicieux.

Juliet prit une inspiration sèche. Aurait-il volontairement gardé sa dernière cartouche en vue de l'attaquer par surprise ? C'était lui tout craché.

– Si nous devons discuter de cette clause, que nous réfutons, intervint Gloria Erkhart, l'avocate de Juliet, nous aimerions qu'elle engage les deux parties. Madame Marshall devrait elle aussi avoir son droit de veto.

Thomas croisa le regard de Juliet.

– Je suis engagé dans une relation durable, et ma fille connaît ma compagne. Je suis certain que le fait qu'elle passe du temps avec Nicole ne la perturbe pas. En revanche, la situation de ma femme est plus... (il marqua une pause pour ménager son effet) instable. Si elle doit s'occuper de Poppy à soixante-dix pour cent du temps, ce ne serait que justice que j'aie un droit de regard sur les hommes qu'elle ramène sous leur toit.

– C'est quoi, ces conneries ? cracha Juliet. Tu sais que je ne ferais rien qui nuise à Poppy.

Thomas soutint son regard sans ciller.

– Je ne sais pas ce que tu es capable de faire, Juliet. Je n'aurais jamais cru que tu frapperais quelqu'un, mais tu l'as fait. Après notre séparation, j'ai réalisé que tu es très perturbée. Je devrais peut-être ajouter une condition qui t'impose une thérapie de gestion de la colère.

Elle était à deux doigts de l'envoyer sur les roses. Si elle n'avait pas autant aimé sa fille, ç'aurait été une option. Mais ainsi que tout le monde le répétait, tant que Poppy était mineure, Juliet devrait composer avec l'ordure assise en face d'elle. Et tout délicieux que cela eut été de l'envoyer bouler, ce ne serait pas bénéfique.

En revanche, Thomas en tirerait de la satisfaction.

– Je ne peux pas l'accepter, répondit-elle sans développer.

– Pourquoi pas ?

– C'est abusif. Je t'ai laissé décider de tout pour moi pendant sept ans. Je refuse de continuer.

– Alors, tu préfères mettre ta fille en danger ?

Elle détestait le ton de sa voix si convenable. Il n'en faisait qu'à sa tête et savait se faire passer pour le plus sensé, même quand il était totalement dans son tort. Malheureusement, comme elle l'avait laissé faire, il s'était renforcé au point de se croire invincible.

Bien qu'il fût l'infidèle, celui qui avait présenté une autre femme à sa fille sans même consulter Juliet, il s'acharnait à retourner la situation à son avantage.

Qu'il essaie autant qu'il veuille. Cette fois, elle ne le laisserait pas s'en tirer à si bon compte.

– Je n'ai jamais mis notre fille en danger, répondit-elle. Dans tout ce que je fais, j'ai son intérêt à cœur. Ce n'est pas moi qui ai brisé notre mariage, pas plus que je n'ai ramené une autre femme à la maison et couché avec elle dans notre lit. Si tu veux parler d'instabilité, parlons aussi de sens moral. Si toutefois toi ou Nicole avez un sens moral.

– Je ne crois que cela nous aide à...

Thomas fit taire la médiatrice d'un geste.

– Tu veux parler de sens moral, trésor ? Pourquoi ne pas expliquer comment tu es *accidentellement* tombée enceinte et m'as forcé à t'épouser ? Ou que tu as physiquement agressé ma compagne actuelle. Ne monte pas sur tes grands chevaux avec moi, parce que tu vas perdre.

Le visage tordu par la fureur, il se pencha en travers de la table.

– Si je ne te fais pas confiance concernant notre fille, c'est parce que tu n'as rien fait pour mériter ma confiance. Mes requêtes sont raisonnables, et tu t'échines à me faire barrage.

– C'est donc ça, le fond du problème ? Tu me punis parce que je n'ai pas accepté que tu prennes Poppy pour Noël ? demanda-t-elle.

Thomas rit.

– Tu en reviens toujours à toi. Je ne pense qu'à l'intérêt de ma fille.

– Notre fille, et moi aussi je veux ce qu'il y a de mieux pour elle. Mais cela n'inclut pas que tu aies ton mot à dire sur ma vie privée. Je n'accepterai rien qui te donne le contrôle de ma vie.

Elle se sentit galvanisée, comme si un poids quittait ses épaules et se pulvérisait sur le sol. Thomas la dévisageait, surpris par sa véhémence.

– Alors, établissons que tu n'inviteras aucun homme sous ton toit. Et que tu n'en présenteras pas à notre fille. Cela inclut le sale type qui habite la maison voisine.

Juliet s'immobilisa sur son siège. Elle s'attendait à ce qu'il mentionne Ryan. La bouche sèche, elle le regarda en s'interrogeant sur ce qu'il savait.

En vérité, qu'est-ce que ça changeait, qu'il sache pour elle et Ryan ? Il trouverait toujours quelque chose à lui reprocher, un biais pour la contrôler, elle et toutes réactions futures. Tant qu'elle le craignait, il continuerait de gagner.

Pour qu'il exerce son pouvoir sur elle, l'unique condition était qu'elle le laisse faire. C'était son choix à elle, et à elle seule. Elle pouvait passer les douze prochaines années à le craindre et à se soumettre, ou au contraire à imposer fièrement sa volonté et à lui montrer qu'elle savait se défendre.

– Ryan Sutherland est un homme bien, il a une influence positive sur Poppy. (Elle redressa le dos.) C'est également un ami proche. Il sera toujours le bienvenu chez moi.

Pour la première fois, Thomas parut perdre ses moyens. Ses yeux se transformèrent en deux fentes.

– Tu baises avec lui ?

La médiatrice poussa un cri muet. Juliet se tourna vers son visage horrifié. Mêmes les deux avocats, normalement impassibles, paraissaient choqués.

Pendant un moment, personne ne pipa mot. Le silence s'étira, pesant sur la pièce comme un nuage surchargé. Juliet pouvait s'entendre respirer, un peu trop vite mais régulièrement, tandis qu'elle essayait d'absorber sa question.

– Je n'ai pas à répondre à ta question, répliqua-t-elle, le cœur battant. Mais j'y répondrai néanmoins. Non, je ne *baise* pas avec lui parce que contrairement à toi, je ne *baise* pas les gens. Avec Ryan, je fais l'amour.

Elle se leva, remonta la sangle de son sac sur son épaule et s'adressa à son avocate.

– La méditation est terminée. Vous ne croyez pas ?

23

« Nous sommes faites pour qu'on nous courtise,
non pour courtiser »

Le songe d'une nuit d'été

L'allégresse d'avoir tenu tête à Thomas accompagna Juliet jusque chez elle. Elle se gara dans l'allée, coupa le contact et laissa sa tête retomber contre l'appuie-tête. Les yeux fermés, elle s'accorda une longue inspiration. Avait-elle réellement fait ça?

Oui, semblait-il. Elle avait défendu ses positions et privé Thomas de tout contrôle sur elle. C'en était fini de tout encaisser en silence. Rouvrant les yeux, elle aperçut son reflet dans la vitre et ne put se retenir de sourire. Car celle qui lui rendait son regard était une battante qui ne se laisserait plus marcher sur les pieds.

Elle était plus forte que ça.

Elle avait trop souffert qu'on lui dicte ses faits et gestes. Au cours des dernières semaines, elle avait progressivement cessé de craindre Thomas et ses futures décisions. Elle avait compris un élément crucial: il ne pouvait plus l'atteindre si elle l'en empêchait. Et sur ce point, toutes les cartes étaient entre ses mains.

Elle jeta un regard vers la maison de Ryan et son sourire s'élargit. Il l'ignorait peut-être, mais sa force récemment acquise n'était pas sans lien avec lui. Aurait-elle affronté Thomas sans lui ? Possible, mais elle n'en aurait pas tiré la même exaltation.

La fine couche de neige tombée pendant la nuit faisait scintiller le sol comme un tapis de diamants. Elle aurait fondu avant la sortie de l'école, remplacée par quelques flaques, mais pour l'instant, le paysage était magique.

Cependant, elle ne pouvait pas passer la journée dans sa voiture. Elle devait se hâter de se changer et de filer à la boutique, où la pauvre Lily montait la garde. Elle disposait de quelques heures pour gérer les commandes avant d'aller chercher Poppy à l'école. Elle n'avait pas le temps de méditer. Peut-être prendrait-elle une bouteille de mousseux sur le chemin du retour et inviterait-elle Ryan à fêter sa victoire. Ils trinqueraient à sa nouvelle liberté et passeraient un agréable moment ensemble.

Elle attrapa la clé de contact et allait ouvrit la portière quand un faible rayon de soleil hivernal éclaira ses yeux, réverbéré par le véhicule derrière elle. Celui qui entrait dans son allée et lui bloquait le passage.

La voiture de Thomas.

Il colla sa berline noire à sa petite Ford, pare-chocs contre pare-chocs.

Espérait-il l'intimider ? Le cœur battant, elle poussa sa portière d'une main tremblante et bascula ses pieds à l'extérieur. Les talons fins de ses escarpins dérapèrent sur le sol glissant.

Sans tarder, Thomas ouvrit sa portière et, ses pieds crissant sur les graviers, alla à sa rencontre. L'air aussi furieux qu'en médiation.

– Il faut qu'on parle.

Il l'attrapa par le bras, ses doigts enserrant son poignet fin.

– Il n'y a rien à ajouter.

Elle dégagea son bras d'un coup sec.

– Adresse-toi à mon avocate si tu as des questions.

Elle se dirigea prudemment vers sa maison, soucieuse de garder l'équilibre dans ses plus élégantes chaussures. Pourquoi diable avait-elle choisi des escarpins par ce temps ? Pour lui prouver qu'elle s'en sortait très bien sans lui, là encore. Désormais, elle pouvait soigner son apparence et avoir bonne mine, ce n'était plus pour lui.

C'était pour elle-même.

– Au contraire, il y a beaucoup à dire. Quand comptais-tu m'informer que tu couches avec ce connard ?

Sur ses talons, il la suivait comme son ombre.

– Jamais. Nous sommes pratiquement divorcés, Thomas. Mes fréquentations ne te concernent plus. Plus tôt tu te mettras ça dans le crâne et mieux ce sera.

– Faux, je suis le premier concerné.

Elle tourna brusquement la tête vers lui. Malgré ses talons de plusieurs centimètres, il restait plus grand qu'elle. Et atrocement intimidant. Mais pas question qu'elle lui montre.

– Pas tant que Poppy est en bonne santé et en sécurité. Et au cas où tu ne l'aurais pas remarqué, elle est heureuse. Elle est brillante. Alors, si je décide de voir un autre homme, tu n'as pas voix au chapitre, compris ?

Frustré, il secoua la tête.

– Non, pas d'accord. Pas du tout.

Il la rattrapa par le bras. Elle recula en tressaillant et le dévisagea, interloquée par son étrange expression. Un mélange de confusion et d'autre chose. De la panique ?

Elle soupira.

– Écoute, je sais que la situation évolue. Il m'a fallu du temps pour accepter que tu sois en couple avec une autre. Mais ça viendra pour toi aussi. Je ne m'attends pas à ce que tu l'apprécies, ou même à ce que tu le tolères. Mais je tiens à ce que tu respectes mon droit de choisir avec qui je passe du temps, quel que soit mon choix.

Il secoua de nouveau la tête.

– Je ne peux pas te l'autoriser.

Elle sentit les muscles de son ventre se nouer.

– Et pourquoi ?

– Parce que tu es ma femme.

– Future ex-femme, rectifia-t-elle. Et n'oublie pas, c'est ce que tu voulais. Tu as choisi Nicole, tu veux être avec elle. Nous ne sommes pas tes pantins. Tu ne peux pas changer constamment ton fusil d'épaule.

En proie à une lutte intérieure, il se massa la nuque, sa veste de costume se soulevant dans le mouvement.

– Je ne pensais pas... (Sa voix s'estompa et il fronça les sourcils.) Je n'aurais pas cru que tu tournerais la page. Pas aussi vite. Ça ne me plaît pas.

Un frisson glacé recouvrit sa peau, sans relation avec le froid extérieur.

– Je ne comprends pas.

Il arrêta de pétrir sa nuque et posa sa main douce sur sa joue.

– Ce n'est pas ce que je voulais. Je ne supporte pas de te voir avec d'autres hommes. Je ne veux pas que tu les fréquentes. Tu m'appartiens, Juliet. Tu es *ma* femme.

Elle secoua la tête.

– Non. Tu ne peux pas faire ça. Tu ne peux pas.

Il essayait de la manipuler. Juste au moment où elle avait réuni assez de force pour se libérer de lui, il s'appliquait à la reprendre sous sa coupe.

– Tu ne peux plus parler de cette façon. Je ne t'appartiens pas, et je ne suis plus ta femme pour très longtemps.

– Mais tu peux le rester, ne le comprends-tu pas ? Accordons-nous une seconde chance. (Son visage s'éclaira comme sous le coup d'une révélation.) Toi et Poppy pouvez revenir vivre à la maison, et nous serons de nouveau une famille. N'est-ce pas ce que tu souhaites ? Qu'elle grandisse avec ses deux parents ? (Sa voix s'adoucit.) Nous étions heureux autrefois, non ? Vous me manquez toutes les deux. Reviens à la maison.

Ses pensées s'échappèrent brièvement vers la vaste demeure au bord du fleuve. Des souvenirs heureux rejaillirent, ceux qu'elle avait occultés durant cette année sombre. Poppy en bas âge, s'élançant vers Thomas lorsqu'il rentrait du travail tous les soirs.

– J'étais heureuse, concéda Juliet. Mais, apparement, cela ne t'a pas suffi.

L'image de Thomas étreignant Poppy s'évanouit au profit du souvenir de Nicole dans leur chambre, nue et enroulée dans ses draps.

– Quand as-tu l'intention de l'annoncer à Nicole ? demanda-t-elle sèchement. Ou nous veux-tu toutes les deux dans ton lit ?

– Nicole ne compte pas pour moi.

– Elle comptait suffisamment pour que tu sabotes notre mariage.

Juliet ne savait plus pourquoi elle embrayait. Peut-être par satisfaction de l'entendre dénigrer Nicole, mais en réalité, cela ne changeait rien.

– Ce n'est pas trop tard. Nous pouvons encore essayer. (Thomas se répétait.) Laisse-moi parler à Nicole. Tu pourrais revenir à la maison la semaine prochaine.

Elle voyait ça d'ici. Tout redeviendrait comme avant : Juliet s'occuperait de Poppy et de la maison, ferait tapisserie dans des galas de charité et échangerait des banalités avec ses parents à longueur de journée. Il irait travailler, rentrerait et s'attendrait à ce qu'elle prenne soin de lui. Et pendant ce temps, elle craindrait qu'une autre Nicole fasse son entrée.

– Je ne veux pas d'une seconde chance, affirma-t-elle avec force, même si intérieurement, elle se sentait petite. Je ne suis plus celle que tu as épousée. Et tu veux que je te dise, Thomas ? Je m'en réjouis. Parce qu'aujourd'hui, je ne veux pas être ta femme, ni vivre dans ta maison, ni me demander tous les matins au réveil si tu vas me tromper. Je veux tellement plus que ça, et je l'ai. Sans toi.

Son expression s'endurcit. Il se pencha vers elle et planta ses yeux plissés dans les siens. Elle en eut la chair de poule.

– Tu ne recevras jamais d'offre plus avantageuse. En vieillissant, ce sera de plus en plus introuvable. Tu n'es plus de la première jeunesse. (Il haussa les épaules.) Mère célibataire avec un enfant. Quel homme s'engagerait avec une femme qui a un tel bagage ? Entre-temps, je repousserai la plupart des femmes qui se jetteront à mon cou.

Elle leva les yeux au ciel.

– Sérieusement ? Aux dernières nouvelles, il faut être deux pour faire un bébé, et si mes souvenirs sont bons, tu y participais avec entrain. Tu es un père célibataire avec enfant, toi aussi.

Alors qu'il ouvrait la bouche pour riposter, le rugissement d'un moteur se fit entendre sur la route. Ils pivotèrent et virent Ryan remonter l'allée. Son pick-up noir s'immobilisa et sa portière s'ouvrit. Il descendit de voiture, se passa la main dans les cheveux sans se savoir observé.

– Sutherland ? Ce fumier, dit posément Thomas.

Un instant, elle avait presque oublié qu'il était là.

– Tu dois partir, Thomas.

Un sentiment d'urgence la submergea. Réunir ces deux hommes au même endroit ne présageait rien de bon. D'autant que Ryan ignorait qu'elle avait révélé leur relation.

– Nous discuterons une autre fois, quand nous serons calmés.

Il secoua la tête.

– Je ne bougerai pas d'ici.

Ryan se retourna et les examina. Elle pria pour qu'il s'éloigne et monte les marches de sa véranda en les ignorant. Si elle faisait en sorte qu'il ne s'approche pas, ils avaient une chance d'en sortir indemnes.

– Ça va, London ? cria Ryan.

Zut.

– Elle va très bien. Fiche le camp d'ici, ça ne te regarde pas.

La réplique de Thomas la devança. Son agressivité la hérissa d'instinct. Immobile, Ryan absorbait sa réplique en fronçant les sourcils.

Puis il se dirigea vers eux.

– Va-t'en, Thomas, siffla-t-elle entre ses dents serrées.

Au lieu de l'écouter, il suivit d'un regard dur la progression de Ryan. À mesure qu'il se rapprochait, elle sentait la testostérone saturer l'air. Elle crépitait autour d'eux, brûlante et menaçante, et la plongeait dans l'embarras.

– Tu as besoin d'aide ?

Sous ses traits crispés, il la couva d'un regard tendre. Même à proximité de son futur ex-mari, son attirance pour lui restait puissante, comme si elle ne pouvait résister à son magnétisme. La présence de ces deux hommes au même endroit produisit un déclic en elle.

– Thomas allait partir, dit-elle. Nous avons conclu la série de médiations aujourd'hui.

À côté de Ryan et son mètre quarante-vingt-dix, Thomas avait l'air ridicule. Ryan était plus musclé aussi. Mais la stature ne reflétait en rien leurs intentions, d'autant qu'elle captait l'antipathie de Thomas dans son regard fixe.

– Je partirai quand je serai prêt. (La récusation de Thomas lui était horriblement familière.) En attendant, nous devons discuter, Sutherland et moi.

Elle voulut lui prendre le bras, mais il repoussa sa main. Ryan avança vers eux, son regard allant de Juliet à son ex comme pour jauger la situation.

– Je n'ai rien à te dire, riposta Ryan.

– Sinon que tu baises ma femme, cracha Thomas.

Elle eut envie de hurler. Partagée entre l'envie de s'interposer et de courir se cacher, elle se retrouva enracinée dans le sol. Figée dans le court instant précédant la collision, elle voyait l'incident arriver sans pouvoir rien faire pour l'empêcher.

– Elle a raison, tu devrais t'en aller. Avant que tu ne dises quelque chose que tu regretteras.

Le regard de Ryan ne vacillait pas.

– Est-ce une menace ? (Thomas haussa les sourcils.) Je n'ai pas peur de toi, Sutherland. Je te méprise.

– C'est réciproque. Alors, pourquoi ne remmènerais-tu pas ta carcasse de moineau dans ta voiture et ne ficherais-tu pas le camp d'ici ?

– Je perturbe vos projets, peut-être ? railla Thomas. Vous avez prévu quelque chose, tous les deux ? Je ferais peut-être mieux de te laisser coucher avec ma femme, comme tu le fais depuis qui sait combien de temps ? (Il secoua la tête, un rictus méchant toujours plaqué sur sa bouche.) C'est une salope au lit avec toi, comme avec moi autrefois ?

Ryan serrait les dents.

– Si tu la traites encore de salope, tu vas le regretter.

– Vraiment ? (Il rit encore, un rire sec et rageur.) Tu es bien incapable de te défendre. (Il s'adressa à Juliet.) C'est ça que tu veux ? Il a abandonné sa famille sans explication, tu sais qu'il ne restera pas ici pour toi. Il repartira à l'aventure et tu resteras de nouveau seule. C'est ça que tu as choisi pour ta famille ? Je devrais probablement inclure une évaluation psychiatrique aux clauses du divorce.

– Je ne souffre d'aucun trouble. J'ai l'esprit plus clair que je ne l'ai jamais eu, riposta-t-elle.

– À mon avis, tu dois être salement perturbée pour coucher avec ce salopard. (Il désigna Ryan du pouce.) Ou n'est-il qu'un parmi tant d'autres ?

Du coin de l'œil, elle vit les poings de Ryan se serrer furieusement.

– Thomas, il est grand temps que tu t'en ailles, le pressa-t-elle.

– Ne lui parle pas sur ce ton, gronda lentement Ryan. C'est une belle femme, intelligente et drôle, que tu as eu la stupidité de laisser partir.

Ryan fit un pas vers lui et colla son visage au sien. Le cœur de Juliet martelait sa poitrine.

Elle parvint à se glisser entre eux. Dos à Thomas, elle posa les mains sur le torse de Ryan dans l'espoir de le retenir.

– S'il te plaît, n'alimente pas sa colère.

Elle l'observa en priant pour qu'il baisse les yeux vers elle. Enfin, elle capta son regard.

– Fais-le pour moi, supplia-t-elle. Rentre chez toi et laisse-moi calmer le jeu. Tu ne nous aides pas.

Il resta silencieux. Derrière elle, elle entendit Thomas remuer sur la véranda. Peut-être réalisait-il qu'une confrontation n'était pas une bonne idée.

– Je ne veux pas te laisser seule avec lui, décréta Ryan.

– Il s'en va, répliqua-t-elle fermement. De toute façon, je suis une dure à cuire, tu te souviens ? Je n'ai pas besoin d'un sauveur, je sais me défendre.

Ryan atermoyait, cela se voyait dans ses yeux. Il avait besoin de s'assurer qu'elle allait bien, qu'elle saurait se tirer d'affaire. Elle hocha légèrement la tête pour signifier qu'elle avait la situation en main.

– Exact, je m'en vais, répondit Thomas. Mais ce n'est pas terminé, loin de là. Si tu crois que j'accepte que tu approches ma fille, c'est que tu as perdu la tête, Sutherland. Tu peux avoir ma femme mais, en ce qui me concerne, tu n'auras rien d'autre.

Juliet se retourna pour vérifier s'il s'éloignait.

– Je téléphonerai à mon avocat une fois rentré chez moi, vociféra Thomas. Je me battrai pour obtenir la garde intégrale de Poppy. (Il s'arrêta pour la contempler longuement.) À moins que tu ne reconsidères ma proposition, bien entendu.

– Quelle proposition ? demanda Ryan avec une agitation palpable.

À côté d'elle, il était tendu comme un arc prêt à lancer des flèches.

– Ce n'est rien.

– Au contraire, c'est déterminant. (Thomas pivota son regard vers Ryan.) Si tu veux tout savoir, j'ai proposé à Juliet de revenir à la maison. Qu'elle arrête de papillonner et retourne à sa place, chez nous, avec Poppy.

– Est-ce vrai ? s'enquit Ryan d'une voix dangereusement basse.

– Il me l'a demandé, mais j'ai refusé.

Elle décocha un regard à Thomas, figé au milieu de l'escalier, et pria pour qu'il déguerpisse.

– Elle finira par revenir, fanfaronna Thomas dans un regain de confiance. Elle se rendra compte que tu n'es qu'un lâche incapable de se défendre. (Il fit une moue méprisante.) J'espère que tu apprécies le corps de ma femme, Sutherland. Mais n'oublie pas qui l'a eue en premier.

Ryan dévala les marches avant qu'elle n'ait assimilé ses insultes, et son poing traça un arc flou dans l'air. Dans un craquement retentissant, il percuta la mâchoire de Thomas. Juliet couvrit sa bouche pour se retenir de hurler.

Mais bon sang, qu'avait fait Ryan ?

24

« Mon cœur est changé en pierre : je le frappe
et cela me blesse la main »

Othello

Il avait commis une grosse erreur en cognant Thomas Marshall. Ryan le savait avant même que son poing n'ait heurté le visage arrogant de cette crapule. Naïvement, il entrait dans son jeu et le faisait passer pour un martyr devant sa femme. Un court instant, son geste lui fit un bien fou.

Thomas recula en se tenant la mâchoire au point d'impact. Non loin de lui, Juliet ouvrait des yeux ronds et dardait son regard d'un homme à l'autre. Son air horrifié le fit illico redescendre sur terre. Elle semblait distante, comme si son écart de conduite avait dressé un mur entre eux.

En prime, sa main l'élançait. Le poing serré, il s'écarta en cherchant le regard de Juliet qui s'appliquait à l'éviter.

– Espèce de salaud, tu vas me le payer. Tu as vu ça, Juliet ? Tu es mon témoin oculaire ! Il m'a frappé. J'y crois pas.

Thomas lâcha sa mâchoire et chercha nerveusement son téléphone.

– J'appelle les flics. Personne ne bouge d'ici.

Le sang suintait au coin de sa bouche, le gras de la joue probablement éraflé par ses dents.

– Ne fais pas ça...

Juliet se rapprocha de Thomas, mais il recula. Immobile, Ryan les observait en réfléchissant à un moyen de réparer ses torts.

Il avait promis de ne pas s'impliquer. Elle aimait répéter qu'elle savait se débrouiller seule. La dernière fois qu'il avait pris la défense d'une femme, sa mère, cela s'était retourné contre lui. La possibilité que Juliet réagisse pareillement lui donna la nausée.

– Envoie-les chez moi quand ils arriveront, dit Ryan. Ils doivent avoir une longue liste de vrais crimes à résoudre. Ils ne se presseront pas.

– J'ai des amis dans la police. Je suis sûr qu'ils vont se dépêcher d'arriver.

Évidemment. Les hommes comme Thomas Marshall avaient des amis un peu partout. Des amis que l'on soudoie avec des billets et des faveurs. Ceux que Ryan préférait éviter, même si, au demeurant, ils auraient pu lui être utiles.

– Thomas, range ce téléphone. Réglons cela ensemble.

Juliet tendit la main vers lui.

Il l'ignora et leur tourna le dos pour déverser un flot de paroles dans le téléphone. Ryan ne comprenait pas tout tant le sang affluait dans ses oreilles, mais à l'expression de Juliet, il comprit que c'était mal parti.

Elle croisa son regard, si démunie qu'il fut pris de l'envie de l'enlacer. Elle paraissait à la fois sous le choc et à cran. Comme si elle n'arrivait pas à croire qu'il puisse réagir violemment.

D'ailleurs, lui non plus n'en revenait pas.

– Je suis désolé, articula-t-il discrètement.

Elle secoua la tête. Quand elle détourna le regard, il aperçut des larmes dans ses yeux.

– Tu ferais mieux de rentrer chez toi, Ryan, dit-elle sans croiser son regard. Je t'enverrai la police quand elle arrivera. Ne nous donnons pas en spectacle devant les voisins.

– Et Marshall ?

Il inclina la tête sur le côté en direction du dos de Thomas.

– Je ne me sens pas en grand danger. La police est en chemin, il ne tentera rien. Je l'emmène se rafraîchir chez moi.

À l'idée qu'elle se trouve en tête à tête avec cet enfoiré, son sang ne fit qu'un tour. Il aurait voulu qu'elle ordonne à Marshall de décamper et à Ryan de la protéger. Qu'elle le regarde aussi tendrement que la veille au soir.

Mais pas comme ça. Surtout pas comme ça.

– London, je...

– Rentre chez toi, d'accord ? l'interrompit-elle. N'aggrave pas ton cas.

Les émotions se livraient bataille dans sa poitrine. Des émotions difficiles à identifier, mais qui faisaient battre son cœur à la vitesse d'un marathonien. Il ne savait plus s'il avait envie d'agresser Marshall une seconde fois ou de bramer sa frustration.

– S'il touche à un seul cheveu de ta tête, je reviens instantanément. Tu n'auras qu'à m'appeler.

– Je sais veiller sur moi, répéta-t-elle. Je n'ai pas besoin de ton aide.

N'était-ce pas l'entière vérité ? En toute autre occasion, il l'aurait encouragée et félicitée qu'elle sache se défendre. Mais là, il aspirait à ce qu'elle ait besoin de lui, autant qu'il avait besoin d'elle.

Tout était dit. Il lui accorda un dernier regard. Elle fourrageait frénétiquement dans son sac, à la recherche de ses clés. Elle ne voulait pas de lui ici et il n'allait certainement pas rester jusqu'à ce qu'elle ouvre sa porte à Marshall.

Aussi fit-il demi-tour et redescendit-il les marches. Il avait à peine rejoint l'allée que Thomas l'apostropha.

– Réserve une baby-sitter, Sutherland. Tu seras derrière les barreaux avant la fin de l'après-midi.

– Boucle-la, Thomas. Et entre.

Juliet employa le même ton tranchant avec lui qu'avec Ryan, mais cela ne lui procura aucune satisfaction. Il carra les épaules et parcourut la centaine de mètres séparant leurs maisons en longues enjambées rageuses. En dépit du froid extérieur, il étouffait sous une chape humide et chaude. Lourde et orageuse, à l'image de ses pensées.

La portière de son véhicule était restée ouverte depuis qu'il avait volé au secours de Juliet. Il récupéra ses clés de contact, son portefeuille et les documents éparpillés sur le siège passager.

Des documents récemment signés qui scellaient la cession de ses parts, et assortis d'une offre de rachat de l'embarcadère. Il pouvait simplement empocher l'argent et disparaître. S'enfuir avec Charlie. Il ne devait rien à Shaw Haven. Rien à sa famille. Concernant Juliet, il ne savait pas lequel était redevable à l'autre.

À peine rentré, il contacta en premier lieu son avocat. Après quoi, une fois qu'il eut aspergé son visage d'eau froide et frappé le mur carrelé froid du plat de la main, il passa un appel d'un autre ordre. Il s'installa au salon, face à la fenêtre donnant sur le jardin de Juliet. Le regard dans le vague, il attendit que la communication soit établie en se grattant le menton et en se demandant comment tout avait pu déraper aussi soudainement.

– Allô ?

– Sheridan, c'est Ryan. J'ai besoin de toi.

25

« Viens, allons en prison,
Tous deux dans notre solitude, nous chanterons
comme des oiseaux en cage »

Le roi Lear

– Vous reconnaissez que vous l'avez agressé ? Pourquoi l'avez-vous frappé ?

L'agent de police s'adossa dans sa chaise, sourcils froncés.

– Ne répondez pas.

Frank fulminait. Principalement parce que Ryan avait spontanément avoué qu'il avait envoyé un coup de poing à Thomas Marshall. Qu'était-il censé dire ? Visiblement, le visage de Thomas était contusionné, de même que la main de Ryan. De plus, il y avait au moins un témoin que Ryan refusait de voir convoqué à la barre. Il n'avait pas prévu de se lancer dans un conflit judiciaire. Il voulait juste s'en aller de là.

Les flics l'avait cueilli peu après l'heure du déjeuner. La voiture de patrouille s'était garée devant la maison de Juliet, puis deux agents en uniforme étaient entrés chez elle, où ils étaient restés environ une heure à faire on ne sait quoi. Ensuite, ils avaient emprunté le même chemin que Ryan un peu plus tôt et traversé les jardins mitoyens jusqu'à sa porte. Ils avaient à peine frappé qu'il leur avait ouvert.

Ils l'avaient emmené directement au commissariat et placé en cellule jusqu'à l'arrivée de Frank, dans l'après-midi. Et depuis une heure, ils étaient assis dans cette petite pièce, son imposante silhouette était presque trop grande pour la chaise en plastique orange qu'on lui avait attribuée, et il répondait inlassablement aux mêmes questions au point de se lasser de sa propre voix.

– Je l'ai frappé parce qu'il était grossier avec Juliet.

– Sa femme ? fit le policier, surpris. Madame Marshall ?

– Sa future ex-femme, rectifia Ryan.

Il ne savait plus pourquoi il tenait à clarifier ce détail.

Le policier parut soudain mal à l'aise.

– Bon... Et quels sont vos liens avec Mme Marshall ?

– Je suis amoureux d'elle.

N'était-ce pas l'élément déclencheur ? Il avait baissé la garde, une nouvelle fois, et voilà où cela le menait. Au poste de police, où il répondait aux questions en tenant sa main meurtrie. Mais sa poitrine le faisait autrement plus souffrir que sa main. Il ne pouvait plus cesser de revoir le visage de Juliet quand il avait frappé son futur ex-mari. Lui en voulait-elle ? Pas sûr.

Ils le bombardèrent d'une énième série de questions.

Quelles sont leurs relations ?

Pourquoi a-t-il fait ça ?

Était-il conscient qu'il s'agissait d'une agression au second degré ?

Il n'aurait jamais dû revenir.

– Sait-elle que vous êtes amoureux d'elle ?

Ryan rit, bien que ce soit dit sans humour.

– Je ne suis pas sûr de comprendre votre question. Lui ai-je dit que j'étais amoureux d'elle ? Non. Le sait-elle ? Eh bien, je suppose.

– Êtes-vous ensemble ?

– Je pense, oui.

Il se sentait idiot, incapable d'être plus précis.

– Monsieur Sutherland, vous ne nous facilitez pas la tâche. Nous essayons simplement d'en venir aux faits. Veuillez définir votre relation avec Madame Sutherland.

Ryan se sentit coincé.

– Juliet et moi sommes amis. Ou nous l'étions.

Qui savait ce qu'ils étaient l'un pour l'autre désormais. Il avait réussi à tout embrouiller.

– Donc, vous êtes un ami amoureux d'elle ?

Frank leva les yeux au ciel.

– Pourrions-nous avancer ? Mon client a un dossier irréprochable. C'est un père célibataire et son fils dépend entièrement de lui. Nous aimerions qu'il puisse rentrer chez lui au plus vite.

– Nous nous efforçons d'établir les faits. Dès que ce sera fait, nous suivrons la procédure. Monsieur Marshall a déclaré qu'il craignait une récidive. Pour l'instant, nous devons tenir compte des réserves de la victime.

– Il a peur que je m'en prenne encore à lui ? demanda Ryan, incrédule. Je ne lui ferais pas ce plaisir.

L'interrogatoire dura encore une heure. Par la fenêtre givrée placée en hauteur dans le mur, il pouvait voir le soleil décliner, remplacé par les premières lueurs du crépuscule. Ils finirent par le raccompagner en cellule, pendant que Frank rentrait chez lui pour la soirée.

Ils étaient autorisés à le placer vingt-quatre heures en garde à vue, aussi Ryan se doutait-il qu'il passerait la nuit sous les verrous. Frank avait promis de passer voir Charlie, recueilli par un copain de classe, loin de son quartier et des ragots dont il risquait de faire les frais. Ryan préférait lui parler en personne de l'altercation.

Deux heures plus tard, ils lui apportèrent à manger : un sandwich sous cellophane au beurre de cacahuètes et à la gelée, et une bouteille d'eau. Il ouvrit la bouteille, en engloutit le contenu puis plaça le sandwich sur le banc en béton sur lequel il était assis. Il se recroquevilla et se servit du pain comme d'un oreiller.

Amusant comme les petites astuces apprises en voyage étaient bien pratiques.

Il perdit la notion du temps. Les autorités lui avaient confisqué sa montre, son téléphone, son portefeuille et les lacets de ses chaussures.

Il aurait aussi bien pu être sept heures que onze heures. Cette salle carrée grise observait son propre fuseau horaire. Les minutes s'écoulaient comme des heures, et pour remplir l'espace vide, il n'avait que ses pensées. Malgré sa meilleure volonté, il ne pouvait leur échapper.

Pas plus qu'il ne pouvait déloger le souvenir de l'expression de Juliet. Son regard quand elle l'avait sommé de rentrer chez lui. Empli de stupeur, mais pas seulement. Du mépris, peut-être, voire du dégoût. Le tout combiné à une colère qui lui faisait mal au cœur.

Cette ville ne lui était pas bénéfique. Elle le rendait fou.

Elle lui brisait le cœur.

Il avait besoin de savoir à quoi s'en tenir avec Juliet. Si elle partageait ses sentiments. Si, pour elle, ce séjour en prison était le fruit d'un geste insensé ou d'un acte de bravoure car elle l'aimait en retour.

Il avait besoin qu'elle l'aime. Sinon...

Quoi d'autre les retenait ici, lui et Charlie ?

Les cliquètements de la porte métallique le tirèrent du sommeil. Ryan se frotta les yeux et se focalisa sur la silhouette qui apparut à contre-jour dans le couloir.

– Suivez-moi.

À moitié endormi, Ryan suivit le policier dans le couloir silencieux, ses chaussures de tennis glissant de ses pieds. L'agent tapa un code sur le clavier de la grille et le guida vers l'entrée jusqu'à l'accueil. Son portefeuille, son portable, ses lacets et sa montre étaient posés sur le comptoir. Le sergent en poste lui remit des formulaires à signer.

– Vous me relâchez ? demanda Ryan.

– Sous caution. Quelqu'un s'est levé aux aurores et s'est entretenu avec le juge. Il a fixé la caution et vous êtes libre, pour l'instant.

– Ma caution a été payée ? s'étonna Ryan.

– Oui, par la dame assise là-bas.

Le sergent indiqua un point derrière Ryan.

Une dame ? Son cœur se remit à tambouriner dans sa poitrine. Il se retourna prudemment, le corps raide et ankylosé. Il avait gambergé toute la nuit, soucieux de ce qu'elle pensait de lui. Et elle l'attendait là, elle avait réglé sa caution, geste qui la rangeait résolument dans son camp.

Bien vite, ses espoirs s'envolèrent. La dame en question se leva et lui adressa un geste timide. Le visage sérieux, mais bienveillant.

– Ryan.

Cette vieille voix familière. Elle l'enveloppa comme une couverture et le transperça comme une lame. Il n'aurait su dire ce qui était le plus douloureux.

– Maman ? Tu as payé ma caution ?

– On m'a téléphoné hier soir pour m'informer que tu étais en prison. J'ai contacté Frank pour savoir comment je pourrais t'aider. J'ai alors appris qu'il attendait que le juge fixe la caution, et j'ai fait jouer mes relations.

C'était incroyable comme le monde tournait autour de l'argent. Même si leur fortune lui profitait dans ce cas précis, il ne put s'empêcher de trouver cela injuste.

– Je te remercie.

Elle secoua la tête.

– Ne me remercie pas. C'est ce que font les mères pour leurs enfants. J'aurais dû prendre ta défense quand tu étais plus jeune, je regrette de ne pas l'avoir fait. Je fais ce que je peux pour me racheter.

Il resta sans voix. Toute une vie de réflexions tourbillonna dans sa tête sans qu'il ne puisse en traduire une seule verbalement. Un peu à cause du manque de sommeil mais aussi parce qu'il n'avait plus l'habitude de communiquer avec sa mère.

Quelle heure était-il, d'ailleurs? Sa montre affichait un peu moins de sept heures trente. Il prit son téléphone, encore assez chargé pour qu'il accède à sa messagerie.

Un message vocal de Charlie, qui s'amusait bien.

Rien de Juliet.

Il tint la porte ouverte à sa mère, puis la suivit à l'extérieur. Un soupçon de brouillard glacé flottait dans l'air du petit matin. Sa respiration formait des nuages de buée.

– Mon père sait que tu es là? demanda-t-il.

Elle secoua la tête.

– Je me suis dit que ça ne le regardait pas. J'ai payé ta caution avec mon compte personnel.

Elle s'humecta les lèvres. Malgré l'heure matinale, son visage était soigneusement maquillé. Les apparences passaient en premier, coûte que coûte.

– J'aimerais que tu saches...

Pour la première fois, la voix de sa mère flancha.

– J'aimerais te dire que je suis désolée.

Interdit, Ryan la dévisagea.

– À quel sujet?

– Pour tout ce qui s'est passé. La manière dont je t'ai traité. (Elle secoua la tête.) Je suis âgée, Ryan, et je ne changerai pas les choses maintenant. Ton père et moi, nous avons conclu un arrangement. Tout n'est plus comme autrefois. Il me laisse tranquille.

Ryan ignorait pourquoi elle se confiait à lui.

– Ton fils est magnifique, reprit-elle d'un filet de voix. Et l'un des effets produits par mes choix est que je ne jouerai pas mon rôle de grand-mère. (L'ombre d'un sourire traversa son visage.) Mais au moins, je peux lui ramener son père à la maison. Ça, c'est à ma portée.

Ryan scruta son visage marqué par le temps. Qu'était-il advenu de la belle femme qu'il n'avait pas su protéger ?

Elle avait dédaigné son aide. En conséquence de quoi elle avait vieilli prématurément.

Bon sang, il fallait qu'il s'entretienne avec Juliet. Elle seule savait le réconforter. Il jeta un regard à l'écran de son téléphone.

– Ça ne te dérange pas que je passe un petit coup de fil ?

– Non, bien sûr. Ensuite nous irons prendre un petit déjeuner et je te reconduirai chez toi. J'imagine que tu as grand besoin de dormir.

– Une douche, ce serait déjà bien.

Il laissa sa mère près de l'entrée, se dirigea vers le mur de briques et passa devant une poubelle métallique cernée de mégots de cigarettes. Il déverrouilla son téléphone, sélectionna son numéro et actionna la commande d'appel.

Mais la dernière personne qu'il s'attendait à entendre lui répondit.

– Sutherland ? Qu'est-ce que tu veux ?

– Marshall ? Où est Juliet ?

– Elle est ici, évidemment.

Des marmonnements se firent entendre, puis le son de la respiration de Thomas disparut.

– Ryan ? Comment vas-tu ? Tu es toujours au poste de police ? demanda Juliet, essoufflée.

– Tu es avec lui ? s'enquit Ryan, la voix rauque.

– Ryan, je...

– Papa dit que le petit déjeuner est servi, trompeta Poppy. Il y a des gaufres et du vrai jus d'orange.

– Es-tu chez toi ?

– Non, je suis chez Thomas.

Il eut l'impression qu'on l'étripait, un organe après l'autre.

– As-tu passé la nuit avec lui ?

Il ne voulait pas le savoir. En fait, si. Dans sa tête, c'était le chaos. Tout ce qu'il voyait, c'était une brume rouge qui s'abattait sur son esprit et le rendait fou.

– Oui, mais ce n'est pas ce que tu imagines. La police t'a libéré ?

Il ne souhaitait pas répondre à ses questions. Impossible, alors que les siennes pilonnaient son crâne.

– J'ai été libéré sous caution, répondit-il sur un ton monocorde. Puis-je venir te voir ?

Elle marqua une courte pause. Il aurait dû s'en douter, depuis le début. Les indices ne manquaient pas dès le commencement. Peu importait qu'ils soient bien ensemble. Ou qu'il ait des sentiments pour elle. Thomas l'avait priée de revenir et elle avait accouru. Elle l'avait choisi, lui.

Pendant qu'il passait la nuit en cellule, écroué parce qu'il avait tenté de protéger celle qu'il aimait, elle était dans les bras d'un ex qui la traitait comme une moins-que-rien. Il fut pris d'une envie de cogner. De faire souffrir quelqu'un d'autre autant que lui.

Quel crétin n'avait-il pas été !

26

« Ô, apprends-moi comment faire pour oublier de penser »

Roméo et Juliette

– Que voulait Sutherland ? Ils l'ont laissé sortir ?

Sans la quitter des yeux, Thomas reposa lentement sa tasse de café sur la table.

Juliet regardait fixement les gaufres devant elle. Poppy avait versé la moitié du flacon de sirop d'érable sur la pile. L'amas solidifié lui donnait la nausée. Elle inspira profondément et ignora sa question.

– Poppy et moi avons besoin de rentrer chez nous. Je dois ouvrir la boutique et elle est en train de rater l'école.

– Je dois d'abord m'assurer que vous êtes en sécurité.

Il semblait si raisonnable, si rationnel. Pourtant, coincée chez lui, elle se sentait prisonnière.

– Naturellement, nous sommes en sécurité. Ryan n'est pas violent. Tu l'as juste poussé à bout.

Elle jeta un regard à Poppy et préféra s'en tenir là. La pauvre gamine en avait suffisamment entendu.

– Cet homme représente une menace pour nous tous. Il m'a agressé, Juliet, c'est un animal. Je ne mettrai pas ma famille en danger. Reste ici, le temps que j'obtienne une ordonnance restrictive.

Elle repoussa son assiette, incapable de la garder sous les yeux. Curieusement, le ton calme de Thomas résonnait davantage comme une menace que tous les cris qu'il eut pu proférer.

– J'ai été conciliante. Tu m'as demandé de passer la nuit ici, et je l'ai fait. Tu m'as demandé de faire manquer l'école à Poppy, et je me suis exécutée. Mais nous avons une vie. Ryan ne fera de mal à personne, tu le sais aussi bien que moi. Aucun juge ne délivrera une ordonnance restrictive quand il aura eu connaissance des faits.

Elle coula un autre regard vers Poppy qui dessinait des formes dans son sirop d'érable.

– Ma puce, tu devrais aller te brosser les dents. Ensuite, nous rentrerons à la maison.

– Non, objecta Thomas d'un ton implacable. Vous ne bougez pas d'ici.

Elle s'obligea à le défier du regard.

– Je rentre chez moi.

Sensible à la tension, Poppy ne pipait mot. Elle s'engouffra dans l'escalier, abandonnant son petit déjeuner. Juliet ne pouvait pas lui reprocher de vouloir échapper à leurs disputes. Elle n'en avait que trop supporté pour son jeune âge.

– Ne pars pas comme ça. Réfléchis à ma proposition. Tu as un faible pour Sutherland, mais tu l'as dit toi-même, il déménage prochainement. Ne te détourne pas de moi pour une relation éphémère. (Il fit la grimace.) J'ai commis une erreur et je le déplore à chaque instant.

Tout dans son attitude attestait de sa sincérité. La poitrine de Juliet se serra. Un court instant, elle envisagea de rester là, avec Poppy qui était clairement enchantée d'avoir passé la nuit ici avec ses deux parents.

Mais alors, Ryan lui revint à l'esprit, et elle sut que ça ne marcherait jamais.

– Je ne suis plus amoureuse de toi, Thomas, déclara-t-elle en bravant la douleur suscitée par cet aveu. Je ne peux pas me remettre avec toi, après tout ce que nous avons traversé.

Le visage de Thomas s'endurcit.

– Alors tu m'enlèves *ma* fille pour être avec lui, même s'il est violent ?

Juliet leva les yeux au ciel.

– Pour l'amour du Ciel, depuis quand est-elle devenue *ta* fille ? C'est la nôtre, Thomas, et nous déciderons ensemble de ce qui est mieux pour elle. Je sais que tu en veux à Ryan, et j'admets qu'il n'aurait pas dû te mettre un coup de poing. Mais de ton côté, peut-être aurais-tu mieux fait de ne pas le provoquer verbalement. Tu devrais t'excuser pour ça.

Thomas sortit de ses gonds.

– De quoi devrais-je m'excuser ? Je t'ai demandé de revenir à la maison, de reformer notre famille, et tu me craches mon offre au visage. Tu as dit beaucoup de choses sur lesquelles j'ai dû fermer les yeux, et tu as fait beaucoup de choses horribles toi aussi. J'ai même réussi à dissuader Nicole de porter plainte contre toi quand tu l'as giflée. Et après tout ça, tu continues de refuser mon offre ?

Juliet repoussa sa chaise, se leva d'un bond et posa les mains à plat sur la table.

– J'ai giflé Nicole parce que je l'ai trouvée dans notre lit, si tu ne t'en souviens pas. C'est toi qui m'as trompée, qui a introduit une femme dans notre ménage et qui a brisé notre mariage. Je t'ai proposé un arrangement équitable et tu l'as rejeté.

Elle frappa la table en bois du plat de la main pour souligner ses propos.

– À présent, je vais remmener notre fille à la maison. Nous te verrons quand tu viendras la chercher ce week-end.

– Alors, c'est tout ? Tu vas ignorer ma volonté ?

Elle secoua la tête.

–Non, Thomas, j'ai bien entendu tes requêtes. Mais, à mon sens, elles ne correspondent pas plus à mes besoins qu'à ceux de notre fille.

Il se leva de sa chaise, le visage rouge de colère.

–Ne laisse pas ce salaud approcher de ma fille, autrement...

–Autrement quoi ? le coupa-t-elle.

Elle n'avait pas besoin d'entendre la suite. Elle s'en fichait. Thomas ne pouvait plus la blesser, sauf si elle le laissait faire.

Il voulait la soudoyer en retenant les paiements ? Eh bien, elle s'assumerait seule.

Il voulait la menacer de lui prendre Poppy ? Cette menace courait depuis des mois, et il n'avait jamais mis son plan à exécution. C'était un beau parleur, incapable de passer à l'acte.

Comment avait-elle pu être aussi aveugle ?

Cette prise de conscience ôta un poids de ses épaules. Pendant tout ce temps, elle s'était pliée à ses quatre volontés, alors qu'il aurait suffi de refuser. Elle était comme Dorothy qui n'avait qu'à claquer trois fois des talons pour quitter le monde du Magicien d'Oz. Elle détenait le pouvoir de tout changer. Simplement, elle l'ignorait.

Mais à présent, elle savait. Et tout s'éclaircit. Il s'appliquait encore à la contrôler alors qu'il avait tout bousillé. Il l'avait accusée de ne pas être à la hauteur de ses attentes, avait rejeté la faute de son infidélité sur elle, l'avait traitée de mauvaise mère alors que Poppy était son absolue priorité.

–Si tu t'en vas, n'espère pas revenir un jour, menaça-t-il. Et ne t'attends pas à ce que je te laisse tranquille.

Elle secoua la tête.

–J'ai appris à ne rien attendre de toi. De cette façon, je ne suis pas déçue quand tu n'y réponds pas. Maintenant, tu voudras bien m'excuser, mais j'ai une vie qui m'attend. Nous te verrons ce week-end.

Le temps qu'elle regagne son domicile, il était presque midi. Au lieu de conduire Poppy à l'école, elle décida que les dernières vingt-quatre heures avaient été assez éprouvantes pour qu'elles s'octroient une journée de repos. Lily ayant accepté de garder la boutique, mère et fille se mirent en pyjama puis s'installèrent devant un vieux film. Pelotonnées sous une couverture à carreaux, elles partageaient un saladier de pop-corn.

Le film avait commencé depuis vingt petites minutes que Poppy s'endormit. Ses cheveux étalés sur ses joues roses, sa respiration devint légère et régulière. Juliet sortait prudemment son téléphone de sa poche et composa un SMS pour Ryan.

Ça va ? Désolée, je ne pouvais pas te parler ce matin.
Je t'expliquerai tout si tu peux passer.

Elle avait hâte de lui raconter qu'elle avait tenu tête à Thomas. Qu'il lui était clairement apparu qu'elle avait toutes les cartes en main. Même si elle lui en voulait encore d'avoir agressé son mari, elle savait que cela se tasserait.

Ça va. Peux pas venir. Trop de choses à faire.

Elle eut l'impression de recevoir une gifle. Elle cligna deux fois des yeux, et le relut. Était-il en pétard lui aussi ?

Poppy ronflotait, les jambes repliées sur son ventre. Juliet souleva la couverture pour dégager ses jambes, et en enveloppa sa fille avant de s'enfermer dans la cuisine. Regardant par la fenêtre, du côté de la maison de Ryan, elle scruta la terrasse dans l'espoir de l'apercevoir.

Désappointée, elle rédigea une réponse.

Je suis libre tout de suite si c'est mieux pour toi.
J'aimerais beaucoup te voir.

Elle envoya le message avant de changer d'avis. Sa requête la mettait mal à l'aise, comme si elle quémandait son attention.

Désolé, j'ai trop d'affaires à emballer. Je pars demain.

Ses jambes flanchèrent sous elle. Agrippée au plan de travail, elle tenta d'assimiler sa réponse. Il partait ?

Première nouvelle. Elle cilla et tâcha de se remémorer leur dernier moment privilégié, enlacés dans son lit. Il n'avait mentionné aucun déplacement. En tout cas, pas avant son déménagement l'été prochain. Il ne partait pas longtemps, si ?

Se mordant la lèvre, elle décida de téléphoner directement. Il décrocha presque aussitôt.

– Bonjour.

– Où vas-tu ? bredouilla-t-elle.

Ryan s'éclaircit la voix. Elle entendait de la musique en sourdine derrière lui. Une musique lente, de style country.

– À New York. Il y a eu des changements.

– Quel genre de changements ?

Juliet se sentit embarrassée de le presser de questions. Comme si elle s'allouait des libertés qui ne lui revenaient pas de droit.

– En rapport avec mon contrat.

Son ton était aussi impersonnel que ses réponses écrites.

– Tu t'absentes combien de temps ? Tu emmènes Charlie avec toi ?

Elle eut l'impression qu'une barre de fer lui comprimait la poitrine. Et se resserrait, plus douloureuse à chaque seconde.

– Non. Sheridan gardera Charlie durant mon absence.

La mère de Charlie était là ? Juliet inspira, mais l'air refusait d'entrer dans ses poumons.

– Tu n'aurais pas quelques minutes à m'accorder ? (Elle se mordilla la lèvre.) Il faut qu'on parle.

Elle entendit des bruits rythmés, comme s'il arpentait la pièce. Elle le visualisa dans son couloir, ses pieds nus frappant le parquet chaud. Si proche, à une petite centaine de mètres.

Et pourtant si loin.

– Lond... (Il toussa.) Juliet, écoute. Nous savons tous deux que ce n'était qu'une aventure. D'accord ? Tu as des problèmes personnels à régler et j'ai du travail. Nous n'aurions jamais été compatibles, et nous l'avions accepté d'entrée de jeu. Je te souhaite le meilleur, sincèrement. Mais je ne peux plus être celui sur lequel tu t'appuies.

La congestion dans sa poitrine remonta dans sa gorge, formant une boule dure qui la privait d'air. Ses yeux lui piquaient, et elle avait beau cligner des cils, de nouvelles larmes remplaçaient inlassablement les premières.

– Je ne t'ai jamais demandé ça, dit-elle calmement. Je ne t'ai jamais demandé de faire quoi que ce soit.

Un autre silence. Elle pouvait presque le voir fixer le sol en secouant la tête. Leur échange était tendu comme si l'air s'était densifié entre eux et étouffait la communication dans une sorte de brouillard.

– Que veux-tu que je te dise ?

En proie à la panique, elle ferma les yeux.

– C'est fini ? Pas d'explications, pas de promesses, juste un rapide au revoir par téléphone ? Tu ne pouvais pas venir me le dire en face ?

– Te dire quoi ? Que je me rends à New York ? Je ne l'ai appris que ce matin.

Ryan paraissait confus.

Ce n'était pas du tout ce qu'elle entendait par là. Mais ce qu'elle voulait dire, et ce qu'elle espérait l'entendre dire, était impossible à formuler. Il n'allait pas juste à New York. Il l'abandonnait. Dans tous les sens du terme.

Comment avouer ça ?

– Je te verrai probablement à mon retour, ajouta-t-il devant son mutisme.

– Probablement.

– Lon... Juliet ?

La bouche aussi sèche que la poussière, elle déglutit.

– Oui ?

– C'est mieux ainsi, n'est-ce pas ?

Était-ce une vraie question ?

– Ce n'est pas comme si c'était sérieux entre nous. Et tu as tant de complications à gérer, la dernière chose dont tu aies besoin, c'est de m'avoir dans les pattes. Tu étais là quand j'avais besoin de toi, et j'espère que j'ai été là pour toi aussi. Nous restons amis, j'espère ?

Un voile d'eau salée se tissait derrière ses paupières. Elle cilla pour libérer ses larmes. Puis elle referma les yeux et les gouttes chaudes coulèrent sur ses joues, puis vers son menton.

Toujours amis ? Elle ne savait plus ce que cela signifiait. Ni s'il était concevable de souffrir autant par amitié.

Jetant un regard dans la cuisine, elle vit son reflet dans la porte vitrée du four à micro-ondes. Voûtée, elle pressait d'une main son téléphone sur son oreille, son autre main sur le comptoir, son bras crispé pour se retenir de basculer. À travers ses larmes, elle distingua l'image d'une femme brisée.

Une image détestable.

– Non, je ne pense pas que nous puissions rester amis, décréta-t-elle en s'appliquant à masquer son chagrin.

Le besoin d'enfoncer sa tête dans un refuge chaud et sombre l'assaillait.

– Au revoir, Ryan.

– Attends. London, je...

Il lui en coûtait trop d'attendre. Pour cela, elle aurait dû laisser la pression dans sa poitrine croître jusqu'à l'explosion. Au lieu de quoi elle raccrocha, lança le téléphone sur le plan de travail et s'enfuit vers la salle de bains. Elle s'enferma à l'intérieur et se laissa glisser sur le sol carrelé, des larmes intarissables baignant ses joues.

Ryan jeta son téléphone sur le lit et enfonça son poing endolori dans le couvre-lit en coton. Une douleur sourde irradia dans son bras, mais il n'en avait cure. Rembruni, il considéra la valise ouverte sur son lit. À moitié pleine de vêtements légers, prêts pour son vol du lendemain.

– Ry, à quelle heure allons-nous chercher Charlie à l'école ?

Sheridan passa la tête dans l'entrebâillement de la porte. Ses cheveux attachés révélaient son bronzage, sa peau jeune. Depuis son arrivée dans la matinée, elle avait sommeillé dans la chambre d'amis et elle portait encore son pantalon à cordon et un pull blanc gaufré. De plus près, on pouvait remarquer le léger arrondi de son ventre normalement plat. Enceinte de trois mois, avait-elle annoncé à Ryan. Le père, Carl, était un membre du groupe. Ils prévoyaient de louer un logement à proximité de Ryan et de Charlie, sitôt la tournée terminée. Elle ne voulait pas que Charlie se sente rejeté par l'arrivée du bébé, elle l'aimait trop pour ça.

Même si le projet de rassembler sa famille l'enthousiasmait, Ryan s'effondrait.

– À trois heures, répondit-il sans lever les yeux de sa valise. Je l'emmènerai manger une glace, puis je lui expliquerai que je vais m'absenter quelques jours. Je préfère y aller en douceur. (Il soupira.) Je ferais peut-être mieux de l'emmener avec moi. Il ne raterait que très peu de jours d'école.

Tournant enfin la tête, il nota qu'elle l'observait avec compassion.

– Comme tu l'as dit, ce ne sont que quelques jours. Tu sais qu'il ne voudra pas manquer l'école. Les répétitions du spectacle de Noël viennent de commencer, il était tellement excité quand il m'en a parlé au téléphone.

Ryan hocha la tête.

– Tu as raison. Je m'en voudrais de lui faire rater ça.

– Vu ta mine, un peu de solitude te sera bénéfique. Je ne t'ai jamais vu aussi sombre.

Tout lui paraissait terne. C'était ainsi depuis que sa mère l'avait déposé chez lui. Sa vie entière s'effritait. Il était dans une impasse, plus rien n'avait de sens. Il se sentait vide.

Il se décida à regarder Sheridan en face. Elle s'inquiétait pour lui, visiblement. Il lui était reconnaissant d'être venue au débotté, attrapant le premier vol pour Baltimore en réponse à l'urgence de sa requête. Même si ce voyage faisait partie de ses projets, notamment à cause de sa grossesse, ils se serraient les coudes.

–Tu es sûr de vouloir faire ça? demanda-t-elle, la tête inclinée sur le côté.

–Quoi, ça?

–Partir sur un coup de tête. C'est vraiment important, ce problème de contrat?

Il haussa les épaules.

–Juste un détail à régler. Je préfère m'en occuper au plus vite, je pourrais finir derrière les barreaux avant le mois de janvier.

Sheridan fit un grand sourire.

–Nous savons tous deux que cela n'arrivera pas. Ton avocat n'a pas dit que dans le pire des cas, tu écoperas d'une amende? S'ils te prenaient pour un détraqué violent, ils ne t'autoriseraient pas à quitter l'État.

En vérité, il s'était empressé de vérifier auprès de son avocat si, étant libéré sous caution, il pouvait voyager. D'après Frank, cela ne posait pas de problème tant qu'il rentrait à temps pour son audience.

Dans le cas où une audience ait lieu.

Il releva les yeux.

–J'apprécie sincèrement que tu sois venue aussi vite, je sais que c'était compliqué. J'espère que ça ne créera pas de problèmes au sein du groupe.

–Ça aide de coucher avec le chanteur, répondit-elle en se massant le ventre. De toute façon, les tournées ne m'amusent plus autant qu'autrefois. Je ne sais pas si c'est l'âge, mais j'avais hâte de venir passer du temps avec Charlie. En fait, je suis impatiente de faire les navettes à l'école. Tu y crois?

Ses yeux écarquillés par la stupéfaction firent rire Ryan.

–Qu'est devenue la fille un peu bohème incapable de rester plus d'une semaine au même endroit?

Elle poursuivit sur le ton de la confidence.

– Elle a grandi. Mais garde ça pour toi.

Il secoua la tête.

– Tu grandis et je régresse. J'ai l'impression d'être un gamin en ce moment.

Elle pencha la tête.

– Elle t'a vraiment miné, hein ?

Il ferma un instant les yeux, mais Juliet s'imposa à lui. Les rouvrant, il regarda Sheridan.

– Ce n'est pas sa faute.

Mais ce n'était qu'un détail. Il se vidait de son sang, peu importait qui avait tenu le couteau.

– Je le savais. Je savais qu'il y avait une femme là-dessous. (Elle frappa dans ses mains.) Raconte, qui est-ce ? Elle doit être spéciale pour te mener par le bout du nez.

– Il n'y a personne.

– Mon œil ! (Elle croisa les bras.) Tu prends la fuite, c'est évident. Est-ce la femme dont Charlie me parle sans cesse, celle qui habite à côté ?

– Je n'ai pas envie d'en parler.

Le visage de Sheridan s'adoucit.

– Comme toujours. Avant, ça m'insupportait, mais bizarrement, j'aime aussi ça chez toi. Tu es un homme fort, et je suis contente que notre fils t'ait pour père.

Ses mots simples le touchèrent intimement. Il répondit d'un ton bourru.

– Pas autant que je suis heureux de l'avoir pour fils.

Elle fit un petit sourire.

– Alors, fais ce que tu as à faire. Tant que tu pars pour de bonnes raisons. Parce qu'il n'y a rien de pire que prendre la fuite et de se rendre compte qu'on a emporté ses soucis avec soi.

27

« L'amour véritable n'a jamais suivi un cours facile »
Le songe d'une nuit d'été

Juliet replia ses genoux sous son menton et noua les bras autour de ses jambes. Assise devant la fenêtre de sa chambre, elle laissait vagabonder son regard sur le jardin hivernal qui la reliait à la maison en stuc blanc. Entre ses murs, il préparait ses bagages ou imprimait son billet d'avion. Peut-être rangeait-il délicatement son matériel photographique dans des étuis, empaquetant son appareil et ses objectifs avec soin pour les transporter vers une destination inconnue.

La barre de fer autour de son thorax ne se relâchait pas depuis qu'elle avait appris qu'il partait, des heures plus tôt. Au contraire, elle se resserrait en fixant vainement son téléphone et en se demandant s'il la rappellerait et promettrait de rentrer au plus vite. S'il lui enverrait un message pour lui assurer qu'elle lui manquait autant qu'il lui manquait.

Il lui suffisait de fermer les yeux pour replonger dans leur dernier moment d'intimité. Pour revivre l'instant où il s'enfonçait lentement en elle, ses yeux intenses capturant les siens, la caresse de son souffle et ses baisers tendres. Elle se sentait tellement en sécurité dans ses bras. Elle se souvint même qu'à un moment, ils ne pouvaient plus détacher leur regard l'un de l'autre. Alors, elle avait eu l'impression qu'elle avait trouvé ce qu'elle cherchait depuis toujours. Il était juste là, sur elle.

Et maintenant que tout cela appartenait au passé, sa souffrance atteignait son paroxysme.

Poppy s'était couchée sans se plaindre, s'endormant aussitôt malgré sa sieste. La maison était plongée dans le calme et l'obscurité. Le silence qui bourdonnait entre les murs la renvoyait à sa solitude. Elle était seule, parce qu'elle ne méritait pas qu'on se batte pour elle.

Juliet accomplit sa routine du soir en pilotage automatique. Se laver le visage, se brosser les dents, enfiler son pyjama en pilou. Bien qu'elle ait exagérément augmenté le chauffage, elle était transie de froid. Elle se coucha, serra sa couette autour d'elle, mais elle continuait de frissonner sous les couvertures. Un instant plus tard, elle entendit des petits pieds trottiner sur le plancher devant sa chambre. Poppy poussa la porte, marcha jusqu'au lit et alla sans un mot se blottir contre Juliet.

Depuis quand Poppy n'avait-elle pas dormi dans son lit ? Juliet ne s'en souvenait plus. Toute petite, quand elle avait peur du noir et cherchait un moyen de se réconforter.

Juliet serra sa fille contre elle et lui caressa les cheveux, tandis que l'enfant pelotonnée contre sa mère fermait les yeux. En d'autres circonstances, elle l'aurait ramenée dans son lit et serait restée à côté d'elle, le temps qu'elle s'endorme. Mais pas cette nuit.

Cette nuit, elle avait autant besoin de réconfort que sa fille.

Le lendemain matin, Poppy se réveilla avant Juliet. Le premier bruit que Juliet entendit fut le grincement du parquet de la salle de bains sous les pas de sa fille. Un instant plus tard, la chasse d'eau suivie de l'écoulement de la douche lui annonça que la journée avait commencé. Dans le miroir de la porte du placard, elle vit les cernes rouges autour de ses yeux. Sa peau boursoufflée, ses joues creuses et ses cheveux mous, généralement ondulés, sur ses épaules.

Elle était en vrac.

Machinalement, elle prépara Poppy pour l'école. Elle brossa ses cheveux, prépara sa lunch box et, comme toujours, dut lui rappeler trois fois de se brosser les dents avant que Poppy ne s'y résigne, se traînant vers la salle de bains en levant les yeux au ciel. Son besoin de réconfort avait cédé la place à son habituelle force de caractère. Même si son tempérament donnait du fil à retordre à Juliet, elle se réjouit que sa fille ait renoué avec son esprit combatif.

Elles n'arrivèrent à l'école qu'avec deux minutes de retard. Les dents serrées, Juliet se glissa sur une place étroite au bout du parking, entre deux modèles haut de gamme.

– Fais attention en ouvrant ta portière, avertit-elle Poppy.

– Je sais, souffla-t-elle.

Elle leva les yeux au ciel pour la seconde fois de la matinée. Comment ne pas redouter les affres de l'adolescence ?

Juliet se glissa dans le passage étriqué, un œil sur Poppy qui l'imitait prudemment. Elles suivirent le chemin peint au sol autour du parking, en direction des grands bâtiments en pierre brune dispersés dans le parc boisé équipé de jeux. Voilà ce qu'on obtenait pour huit mille dollars le trimestre : la meilleure éducation dans le meilleur environnement.

Comme ses camarades entraient en classe, Poppy étreignit rapidement sa mère et les rejoignit au pas de charge, sa tresse volant dans son dos. Juliet s'autorisa à sourire, heureuse du regain d'enthousiasme de sa fille.

– Juliet, j'allais vous téléphoner. Nous cherchons des volontaires pour décorer la classe le week-end prochain, cria Susan Stanhope.

Elle bavardait avec trois autres mamans de la classe. Juliet reconnut Emily et Marsha, qu'elle connaissait depuis trois ans. Mais la troisième était nouvelle. Belle aussi, malgré son chignon négligé et son visage sans maquillage. Elle se retourna vers elle, l'air curieux.

– Je travaille le samedi, rétorqua Juliet, à quelques mètres d'elles. À quelle heure pensez-vous venir ?

– J'avais oublié, fit Susan en fronçant le nez. Comment tu fais sans tes week-ends ?

– Cela me permet de faire bouillir la marmite, répondit Juliet d'une voix blanche. Je peux faire don de compositions florales. Je les ferai livrer par mon assistante.

– Vous travaillez dans un magasin de fleurs ? C'est cool, commenta l'inconnue.

– C'est mon magasin. Il est petit, mais il m'appartient, répondit Juliet.

Contrairement aux autres, la petite brune ne parut pas troublée par le fait que Juliet ait besoin de gagner sa vie.

– Au fait, je suis Sheridan. La mère de Charlie Sutherland.

Elle tendit sa main fine à Juliet. Juliet s'avança et la serra brièvement en contrôlant sa curiosité.

– Juliet Marshall. La mère de Poppy.

Sheridan haussa les sourcils.

– Poppy, notre petite voisine ?

Elle acquiesça de la tête.

– C'est bien nous. Si nous sommes trop bruyantes, n'hésitez pas à hurler.

– J'adore votre maison, le jardin est tellement mignon. Vous devez vous éclater.

Manifestement, Sheridan n'avait pas reçu le mémo des langues de vipère concernant le ton rude à adopter avec Juliet. Elle aurait follement aimé mépriser cette femme, qui avait un lien infrangible avec Ryan, toutefois elle se surprit à la prendre en sympathie.

–Sheridan, n'est-elle pas charmante? intervint Susan de sa voix haut perchée. Ryan est un homme chanceux, n'est-ce pas? Elle sait déjà par nous que la plupart des mères sont suspendues à ses lèvres. Mais c'est elle qui a la chance de vivre avec lui.

Elle décocha à Juliet un regard lourd de sous-entendus.

–Nous ne vivons pas ensemble, réfuta Sheridan. Nous ne sommes pas en couple. Nous sommes des coparents, bien que Ryan ait officiellement la garde de Charlie.

Susan n'aurait pas eu l'air plus consternée si Sheridan avait confié qu'elle vouait un culte à Satan. Elle plissa le nez, examina la nouvelle venue des pieds à la tête, ses yeux dardant de tous côtés tandis qu'elle cherchait une réponse.

–De toute façon, je ne crois pas que Ryan soit libre en ce moment. D'après ce que j'ai vu, il est amoureux. (Avec un grand sourire, Sheridan attrapa le regard de Juliet.) Mais il est comme tous les hommes, un peu borné, si vous voyez ce que je veux dire.

–Bon, il ne faut pas que je traîne. J'ai rendez-vous chez la pédicure à neuf heures et demie. (Susan se tourna vers Marsha et Emily.) Vous passez prendre le café à la maison dans la matinée, les filles?

–Sans faute. À tout à l'heure.

Toutes les trois s'éloignèrent sans un au revoir, laissant Sheridan et Juliet seules.

–Moi aussi, je dois y aller. C'est l'heure d'ouvrir la boutique, dit Juliet.

–Dommage, j'allais vous inviter à prendre un café, expliqua Sheridan. Je ne connais personne ici et je comptais sur vous pour me transmettre des informations de première main.

–Ryan ne vous a rien expliqué?

Sheridan rit.

–Vous connaissez Ryan, il n'est pas du genre à dresser des listes et un planning. Prenez ces femmes par exemple, il se figure qu'elles sont juste amicales. Mais vous savez comme moi que ce sont des garces, et qu'elles ont essayé de vous rabaisser. Ces choses-là lui passent au-dessus.

– Comme tous les hommes, non ?

– Carrément ! Vous êtes sûre que vous ne voulez pas prendre un café à la maison ?

Juliet vérifia l'heure à sa montre.

– Je suppose que je pourrais passer à midi. Mon assistante commence à onze heures, elle pourra tenir la boutique pendant deux petites heures.

Juliet nota dans un coin de sa tête de verser une généreuse prime de Noël à Lily. Elle l'avait bien méritée.

Le visage de Sheridan s'éclaira.

– Ce serait super.

– Vous êtes sûre que ça ne dérangera pas Ryan ? (Juliet se mordilla la lèvre.) Sinon, vous pouvez venir chez moi.

– Il sera parti pour l'aéroport, son avion décolle en début d'après-midi. Nous serons entre filles.

Juliet hocha la tête, essayant d'ignorer son pincement au cœur. Il suivait donc ses projets initiaux. Peut-être était-ce préférable. Une fois parti, elle espérait respirer plus librement, car pour l'instant, se souvenir d'inspirer lui prenait toute son énergie.

– Désolée pour le désordre, je n'ai pas encore rangé mes affaires.

Sheridan la guida entre les malles en cuir rouge entassées dans le couloir.

– Je ne suis censée rester que quelques jours. J'ai certainement pris trop d'affaires.

Elles arrivèrent dans la cuisine, où Sheridan remplit la cafetière d'eau.

– Un déca, c'est ok pour vous ?

– C'est parfait.

– Installez-vous, proposa Sheridan en indiquant le comptoir de petit déjeuner. J'ai du pain, je peux vous préparer un sandwich. Je parie que vous n'avez pas eu le temps de déjeuner.

Juliet se hissa sur un tabouret en plastique blanc.

– Je n'ai pas faim.

– Je vous envie. Je mange comme un ogre. Cette créature dans mon ventre est un vrai cannibale. (Elle se massa l'abdomen.) C'est étrange, le premier trimestre, on vomit tout ce qu'on mange et le trimestre suivant, on dévore tout ce qu'on trouve. Je suis esclave de mes hormones.

– Vous êtes enceinte ? demanda Juliet, hypnotisée par ses massages circulaires sur son ventre.

– J'entame bientôt le quatrième mois. Je suis déjà grosse comme une baleine.

Juliet rit. C'était très peu visible.

– Vous êtes toute mince.

– Je porte un pantalon ample. (Elle tira sur la taille élastique de son pantalon noir resserré par un cordon.) Surtout parce que je ne rentre plus dans mes jeans. Je change de taille tous les trois jours, d'où mes nombreuses valises.

La cafetière crachota dans un nuage de vapeur. Sheridan ouvrit un placard, le referma aussitôt et ouvrit le suivant en se grattant la tête.

– Les tasses sont rangées dans le placard d'angle, l'informa Juliet.

Sheridan se tourna vers elle, les mains sur les hanches.

– Comment le savez-vous ? demanda-t-elle d'une voix amusée.

Juliet répondit avec une nonchalance feinte.

– Je suis voisine. J'ai déjà pris le café ici.

S'asseyant sur le tabouret d'en face, Sheridan poussa une tasse de déca devant Juliet.

– Juste le café ? hasarda-t-elle sur un ton léger.

Juliet se pencha vers elle.

– Parfois, il me donne aussi un cookie, murmura-t-elle.

Sheridan rit en toussotant.

– N'importe quoi. Je sais qu'il se passe un truc entre vous. Je ne suis pas idiote, j'ai fait le rapprochement. Primo, Charlie ne parle que de vous et de Poppy. Deuxio, j'apprends par téléphone que Ryan a cogné sur votre mari et a été incarcéré. Et depuis que je suis là, il est d'humeur maussade, la mine aussi sombre qu'une nuit de novembre frappée par la tempête.

Juliet se sentit curieusement ragaillardie par sa description de Ryan. Au moins, elle n'était pas la seule à avoir le moral en berne.

– Il n'y a rien entre nous. Plus rien.

Sheridan l'observa par-dessus le rebord de sa tasse.

– Sornettes. Je sais qu'il se passe quelque chose. Ce que j'ignore, c'est pourquoi il fuit.

– Il ne fuit pas. Il a des affaires à régler pour son futur emploi. C'est important pour lui.

Juliet reposa sa tasse et essuya une goutte de café sur sa lèvre.

– Il ne m'a jamais rien promis, ajouta-t-elle.

– Donc, il y a bien eu quelque chose entre vous.

Juliet fit courir son doigt sur le contour de la tasse, qui émit un crissement en fin de course. Comment avait-elle atterri là, face à l'ex de son ex ? Et partant de cette situation tordue, elle essayait d'expliquer ce qui avait bien pu se passer entre elle et Ryan ? Au mieux, sa relation avec Sheridan était peu conventionnelle. Après tout, elle la cuisinait sans gêne sur leur liaison, sous le toit de Ryan. Mais était-elle réellement prête à apprendre de quoi il retournait ?

Et, plus important, Juliet se sentait-elle capable d'en parler ? Indécise, elle remua sur le tabouret.

– Je ne sais pas par où commencer. Ni comment expliquer ce qui s'est passé. Tout ce que je sais, c'est que c'est fini. Il m'a dit ses quatre vérités.

– Qu'est-ce qui vous fait croire que tout est fichu ?

Un rire sans joie vibra dans sa poitrine.

– Oh, je ne sais pas, peut-être parce qu'il l'a dit ? Sans oublier un tout petit détail, il quitte la ville comme s'il avait le diable aux trousses.

– Mais c'est un homme. Les hommes ne comprennent rien à rien, ne l'oubliez pas.

Elle croisa le regard amusé de Sheridan.

– C'est pas faux.

Elle n'en revenait pas de la facilité avec laquelle elles conversaient. Cela lui rappela les samedis soir avec ses sœurs dans la cuisine, à glousser et échanger des anecdotes amoureuses.

– Je peux vous poser une question ?

Sheridan haussa les épaules.

– Bien sûr. Ce serait malvenu de ma part de refuser. Je vous cuisine depuis dix minutes.

– Pourquoi avez-vous rompu avec Ryan ?

Sheridan haussa les sourcils.

– Vous croyez que nous étions ensemble ? C'est ce qu'il vous a dit ?

Juliet battit rapidement des cils et tenta de se remémorer en quels termes Ryan présentait la mère de Charlie. Ils l'avaient à peine évoquée, sinon qu'elle était en tournée avec son groupe pendant que Ryan s'occupait de Charlie.

– Pas vraiment. Je crois que vous vous êtes rencontrés durant un voyage en Asie. J'ai dû remplir les vides toute seule.

– À tort, j'ai l'impression, contesta Sheridan avec un grand sourire montrant que c'était sans méchanceté. Nous ne sommes jamais sortis ensemble. Ne nous méprenons pas, j'aime Ry, mais il me rend chèvre. De toute façon, il n'est pas du tout mon genre. Pas assez rock. (Elle haussa les épaules.) En revanche, Carl est tout ce que j'aime.

– Carl est votre petit ami ? s'enquit Juliet, confuse.

– Mon fiancé.

Sheridan agita la main, le diamant de sa bague attrapa la lumière.

– Et le père de ce petit monstre.

– Au risque de passer pour une idiote, reprit Juliet dans le but d'y voir plus clair, si vous et Ryan êtes de simples amis, comment êtes-vous tombée enceinte ?

– Tequila, répliqua Sheridan, les yeux écarquillés pour accentuer son propos. Une petite étourderie. Nous étions bons amis, nous avons décidé d'aller à Koh Samui ensemble. Il nous arrivait de servir de faire-valoir pour aider l'autre à draguer. Mais un soir, nous avons trop picolé, et la suite, c'est le trou noir. Au réveil, nous nous sommes regardés et promis de ne jamais y faire allusion. Mais alors, je n'ai pas eu mes règles, un mois puis deux, et je me suis retrouvée chez le docteur à faire une analyse d'urine. Et à la naissance de Charlie, nous avons passé un test ADN, par sûreté pour Ry.

– Je crois qu'il n'aime pas qu'on l'appelle Ry, commenta Juliet qui tentait de tout assimiler.

Elle avait toujours pris Sheridan pour un amour perdu, mais le fait qu'elle ne soit pas une rivale, passée ou présente, rendait Juliet plus heureuse qu'elle n'aurait su le dire. D'autant que cette fille lui plaisait bien.

– Je sais, s'amusa Sheridan. C'est bien pour ça que je l'appelle Ry. Ça le rend dingue.

Juliet ne put se retenir de rire.

– Comment appelez-vous Carl ?

– « Saloperie », généralement. Ou « mon chou », quand je suis de bonne humeur. Ce qui m'arrive rarement depuis trois mois.

Juliet inclina la tête sur le côté.

– Vous repartez en tournée quand Ryan sera rentré ?

S'il revenait. Juliet ne pouvait se départir du sentiment qu'il ne reviendrait plus, malgré ce que lui et Sheridan affirmaient.

Quoi qu'il en soit, ça n'avait pas d'importance. Dans un cas comme dans l'autre, il ne voulait plus d'elle.

– Je ne sais pas, admit Sheridan. Nous cherchons une location à proximité de New York. Carl a prévu de venir à Noël, et j'espère avoir trouvé un logement d'ici là. Ce serait bien d'être près de Charlie. Il me manque, vous savez ? Même si son père est insupportable. Sans vouloir offenser personne.

– Vous croyez vraiment que Ryan reviendra ? demanda Juliet

– Il reviendra. Aucun doute là-dessus.

– À cause de l'audience au tribunal ? Ou parce qu'il rachète l'embarcadère ?

– Il le rachète ? Je n'étais pas au courant. De toute façon, c'est sûr qu'il reviendra. Je ne l'ai jamais vu aussi paumé. Le décontracté mais irascible Ryan Shaw Sutherland est remonté à bloc. Et s'il s'imagine qu'il peut fuir ses sentiments, il va avoir une grosse surprise.

– Il n'est peut-être pas aussi paumé que vous le pensez.

– Oh, en ce qui vous concerne, il est complètement largué, certifia Sheridan. Vous voulez voir comment je le sais ?

Juliet fit un petit sourire.

– Vous n'allez pas fouiller le tiroir de ses sous-vêtements ?

Sheridan descendit du tabouret.

– Même pas en rêve. Même moi, j'ai des limites. Venez, je vais vous montrer quelque chose.

Intriguée, Juliet la suivit dans le couloir, où Sheridan s'arrêta devant la porte du sous-sol. Elle la déverrouilla, la poussa et alluma la lumière de l'escalier. Sheridan descendit les marches d'un pas léger, avec Juliet sur ses talons. Elles arrivèrent devant la chambre noire de Ryan.

– Nous avons le droit de venir ici ? s'inquiéta Juliet, une image angoissante lui venant à l'esprit. Nous n'allons pas trouver des cadavres ou je ne sais quoi ?

– Ce n'est pas Barbe Bleue. Il n'est pas assez effrayant pour ça.

Elle poussa la porte et se tourna vers Juliet.

– Mais préparez-vous à avoir un choc. Car cette pièce renferme d'authentiques signes obsessionnels.

Elles pénétrèrent dans la petite salle, la lumière de l'escalier s'engouffra à leur suite. Juliet promena son regard autour d'elle tandis que ses yeux s'accoutumaient au faible éclairage. Elle découvrit les tirages accrochés aux murs, suspendus aux fils et empilés sur un plan de travail.

Quelques-unes de Charlie. Deux du voilier. Mais l'écrasante majorité, une bonne vingtaine, reprenait un unique sujet.

Juliet.

Elle déglutit et s'immergea dans ces portraits d'elle en lançant des regards alentour. Des images d'elle agenouillée, qui soignait son parterre de fleurs. Des images d'elle sur le pont de son bateau, en pleine baie, cheveux au vent. D'autres encore la montrant le regard tendu vers l'horizon, un petit sourire aux lèvres, ou accroupie, en conversation avec Charlie et Poppy à qui elle montrait un point du doigt.

Cernée par ces portraits d'elle-même, elle éprouva un étrange sentiment. Pourtant, ces photos étaient magnifiques. Il avait réussi l'exploit de rendre des détails anodins extraordinaires. Le galbe de son bras, l'éclat de sa chevelure, la texture de sa peau, tout cela exploré dans des gros plans singuliers.

– Ne me dites pas que ce n'est pas l'œuvre d'un obsédé !

Juliet regarda Sheridan. Elle l'avait presque oubliée.

– J'ignorais qu'il avait pris ces photos.

– Je m'en doute. Elles sont belles, non ?

Elle opina de la tête.

– Exceptionnelles.

Malgré une impression de vide, Juliet sentit une pression croître en elle, un puits d'émotions se mélanger en bouillonnant.

– Pourquoi en prendre autant ? s'interrogea-t-elle.

– Parce qu'il est amoureux de vous.

Elle avait envie de la croire, de tout son cœur.

– Mais il a rompu. Il ne m'aurait pas quittée s'il m'aimait.

– Je vous l'ai dit, c'est un crétin. C'est un homme, souvenez-vous.

Juliet examina les clichés en noir et blanc en cherchant le sens de tout cela. Sheridan pouvait avoir raison, comme elle pouvait se tromper. Mais cela ne faisait pas la moindre différence. Car Ryan était à New York et elle, ici.

Elle devrait patienter pour le savoir, même si le suspense la tuait.

28

« Je succombe sous le pesant fardeau de l'amour »

Roméo et Juliette

Ryan renfila ses chaussures, jeta son sac sur son épaule et quitta la zone des contrôles de sécurité en vérifiant le panneau des départs. Comme toujours, les portes d'embarquement étaient encombrées, aussi louvoya-t-il dans la foule traditionnellement composée de familles et d'hommes d'affaires, pour rejoindre l'espace affaires.

Il présenta son billet à l'hôtesse chargée de l'accueil, puis se rendit au bar. Après l'angoisse des derniers jours, rien ne lui faisait plus envie qu'une bière fraîche avant d'embarquer.

– Qu'est-ce que je vous sers ?

Le barman l'accueillit avant même qu'il ait atteint le comptoir.

Ryan fit glisser son sac le long de son bras et le posa sur le tabouret haut à côté de lui.

– Une Yuengling, s'il vous plaît.

– Tout de suite.

Peu après, il tenait sa bouteille humide en verre marron, sa main glacée par les gouttelettes s'amassant dans sa paume. Il balaya la salle du regard et examina les gens installés dans le salon. Dans un coin, deux hommes d'affaires vidaient cul sec des petits verres d'alcool en riant à gorge déployée. De l'autre côté, une dame âgée distinguée tricotait devant une boisson chaude. Du café, supposa Ryan. Mais la plupart des passagers privilégiaient la partie bureau. Là, ils tapaient frénétiquement sur leurs ordinateurs portables, imprimaient des informations ou parcouraient des sites sur leurs téléphones. Certains exécutaient toutes ces tâches simultanément.

Mais Ryan ne voulait pas consulter son téléphone. Ni faire défiler les pages de son portable, même s'il était soigneusement rangé dans son bagage à main. Il préférait s'appuyer au comptoir et considérer d'un œil noir son reflet dans le miroir mural. Car il n'appréciait guère celui qu'il avait en face de lui.

En soupirant, il but une lampée de bière. Puis une seconde. En quelques minutes, il avait vidé la bouteille. Il la reposa en la poussant du doigt vers le barman, qui la rattrapa et la plaça dans la poubelle sous le comptoir.

– Une autre ? proposa le barman.

Ryan vérifia sa montre. Encore une heure avant d'embarquer. Il se souvenait d'une époque, pas si lointaine, où il pouvait arriver à l'enregistrement demi-heure avant le décollage. Impossible maintenant, en cette période de sécurité renforcée.

– Volontiers.

Le barman sortit une bouteille de l'armoire réfrigérée et la décapsula.

– Je vous sers autre chose ?

– Non merci, ça ira.

L'idée de grignoter lui retourna l'estomac. Il n'avait pas réussi à ingurgiter plus qu'un bol de céréales de toute la journée. L'idée qu'il avait tout bousillé lui coupait l'appétit.

– Vous voyagez pour affaires ?

Le barman essuya le comptoir avec un chiffon doux jaune. Ryan se demanda pourquoi, sachant qu'il brillait déjà.

– En quelque sorte.

Il haussa les sourcils.

– Cachez votre joie.

Le barman lui sourit. Ryan se pencha pour déchiffrer son badge.

– Désolé, Mike, je suis préoccupé.

– Je vois ça.

Mike plia son chiffon et le glissa sous le bar.

– Vous avez cet air.

– Quel air ?

Ryan fronça les sourcils et se jeta un regard dans le miroir derrière le bar.

– Celui-là. Ne vous inquiétez pas, je le remarque fréquemment.

– Ah oui ?

Ryan fronça davantage les sourcils. Qu'était-ce censé signifier ?

Un couple prit place à l'extrémité du comptoir. Mike alla prendre leur commande et leur servit deux verres de vin rouge. Le temps qu'il revienne, Ryan avait vidé sa seconde bière. Il déclina la troisième.

– Vous devez voir du monde passer ici, commenta Ryan. C'est un poste d'observation privilégié pour étudier les gens.

Il n'aurait su dire pourquoi il conversait avec lui. Mais c'était nettement mieux qu'écouter ses pensées.

– C'est sûr. Toutes sortes de gens (Il haussa les épaules.). Tout bien pesé, il n'existe que deux catégories de personnes.

Ryan ne put contrôler sa curiosité. Penché en avant, il planta ses coudes sur le bar.

– Ah oui ? Lesquelles ?

Le barman s'appuya au comptoir en face de lui, imitant sa position.

–Il y a les gens qui se dirigent vers un endroit meilleur et ceux qui le fuient.

Ryan rit.

–C'est tout ? Et les gens qui partent en vacances ? Ils ne font pas un peu des deux ?

Mike haussa les épaules.

–Pas d'après mon expérience. Dans mon métier, j'entends beaucoup de conversations, parfois sans le vouloir, et je n'en ai jamais entendu aucune qui n'entre pas dans l'une ou l'autre de ces catégories. Ce type là-bas, par exemple.

Il indiqua du menton un homme assis dans un coin, téléphone à l'oreille, qui pianotait sur le clavier de son ordinateur.

–Je le vois toutes les semaines. Parfois, il vient avec sa femme, et d'autres fois il voyage seul. Quand il est seul, il s'organise pour avoir un peu de compagnie la nuit.

–Comment le savez-vous ?

–Il me l'a dit. Vous seriez surpris par le nombre de confidences qu'on me fait. Ce n'est pas comme si j'allais les raconter à quelqu'un d'autre, hein ?

Il lui fit un sourire désabusé.

–À part vous, évidemment. Pour revenir à lui, il est constamment à l'affût de quelque chose de mieux mais, en fait, la meilleure chose qu'il puisse avoir se trouve chez lui pendant tout ce temps. Ce dont il n'a pas conscience, c'est ce que la seule personne qu'il cherche à fuir, c'est lui-même.

–Et moi ? Je me situe dans quel camp ?

Ryan le scruta avec un vif intérêt.

Le barman l'examina, les yeux plissés pour que rien ne lui échappe.

–Vous n'êtes pas bavard, vous êtes difficile à déchiffrer. Mais à en juger par les vaisseaux rouges dans vos yeux et votre air de chien battu, je penche pour le camp des fuyards.

–C'est là que vous vous méprenez. Je me rends à New York pour raison professionnelle.

– Sans doute.

– Une toute nouvelle vie m'attend. (Ryan ne savait pas pourquoi il se justifiait.) Et ça va être formidable. Quoi de mieux que de croquer la vie dans la Grosse Pomme ?

Le barman piocha un verre dans l'évier et, muni d'un torchon, il l'essuya.

– Si c'est vraiment le cas, dites-moi ce que vous faites ici avec cette tête pitoyable. Si votre futur vous excitait à ce point, vous n'éprouveriez pas le besoin de vous justifier. (Il haussa les épaules.) Désolé, mon gars, mais quand je vous regarde, je vois un homme qui prend la poudre d'escampette.

Ryan s'inspecta une nouvelle fois dans le miroir et n'apprécia pas davantage son reflet. Pour la première fois, il se vit tel que le barman l'avait décrit.

Un homme en fuite.

Un lâche.

Et il s'éloignait de la meilleure chose qui lui soit jamais arrivée.

Vingt minutes plus tard, il patientait sur le trottoir à la sortie de l'aéroport, tapant du pied sur le pavé tandis qu'il faisait la queue à la station de taxis. Il enfonça le doigt sur son téléphone pour sélectionner un numéro. À peine la communication fut-elle établie que son appel fut transféré vers la boîte vocale. Le téléphone contre son oreille, il s'imprégna de sa douce voix. Elle ne pouvait pas prendre son appel. Voulait-il laisser un message ?

Il déglutit. Quel message laisser ? Impossible de résumer ses émotions en quelques phrases. C'était un imbécile, peut-être devrait-il lui dire ça. Sauf qu'elle le savait probablement.

– London, pourrais-tu me rappeler dès que tu auras mon message ?

Ses mots le firent grimacer, puis il se déconnecta. Évidemment, elle ne le rappellerait pas. La dernière fois qu'ils s'étaient parlé, il avait affirmé qu'elle ne signifiait rien pour lui.

Il avait menti et sans doute l'avait-elle cru. Après tout, il avait failli le croire lui-même.

Lorsqu'il fermait les yeux, il parvenait à revoir son expression au moment où il avait frappé Thomas en pleine mâchoire. La stupéfaction dans ses yeux, la panique, sa lèvre tremblante, autant de signes qu'il avait interprétés comme du rejet. Il était furieux contre elle, excédé qu'elle lui renvoie son soutien au visage alors qu'elle s'efforçait de calmer le jeu.

Un macho doublé d'un crétin, voilà ce qu'il était !

Ses doigts le mettaient au supplice tant il avait besoin de la toucher, de la presser contre lui. De sentir ses cheveux soyeux, de se perdre dans sa chevelure. Il n'avait pas l'esprit en paix depuis leur dernière entrevue. Sans elle, tout paraissait assourdi et terne.

Un taxi se gara le long du trottoir. La personne en tête de file s'engouffra dans la voiture et la file progressa. Il recommença à marteler le sol du pied, si impatient qu'il ne tenait pas en place. Il était aussi tendu que s'il attendait sur une ligne de départ, le corps aux aguets mais sans aucun endroit où aller. Si Shaw Haven ne se situait pas à quatre-vingts kilomètres de l'aéroport, il aurait même envisagé de rentrer en courant.

Il devait se racheter. Même si elle ne voulait plus jamais lui adresser la parole, il devait lui dire qu'il s'était bêtement comporté, que ses mots avaient dépassé sa pensée, qu'il désirait qu'elle fasse partie de sa vie.

Que sans elle, à quoi bon prendre un nouveau départ ?

Peut-être que, depuis le début, c'était lui qui avait besoin d'être secouru.

Et pour sa part, le taxi ne le conduirait pas assez vite à destination.

– Maman, ton téléphone vibre.

– Laisse-le vibrer. Qui que ce soit, il laissera un message. Viens m'aider à tenir ça, j'essaie d'enrouler le lierre autour du cadre.

Poppy dérapa jusqu'à sa mère et appuya ses petits doigts à l'extrémité de la liane tandis que Juliet entortillait les feuilles autour du fil de fer. C'était leur troisième couronne de Noël de la journée. Elles accéléraient la cadence pour satisfaire les commandes, mais honnêtement, elle trouvait là un excellent prétexte pour ne pas se faire des nœuds au cerveau, seule chez elle.

– Elle est pour ma classe, celle-là ? s'enquit Poppy alors que Juliet nouait le câble et sectionnait les extrémités.

– Exact. Je vous fabriquerai une guirlande aussi. Nous les livrerons vendredi, toutes prêtes à être accrochées pour le week-end.

Le visage de Poppy irradiait de fierté.

– Madame Mason va les adorer. Et elle dira à tout le monde que ce sont des créations de ma maman.

Juliet sourit à sa fille. Elle se sentit moins coupable de ne pas participer à la décoration de la classe le samedi suivant. Peut-être ne remporterait-elle pas le titre de maman de l'année, mais rendre sa fille heureuse suffisait à son bonheur.

– Je rentre si tu n'as plus besoin de moi.

Lily émergea du bureau et enfonça un bonnet en laine rouge sur son carré blond.

– Je m'attellerai à la commande des Devereaux en priorité demain, ajouta-t-elle.

– Parfait. Merci de m'avoir autant aidée aujourd'hui. Et d'avoir bien voulu me remplacer à midi.

– Pas de quoi. Je suis là pour ça. (Lily récupéra son sac à main.) Au fait, elles sont magnifiques, dit-elle en inclinant la tête vers les couronnes. J'ai reçu une commande de dix couronnes supplémentaires cet après-midi.

– Les prochaines semaines s'annoncent chargées.

Juliet se sentit soulagée. Son commerce était florissant, au sens propre comme au figuré. C'était un souci de moins.

– Ne travaille pas trop tard. À bientôt, Poppy.

– Ciao, Lily.

Poppy la salua de la main tandis que Lily retournait le panneau « ouvert » sur la porte avant de sortir et de rabattre le verrou derrière elle.

Juliet vérifia l'heure. Un peu plus de cinq heures. La nuit était déjà tombée, seulement égayée par le halo orangé des lampadaires et par les guirlandes festives déployées dans la vitrine de la librairie d'en face.

– Terminons celle-ci, après quoi nous partirons, informa-t-elle Poppy. Et si nous allions manger un morceau quelque part ?

Elle continuait de retarder son retour chez elle.

– Je pourrai prendre un hot-dog ? s'exclama Poppy en frappant dans ses mains. Plus un sundae au chocolat ?

Juliet ébouriffa ses cheveux.

– Pourquoi pas ? Tant que tu me promets de bien te brosser les dents ce soir.

L'air grave, Poppy hocha la tête.

– Évidemment. Les dents sont très importantes. J'aurais l'air ridicule sans elles.

C'était difficile de ne pas rire. Juliet se mordilla la lèvre pour ne pas glousser.

– Très juste, ma puce.

En une demi-heure, elles terminèrent de ranger et de nettoyer les détritus. Juliet vérifia le niveau d'eau dans les pots de fleurs, éteignit les lumières principales et se dirigea vers le panneau de contrôle de l'alarme.

– Tu as tout pris, ma chérie ? demanda-t-elle à sa fille. Ton sac et tes crayons de couleur ?

– Ouaip.

– Bien, allons-y.

Elle levait la main pour enclencher l'alarme quand son téléphone se remit à vibrer. Elle avait complètement oublié d'écouter ses messages. En soupirant, elle déverrouilla l'écran et ranima l'appareil. La photo de Poppy tirant la langue apparut, aussitôt suivie d'une pluie de notifications. Sms, WhatsApps, mails et messages vocaux.

Sa bouche devint sèche. Thomas la matraquait de messages depuis son départ de sa propriété, et jusque-là, elle les avait ignorés en bloc. S'il souhaitait lui parler, il n'avait qu'à passer par leurs avocats.

Mais un message vocal n'était pas de Thomas. Son pouls s'accéléra brusquement quand elle découvrit le nom de Ryan. D'après l'heure, il l'avait laissé juste avant de s'envoler pour New York.

– Maman, on peut y aller maintenant ?

– J'arrive.

Elle glissa son téléphone dans sa poche. Elle garderait cet instant de masochisme pour plus tard. Son cœur était déjà en morceaux, inutile de l'émietter davantage.

Arrivées dans le restaurant à moitié plein, elles s'installèrent dans un box et passèrent commande. Un hot-dog et des frites pour Poppy, et un café plus une salade pour Juliet. Rien de plus car, que de toute manière, elle repousserait toute nourriture au bord de son assiette. Le temps qu'elles terminent leur repas, Juliet avait posé un billet de vingt dollars sous l'addition et la neige commençait à tomber à l'extérieur. Poppy sortit en courant sur le trottoir désert, glissa sur le béton détrempé et tendit la main pour s'emparer d'un flocon.

– Regarde ! s'écria-t-elle, tout excitée. J'en ai attrapé un, j'en ai attrapé un ! Tu sais qu'ils sont tous différents ? Il n'y en a pas deux pareils. Madame Mason nous l'a appris.

Elle tendit de nouveau la main, mais la déception assombrit bien vite son visage. Le flocon avait fondu au contact de sa paume chaude.

– Où est-il passé ?

– Il y en a plein d'autres à attraper, observa Juliet. Regarde, il continue de neiger.

– Mais pas celui-là. Il a disparu pour toujours. Je ne pourrai plus jamais le revoir.

Juliet se creusa la tête pour trouver des paroles réconfortantes. Pour expliquer que bien que chaque flocon soit unique, ils étaient éphémères, figés dans le temps, impossibles à capturer. De petites merveilles à admirer, pas à conserver.

Bien entendu, cela lui fit penser à Ryan. Il était tellement plus qu'un flocon, et pourtant il était impossible à garder, lui aussi. Un instantané qu'elle ne pourrait jamais recréer.

Cette pensée serra douloureusement son cœur déjà en miettes.

Le temps qu'elles regagnent leur domicile, un fin manteau blanc recouvrait l'allée, crissant en même temps que le gravier lorsqu'elles se garèrent devant la maison. Juliet rassembla leurs affaires et pressa Poppy de monter les marches. La température avait chuté en raison de la neige.

Juste avant d'entrer, elle la vit sur le paillasson. Elle se pencha pour la regarder de plus près et la ramassa.

Une fleur jaune.

– Elle est jolie. C'est quoi ? fit Poppy en touchant la trompette jaune évasée.

– Une jonquille.

Juliet tenait soigneusement sa longue tige.

– Qu'est-ce qu'elle représente ?

Avec elle, Poppy avait pris l'habitude d'attribuer des significations aux fleurs. Les roses rouges pour la passion, la pâquerette blanche pour l'innocence.

– Elle symbolise le renouveau et la galanterie.

– Mais ça veut dire quoi ?

Poppy claquait des dents. S'avisant du froid glacial, Juliet se hâta d'ouvrir la porte et de pousser sa fille à l'intérieur.

Elle coucha la fleur sur le guéridon du couloir en veillant à ne pas taler ses pétales.

– C'est un peu vieillot. Les gens d'autrefois employaient ce code. Quand les belles jeunes filles étaient courtisées par les chevaliers blancs.

Oh.

Oh.

Elle examina plus attentivement la fleur. Elle tendit une main tremblante et l'effleura.

– Pourquoi était-elle sous notre porche ?

– Je ne sais pas. Quelqu'un l'a peut-être déposée là.

– Mais pourquoi ? insista Poppy.

Au lieu de répondre, Juliet contemplait la jonquille. Elle se posait exactement la même question.

29

« Les petites fleurs ont de la grâce et les mauvaises herbes croissent vite »

Richard III

–À ton avis, qu'est-ce que cela signifie ?

Juliet tenait son téléphone dans sa main. Le visage de Lucy emplissait l'écran. De bonne heure, elle prenait son petit déjeuner dans son appartement d'Édimbourg. Dans le Maryland, c'était le milieu de la nuit, mais Juliet ne trouvait pas le sommeil.

–Aucune idée, rit sa sœur. Je suis avocate, pas télépathe. Que penses-tu que cela veuille dire ?

–Je ne sais pas, admit Juliet. Je ne sais même pas si c'est Ryan qui a déposé la fleur. Tout ce que je sais, c'est qu'il a essayé de me joindre cet après-midi et qu'en rentrant ce soir, j'ai trouvé la jonquille devant ma porte. Lucy, tu es douée pour ces choses-là. Dis-moi ce que je dois faire.

Lucy fit un grand sourire.

–Tu me demandes un conseil amoureux? Alors que j'ai tout fait de travers au début avec Lachlan ? Tu t'adresses à la mauvaise personne.

– Mais tu es la femme la plus sage que je connaisse.

Lucy écarta ses cheveux de ses yeux et but une gorgée de café.

– Qu'a-t-il dit quand tu l'as rappelé ?

– Je ne l'ai pas rappelé, avoua Juliet.

Lucy faillit recracher son café.

– Eh bien, tu as raison, tu as grand besoin de mes conseils. Au lieu de passer la nuit à spéculer, pourquoi tu ne le rappelles pas ?

– Et si ce n'était pas lui ? contra Juliet. Et s'il me disait encore adieu et remuait le couteau dans la plaie ?

– Alors, tu sauras qu'il n'était pas fait pour toi.

Or, il l'était. C'était l'homme qu'il lui fallait. Celui qui s'immisçait dans ses pensées le matin avant même qu'elle n'ait émergé.

– Juliet ? la pressa Lucy.

– Oui ?

Elle secoua la tête sans parvenir à le chasser de ses pensées.

– Va dormir. Tu as l'air exténuée.

– Toi aussi.

Lucy sourit.

– Merci pour le compliment.

– Bonne nuit, Lucy.

– Bonne nuit, trésor. Eh, Juliet ?

– Oui ?

– *Téléphone-lui.*

– Maman, il y en a une autre ! cria Poppy dans la cuisine.

Juliet rassembla ses cheveux en queue-de-cheval, enroula un élastique et s'élança dans le couloir en marmonnant. Elles étaient en retard. *Encore.* La batterie de son téléphone s'était lentement déchargée tant elle avait réécouté son message, aussi l'alarme ne s'était-elle pas déclenchée.

Lorsqu'elle surgit dans la cuisine, Poppy s'acharnait à introduire la clé dans la serrure de la porte arrière, mais le métal dérapait. Juliet lui fit les gros yeux.

– Tu sais que tu ne dois pas ouvrir cette porte sans moi. Que fais-tu ? Il fait un froid de canard.

Bien que la neige n'ait pas tenu la nuit, la température restait glaciale. Elle entendait la chaudière tourner à fond pour surmonter le froid.

– Je veux voir la fleur.

– Quelle fleur ? demanda Juliet.

Elle rejoignit Poppy qui regardait par la fenêtre.

Une rose rouge solitaire reposait sur le paillasson, au même endroit que la jonquille de la soirée précédente. Les pétales se resserraient autour du bourgeon fraîchement éclos comme pour lui tenir chaud.

– Une autre, marmonna Juliet, le front pressé contre la vitre.

– Elle est jolie, dit Poppy. Elle vient d'où, tu crois ?

– Je ne sais pas.

Ce n'était qu'un pieux mensonge destiné à gagner du temps. Le poids de son téléphone dans la poche de son jean lui remit son message en mémoire. Juliet le fit apparaître sur l'écran, mais ne l'écouta pas. Elle devait lui téléphoner, elle le savait. Mais si les fleurs n'étaient pas de lui ?

Cette idée lui donna envie de rire. Ce n'était pas comme si une foule d'admirateurs se pressaient à sa porte. C'était soit Ryan soit Thomas, et sachant que Thomas n'était pas romantique pour deux sous, c'était vite vu.

Les faisait-il livrer de New York ?

Vérifiant l'heure, elle laissa échapper un soupir. Pas le temps de penser à ça maintenant.

– Bon, faut y aller. Tu vas encore arriver en retard.

– Je ne pourrais pas rester à la maison au cas où d'autres fleurs apparaîtraient ? (Poppy fronça le nez.) Je voudrais les présenter joliment, comme toi.

– Pas possible. Tu dois aller à l'école et j'ai besoin de travailler.

Une demi-heure plus tard, Juliet se gara sur le parking devant sa boutique. Comme d'habitude, Lily avait ouvert le magasin et Juliet se hâta d'entrer, la saluant d'un petit geste avant d'enlever son manteau.

– Comment ça va aujourd'hui ?

– Très bien. Nous avons reçu quelques commandes ce matin. Pourrais-tu les préparer pendant que je me charge des décorations de centres de table des Devereaux ?

Juliet hocha la tête, décrocha son tablier et le noua autour de sa taille.

– Au fait, Lily, est-ce que quelqu'un a acheté des roses ou des jonquilles dernièrement ?

Lily fronça les sourcils et releva les yeux du bouquet qu'elle confectionnait.

– Je ne sais pas. Possible. (Elle haussa les épaules.) Je peux éplucher l'inventaire d'hier pour vérifier, si tu veux ?

– Pas la peine, dit Juliet en ignorant Lily qui la regardait comme si elle avait perdu la tête. Je demandais ça comme ça.

La vieille cloche en laiton tinta au-dessus de la porte d'entrée. Un jeune homme d'une petite vingtaine d'années entra en brandissant un imposant bouquet de glaïeuls, aux fleurons violets bourgeonnant au bout des longues tiges. Perplexe, il regarda autour de lui en se grattant la tête.

– Je peux vous aider ? l'accueillit Juliet.

– Je suis chez un fleuriste ?

Il secoua la tête pour retrouver ses esprits.

Elle ravala un rire.

– C'est exact. Cherchez-vous quelque chose en particulier ?

– Je cherche une certaine...

Sa voix s'éteignit tandis qu'il consultait une carte accrochée à l'emballage en cellophane.

– ... Juliet.

– C'est moi.

– Une livraison pour vous. (Il lui tendit le bouquet.) Même si je comprends mal pourquoi quelqu'un enverrait des fleurs à une fleuriste. Insensé.

Sa confusion était telle qu'elle aurait aimé le photographier avec son téléphone pour la postérité.

– Elles sont pour moi ?

– Pour vous. Je suis bien au 1981 Lower Street ?

– C'est ici.

– Et vous êtes bien Juliet ?

Elle sourit largement.

– À ma connaissance.

– Bon, alors je vous les laisse.

Il tendit les fleurs à bout de bras comme s'il avait peur de se rapprocher. Peut-être craignait-il d'être contaminé par la folie. Du coin de l'œil, elle nota le regard intéressé de Lily.

À peine eut-elle saisi le bouquet que le garçon tournait les talons. En chemin vers la sortie, il bougonna :

– Qui est assez fou pour expédier des fleurs chez une fleuriste ?

Au moment où il ouvrit la porte, elle était sur le point d'éclater de rire.

– Tu m'expliques ce qui vient de se passer ? l'interrogea Lily en contournant la table sur laquelle elle composait un arrangement floral.

– Je n'en ai pas la moindre idée. Mais tu aurais dû voir sa tête, dit Juliet, amusée. On aurait dit que je venais de renverser son chien préféré.

– Qui a envoyé ces fleurs ? insista Lily, en montrant les glaïeuls. Pourquoi cette personne n'a pas simplement passé commande par téléphone ?

Juliet haussa les épaules.

– Je l'ignore.

– Vérifie la carte.

Juliet prit la petite enveloppe blanche nichée dans le bouquet et la décacheta d'un glissement du doigt.

À l'intérieur, sur la carte d'un fleuriste, *Simeon's Flower Shop*, quatre mots étaient inscrits à l'encre bleue.

Parce que tu es forte.

– Pas de signature, marmonna Lily en lisant par-dessus l'épaule de Juliet. Si je leur téléphone, je te parie qu'ils me révéleront le nom de l'expéditeur.

– Ne fais pas ça, s'empressa de rétorquer Juliet. Je ne veux pas le savoir.

– Mais pourquoi ?

L'insistance de Lily lui rappelait Poppy. Une question simple, mais qui appelait une réponse complexe. Depuis leur retour à la maison, la veille au soir, il se produisait quelque chose de merveilleux. Ces fleurs et leurs symboles avaient quelque chose de miraculeux. Elle ne voulait pas tout gâcher en confirmant ses soupçons.

Elle préférait s'y prendre à sa manière.

– Parce que je ne veux pas savoir.

– Comme tu voudras, fit Lily avant de plisser les yeux avec méfiance. Mais moi, je veux savoir.

Juliet sourit en contemplant les fleurs. Vraiment splendides. Fortes, éclatantes, le genre de fleurs qu'elle emploierait pour structurer un bouquet. Même seules, elles étaient magnifiques.

Elle choisit un haut vase en verre, le remplit d'eau et de solution sucrée, coupa l'extrémité des tiges pour les rafraîchir. Puis elle les disposa dans le vase qu'elle plaça sur le comptoir, heureuse d'avoir quelque chose de charmant à regarder pendant qu'elles préparaient les commandes.

Il s'avéra que les glaïeuls ne furent pas l'unique livraison de la journée. Les suivantes se succédèrent à un rythme rapide et régulier, une par heure, venues de sept différents fleuristes de Shaw Haven et des environs. Et à chaque livraison, elle apprêtait un nouveau vase. À la fin, ses huit bouquets alignés recouvraient entièrement le comptoir.

Des glaïeuls violets pour la force. Des hibiscus roses et blancs pour la beauté. Des coquelicots rouges pour le plaisir. Des fleurs d'orangers blancs pour la fertilité. Des œillets roses pour la reconnaissance. Du myosotis bleu ciel pour les souvenirs, des camélias roses pour l'admiration. Les deux dernières, livrées peu avant la fermeture, rassemblaient de nombreuses tulipes rouges et d'autres roses rouges, signifiant un amour vrai et éternel. Tandis qu'elle examinait toutes ces fleurs qui avaient dû coûter une fortune hors saison, son cœur s'imprégna du message qu'il tentait de lui communiquer.

– Tu dois savoir qui c'est maintenant, recommença Lily. Ce n'est pas Thomas ? Vous projetez de vous rabibocher ?

– Oh non, elles ne viennent sûrement pas de Thomas. Il ne reconnaîtrait pas une fleur d'oranger même si on la lui collait sous le nez.

– Alors, tu sais qui c'est ? la pressa Lily.

– J'ai des soupçons.

Son assistante repartit à la charge.

– Ne me laisse pas mariner plus longtemps. Je me creuse la tête depuis ce matin. Ce ne serait pas Fred Simpson du magasin de fleurs de Mayweather, par hasard ? Tu as une touche avec lui.

– Non, ce n'est pas Fred, affirma Juliet. Il est bien trop pingre pour passer commande chez un concurrent. Si c'était lui, elles viendraient toutes de chez *Simpson*.

– Bien vu, admit Lily. Alors, tu refuses de me dire qui tu soupçonnes ?

Juliet eut pitié de sa vendeuse.

– Une fois que j'aurai confirmé mes doutes, tu seras la première informée. Promis.

– D'accord. Mais dis-moi vite parce que je sens que ça va m'empêcher de dormir.

– Moi aussi, Lily. Moi aussi.

Juliet coupa le moteur et détacha sa ceinture. Enfoncée dans son siège, elle porta son regard au-dehors. La maison était vide. Thomas avait sagement accepté de prendre Poppy à la sortie de l'école, pour le week-end, évitant ainsi une nouvelle altercation. Et, grâce au ciel, il était assez intelligent pour deviner qu'elle ne souhaiterait pas le voir avant un bon moment.

Tandis qu'elle montait les marches de sa véranda, son attention fut attirée vers le paillasson. Elle ne fut pas déçue en découvrant la petite théière en porcelaine décorée d'images de Londres: Big Ben et Tower Bridge, des bus rouges et des cabines téléphoniques. Dans la théière étaient plantées des fleurs délicates roses et violettes. Des silènes viscaria ou « attrape-mouches ».

Une invitation à danser.

Elle prit la théière par son anse et souleva les fleurs pour examiner leurs délicats bourgeons. Des fleurs modestes, généralement utilisées en remplissage mais qui n'en étaient pas moins belles.

Et surtout, elles signifiaient tout.

–Elles m'ont fait penser à toi.

Elle se retourna. Ryan se tenait sur son porche, vêtu d'un épais pull bleu et d'un jean, ses cheveux bien coiffés, et rasé de près. Mais ce furent ses yeux qui firent gonfler son cœur. D'un bleu intense, ils la fixaient d'une manière qui disait tout ce qu'elle avait besoin de savoir.

–Je te croyais à New York, dit-elle tranquillement.

Ses doigts se resserrèrent autour de l'anse. Elle ne devait surtout pas lâcher la théière, même si tout son corps tremblait devant cette soudaine apparition.

–J'ai changé d'avis.

Il continuait de l'observer avec une douceur infinie. Les yeux plantés dans les siens, elle eut l'impression que son absence avait duré une éternité. Un désir ardent vibrait au tréfonds de son être. Un désir qui grondait comme un train filant à vive allure vers sa destination. Un désir qui brûlait dans ses veines.

– Pour quelle raison ?

Ses pieds étaient cloués au sol. Sous son examen, elle n'osait pas réduire l'espace entre eux.

Cela n'avait guère d'importance puisqu'il fit le premier pas. Il tendit la main, écarta une mèche de cheveux de son visage et la replaça derrière son oreille.

– J'étais assis au bar de l'aéroport, expliqua-t-il, entouré de gens qui voyagent d'un point à un autre. Et je me suis rendu compte que où que j'aille, ça ne suffirait pas. Sans toi, ça n'ira jamais.

– Tu ne peux pas dire ce genre de choses, protesta-t-elle, la voix cassée.

Ses doigts glissèrent sur sa joue, créant un chemin de feu et de glace sur sa peau.

– Pourquoi ? Pourquoi je ne pourrais pas ?

– Parce que...

Les mots lui manquaient. Le passage de son pouce sur sa bouche suscita un frisson le long de son dos.

– Ryan, je...

Il était beau. Elle l'admirait sans rater le plus petit détail de son visage. Le regard de Ryan était lourd et profond. Il l'aspirait sans sa permission. Elle sentit son corps entier se mettre à trembler sous son contact.

– J'ai visité des endroits fabuleux, continua-t-il tandis que sa main s'aventurait dans sa nuque. J'ai vu tellement de belles choses. Mais rien de comparable à toi quand tu me regardes de cette façon.

Il pressa sa main dans sa nuque pour l'attirer vers lui. Elle avança sans hésiter.

Seule une dizaine de centimètres les séparait. Il était assez près pour qu'elle l'inhale. Elle ferma brièvement les yeux et s'enivra de sa chaleur et de sa force alors que leurs torses se frôlaient. C'était chimérique de ne pas s'émouvoir de sa présence.

Ils étaient davantage que la somme de leurs composantes. Tellement plus.

– Tu m'as quittée, chuchota-t-elle. Tu es parti au premier obstacle.

Elle rouvrit les yeux. Il la contemplait, le regard si intense que son cœur bondit.

– C'est vrai et je m'en veux. Ce n'était qu'un vieux comportement, London. De vieux réflexes profondément enracinés face au rejet. Mais je peux te promettre une chose, si jamais tu acceptes de me reprendre dans ta vie, je ne te tournerai plus jamais le dos.

Elle tendit timidement la main vers sa joue. La chaleur de son regard s'accrut.

– Je ne t'ai pas rejeté. J'ai demandé à te voir, tu te souviens ? se défendit-elle.

– À ce stade, j'avais déjà pris ma décision, admit-il. J'avais décidé de te téléphoner dès ma sortie de prison. Toute la nuit, je suis resté assis dans la cellule, à fixer le mur de brique nu, et je ne pensais qu'à toi. Ensuite, quand j'ai appris que tu étais avec Thomas, j'ai perdu les pédales.

Elle sentit le muscle de sa mâchoire se crisper.

– Je l'ai suivi pour le persuader de retirer sa plainte. Je sais qu'il a des comportements inconsidérés et j'espérais pouvoir le dissuader si je gardais un œil sur lui. Franchement, Ryan, la dernière chose que je souhaite, c'est me remettre avec Thomas.

Il laissa échapper un souffle chaud qui survola ses doigts.

– Je sais. Je crois que je le savais à ce moment-là. Mais c'était comme si j'étais redevenu un enfant. Rejeté par sa mère...

Sa voix se brisa. Il baissa les yeux et secoua la tête.

– Je t'en parlerai, un jour.

Elle savait qu'il ne fallait pas insister. Il s'était déjà plus ouvert qu'elle ne s'y serait jamais attendue. Sa vulnérabilité était si manifeste qu'il paraissait plus jeune et presque terrifié.

–À propos des fleurs, dit-elle pour changer de sujet, elles sont magnifiques. Merci.

Il fit un petit sourire.

–J'avais peur que tu trouves ça bête. Envoyer des fleurs à une fleuriste.

–J'adore les fleurs, c'est pour cela que j'ai choisi ce métier. Et personne ne pense jamais à m'en offrir.

–Je t'en enverrai tous les jours de ta vie si cela t'aide à comprendre.

–À comprendre quoi ?

–Que tu en vaux la peine. Que tu mérites le meilleur. Mieux que la vie difficile que tu as connue ces dernières années. Tu es précieuse, London, et je me battrai de toutes mes forces pour te conquérir.

Mon Dieu, cet homme... cet homme. Il savait la séduire avec quelques mots et un regard. Son corps picotait de sa proximité.

–Et si tu m'avais déjà conquise ? murmura-t-elle.

–Alors je me battrai pour te garder. Je sais que rien n'est jamais acquis. Je ferai le nécessaire tous les matins pour que tu saches que je me sens chanceux de t'avoir dans ma vie.

Elle repoussa ses larmes en quelques battements de paupières.

–Excellente méthode pour débuter sa journée.

Il baissa la tête, ses lèvres à un cheveu des siennes.

–Je connais d'autres manières agréables de te réveiller.

Elle sourit en coin.

–Ah oui ? Lesquelles ?

Son sourire jaillit du fond de son cœur. Elle le vit dans ses yeux, le sentit dans sa façon de la toucher. Elle l'entendit à l'accélération de son souffle lorsqu'il pressa ses lèvres sur les siennes. Son baiser, tout tendre et lent qu'il fût, la traversa intimement. Il prit son visage en coupe et l'orienta pour l'embrasser profondément. Sa langue franchit ses lèvres, si délicatement qu'un petit cri muet s'en échappa.

Ils n'étaient plus que lèvres, mains et chaleur. Ses doigts s'emmêlaient dans ses cheveux, tandis qu'elle nouait les bras autour de son cou, pressée contre lui pour sentir son désir pulser contre elle. Le corps de Juliet vibrait à l'unisson, les mamelons tendus, les cuisses douloureuses. Et à chaque baiser, son besoin de lui augmentait.

Il se retourna et la poussa dos à la porte, se plaquant contre elle tant et si bien qu'elle ne savait plus où il s'arrêtait et où elle commençait. Il glissa les mains dans le creux de ses reins, pressa ses fesses et la souleva pour qu'elle enroule les jambes autour de sa taille, son entrejambe contre le sien.

Lorsqu'il arqua le bas du dos, elle gémit contre sa bouche. Il répéta son mouvement jusqu'à la faire haleter. Puis, la tenant fermement, il promena ses lèvres le long de sa joue, vers son cou, et aguicha le point sensible sur le côté de sa gorge.

– Ryan.

– Oui ? marmonna-t-il dans son cou.

– Tu veux entrer ?

Il releva la tête, une lueur délicieusement suggestive dans les yeux. Un sourire langoureux étira ses lèvres et son cœur s'emballa devant l'expression de son désir.

– Mon bébé, susurra-t-il en la tenant entre ses mains puissantes, tu n'imagines pas à quel point j'ai envie d'entrer.

30

« L'amour procède par le hasard.
Cupidon en fait tomber certains avec des flèches,
d'autres avec des pièges »

Beaucoup de bruit pour rien

Comparée à la chambre de Ryan, celle de Juliet avait l'air sortie d'une maison de poupée. De dimensions réduites, l'espace au sol était occupé par un petit lit deux-places et une armoire. Mais, contrairement à lui, elle avait créé une atmosphère chaleureuse. Grâce au joli couvre-lit enroulé à leurs pieds et aux oreillers qu'ils avaient dispersés sur la moquette dans l'urgence de libérer le lit. Aux images accrochées au mur aussi, des photos de Poppy prises sur le vif, ainsi que des peintures de fleurs assorties de leurs significations. Il sourit sans croire à sa chance.

Car chanceux, il l'était. Cela ne faisait pas l'ombre d'un doute.

– Quelles sont tes fleurs préférées ? demanda-t-il à Juliet qui, nue, se blottissait dans le creux de son bras.

Elle roula sur le ventre, posa les mains sur son torse et appuya son menton sur ses mains. Elle l'examina entre ses cils épais et un sourire fendit son visage.

–Je les aime toutes. Chacune d'elles. Mais si je devais en choisir une, ce serait la jonquille que tu as laissée devant ma porte hier soir.

–Pourquoi ?

Il n'était pas surpris qu'elle choisisse une fleur simple.

–Parce qu'elle m'a amenée à revoir mon jugement. Avant de la trouver là, je croyais que notre histoire était terminée et que je ne représentais rien pour toi. Mais dès que j'ai vu la jonquille et réfléchi au symbole...

–Qu'est-ce qu'elle symbolise ? l'interrompit-il.

Même si Juliet savait interpréter son geste comme personne, il tenait à s'en assurer.

–Les jonquilles ont de nombreuses significations, expliqua-t-elle avec un regard tendre. Mais la plus courante est la galanterie. Alors, je l'ai interprété comme le signe que tu voulais devenir mon chevalier blanc.

Le cœur de Ryan tambourinait dans sa poitrine. Il se demanda si elle le sentait sous sa main. La tenir contre lui, après leurs coups durs, l'émouvait au plus haut point. Mais ce n'était pas tout. Dans leur étreinte, il y avait aussi une honnêteté, une fragilité qu'il n'avait jamais vécues. Pour garder Juliet, il devrait certainement se battre pour elle, mais son premier ennemi, c'était lui-même.

Son moi d'avant, tout du moins.

–Tu brûles, murmura-t-il, ému. À l'aéroport, j'ai réalisé que ce n'était pas moi le chevalier blanc. C'est toi. Tu m'as sauvé, London, peut-être à ton insu. Tu m'as évité de mener une vie superficielle, d'abandonner la meilleure chose qui me soit jamais arrivée. (Il passa la main sur sa chevelure de feu.) Tu es le héros de l'histoire.

Elle battit deux fois des cils et fit rouler sa lèvre entre ses dents. Elle était si séduisante. Il se sentit pris d'un regain de désir bien qu'ils aient joui ensemble un instant plus tôt, les membres entrelacés. Savait-elle ce qu'elle lui faisait ?

–Tu m'as sauvée aussi, chuchota-t-elle. Tu m'as aidée à prendre conscience que la force ne vient que de soi. Sans toi, je n'aurais jamais eu le cran d'en découdre avec Thomas.

–Ce n'était qu'une question de temps. Tu y serais parvenue sans moi.

–Je ne veux rien accomplir sans toi.

Son expression était si sincère qu'il la reçut en plein cœur. Il la serra contre lui, pressé par le besoin de la sentir, de la humer. Leurs lèvres se joignirent derechef, ses baisers exigeants la recherchant. Les mains de Ryan descendirent dans son dos.

–Je suis désolé, dit-il contre sa bouche. Désolé de m'être détourné de toi quand tu avais besoin de moi. Je suis désolé de t'avoir cru capable de rester avec ce salaud.

Leurs bouches s'éloignèrent, et elle inclina la tête sur le côté, l'air soucieux.

–Qu'est-ce qui t'a fait croire ça ?

–Ma mère est restée avec mon père même s'il la traitait comme quantité négligeable.

–C'est ce que tu essayais de me dire tout à l'heure ? Que ta réaction avait un rapport avec tes parents ?

Une boule se forma dans sa gorge.

–Oui.

Il lui avait promis de lui raconter et le moment n'était pas plus mal choisi qu'un autre.

–Je t'ai parlé de mes parents, je crois ? Qu'ils se disputaient sans arrêt ? Mon père la rabaissait constamment, y compris devant moi.

Il s'acharna à repousser les tristes souvenirs, mais ils persistaient. Des images fugaces de son père qui l'humiliait et l'accablait de son mépris. Qui traitait sa femme d'allumeuse à cause de sa robe prétendument trop courte ou de son sourire trop avenant. Tout ce qu'elle faisait ou disait alimentait sa haine galopante, tant et si bien que la colère de son père implosait comme une bombe nucléaire.

– Il la traitait souvent aussi mal ? demanda Juliet.

Il haussa les épaules.

– Constamment, j'avais l'impression que c'était permanent. De mémoire, il ne ratait jamais une occasion de la critiquer.

– Mais elle n'a jamais pensé à le quitter ?

Ryan ferma les yeux, serra les paupières, puis les rouvrit. L'afflux de lumière supplanta les souvenirs douloureux.

– Je crois qu'elle avait trop peur. Ou qu'elle était trop conditionnée. Elle me disait que ça allait, que c'était de sa faute à elle s'il s'énervait. Que c'était ça, la vie de couple. Et je la croyais. On ne sait pas quand on est enfant. On veut juste être avec sa mère et son père, tout déglingués qu'ils soient.

Il cramponnait le matelas dans ses poings serrés. Son corps entier se tendait douloureusement.

– Quand j'ai fêté mes dix-huit ans, mon grand-père est décédé. C'est alors que j'ai échafaudé un plan d'évasion à long terme. Poursuivre mes études, trouver un bon boulot et économiser suffisamment d'argent pour lui acheter une maison où elle puisse se réfugier. Tout, pourvu qu'elle ne soit plus obligée de rester avec mon père. Mais grâce à mon héritage, je n'avais plus besoin d'attendre la fin de mes études.

Elle était couchée sur lui, le visage plissé par la concentration.

– Ryan...

– L'héritage a été placé en fiducie, mais je pouvais utiliser les fonds sur le compte. J'ai demandé à mon avocat de retirer une somme suffisante pour acquérir un pied-à-terre à Annapolis. C'était un appartement de construction récente, qui ne nécessitait pas de travaux. Pas trop loin de Shaw Haven, mais assez pour l'éloigner de lui. Ce que j'ignorais, c'est que mon avocat en avait informé mon père. J'avais à peine payé l'appartement qu'il m'avait balancé.

C'était comme s'il revivait cet instant. Le gamin qui croyait sauver le monde.

–À ce moment-là, j'étais à la maison et j'annonçais à ma mère qu'elle serait bientôt libre. Je lui ai demandé de préparer deux valises et l'ai assurée que nous reviendrions chercher le reste une fois qu'elle serait installée.

Sa souffrance se reflétait sur le visage de Juliet.

–London, j'ai vraiment cru qu'elle me suivrait. J'ai sincèrement pensé que c'était aussi simple. J'avais attendu toute ma vie le moment où je l'arracherais à ses griffes. Et quand je lui ai proposé de venir avec moi, elle s'est retournée et m'a reproché mon absurdité. Elle a déclaré qu'elle ne quitterait jamais mon père.

Juliet réprima ses larmes.

–Qu'est-il arrivé ensuite ?

Il déglutit.

–Je m'évertuais à la raisonner quand mon père est rentré à la maison. Il m'a immédiatement demandé ce qui m'avait pris d'acheter un logement à Annapolis sans son aval.

Il s'humecta les lèvres, sèches d'avoir autant parlé.

–Je lui ai expliqué très précisément la raison de mon achat et que ma mère y emménagerait pour prendre ses distances avec lui. J'ai ajouté que je veillerais à ce qu'il perde tout ce qu'il avait jamais aimé.

–Et après ?

Sa voix tremblait.

–Après, il s'est mis à rire. Comme si je lui avais raconté une blague hilarante. Il m'a envoyé dans ma chambre en m'ordonnant d'arrêter d'être aussi puéril. Alors, j'ai regardé ma mère en face et je lui ai demandé de partir avec moi. Mais elle évitait mon regard, London. Elle s'est juste détournée de moi.

Elle sentit son cœur se briser pour le jeune homme d'autrefois.

–Mais j'ai compris une chose ce soir-là. On peut être entouré de sa famille et se sentir très seul. Mes parents me rebattaient les oreilles avec mon héritage familial, avec les Shaw et les Sutherland, les bâtisseurs de cette ville, mais ils se déchiraient quotidiennement. Ça me tuait. (Il se frotta les yeux avec les paumes des mains.) Je ne pouvais pas la sauver. Elle ne m'y autorisait pas.

Une larme roula sur le visage de Juliet.

– Ce n'était pas ton rôle de la sauver, Ryan. C'était à elle de te protéger. C'est ta mère, elle n'aurait jamais dû te faire endurer ça. Tu n'étais qu'un enfant.

– Les seules fois où j'entends parler de la famille, c'est quand je touche mes dividendes. Durant ces longues années d'absence, ils n'ont jamais pris de mes nouvelles. À croire qu'ils étaient contents que je ne sois plus là.

Elle caressa tendrement sa joue.

– Ce sont des ordures, tous autant qu'ils sont. Ils ne te méritent pas. Je comprends mieux pourquoi tu étais aussi remonté contre Thomas. Tu as certainement pensé que j'étais comme eux tous.

– Mais tu es différente, affirma-t-il. Parce que tu ne m'as jamais rejetée. Je ne suis pas resté assez longtemps pour savoir ce que tu ressentais.

– C'est compréhensible. Pourquoi l'aurais-tu fait ? Tu croyais que j'étais retournée avec Thomas, de la même façon que ta mère est restée solidaire de ton père. Cela t'a sûrement fait un choc.

– Pourtant, j'aurais dû savoir que tu ne ferais pas ça. Tu n'es pas elle, vous n'avez rien de semblable. Tu es une bonne personne, forte, et tu fais toujours passer ta fille en priorité. Toujours.

– Comme toi. C'est une des qualités que j'aime chez toi.

– Une des qualités ? murmura-t-il.

Il eut l'impression que son thorax se fendait et lui exposait librement son cœur. Elle avait la capacité de le sauver ou de le condamner, et se sentir aussi vulnérable lui faisait un mal de chien. Mais il savait qu'il devait en passer par là pour prouver qu'il était digne de son estime.

– L'une de tes nombreuses qualités, certifia-t-elle. Tu veux connaître les autres ?

– J'aimerais bien.

Elle prit son visage entre ses mains et pressa ses lèvres sur le coin de sa bouche.

– Tu es habile de tes mains. Suivre la construction de cette cabane, c'était un peu mon fantasme personnel du bûcheron.

Il rit. Ses soucis semblèrent se dissoudre instantanément.

– Et j'aime ta vision du monde. Ton regard unique qui te permet de prendre des photos que toi seul puisses prendre. Tu vois de la beauté en toute chose.

– Continue, susurra-t-il.

Elle lui sourit.

– Et j'aime ton envie de me secourir, même si tu sais que la seule façon d'y parvenir, c'est de me laisser me sauver moi-même. (Elle l'embrassa.) Et j'aime ta façon de danser, c'est comme du sexe tout habillé.

Il sentit l'espoir affluer en lui. Il l'étreignit en la décalant pour aligner leurs corps. La chaleur de sa peau l'enivrait à un point qui mettait ses nerfs à rude épreuve.

– Et j'aime ta manière de m'enlacer, comme si j'étais délicate, mais quand tu fais l'amour, tu es si brutal et vigoureux que je me sens incassable.

– J'aime ça aussi. Énormément.

– Il n'y a rien que je n'aime pas chez toi, Ryan Sutherland. De ta manière de manœuvrer un voilier à celle dont tu t'occupes des enfants. Tout en toi est séduisant et fort et si parfait à mes yeux. Je ne pourrais pas arrêter de t'aimer, même si je le voulais.

Il n'avait pas besoin d'en entendre davantage. Au lieu de quoi, il prit son visage entre ses mains et l'embrassa avec un besoin urgent, jusqu'à ce que toute parole sous ces lèvres s'évapore.

Elle l'aimait, c'était là l'essentiel. Il se soucierait du reste un autre jour.

Car, dans l'immédiat, ils avaient à faire.

31

« Il en est que le péché élève et d'autres
que la vertu fait chuter »

Mesure pour mesure

– Bon, c'est bel et bien fini.

Gloria Erkhart, son avocate, lui remit les documents. Un sourire étira ses lèvres.

– Ils ont tout validé. Je dois admettre que je suis déçue, j'aurais aimé me battre pour lui en soutirer davantage.

Juliet jeta un regard aux papiers dans sa main. *Validation de divorce.* Sous le certificat attestant qu'elle et Thomas n'étaient plus mariés se trouvaient les modalités définies par le juge.

– Je n'ai besoin de rien d'autre, dit-elle à Gloria avec un sourire tout aussi large. Je ne saurais vous dire à quel point je suis soulagée. Merci pour tout.

– Nous aurions pu demander une pension alimentaire pour vous, le juge l'aurait acceptée.

Elle secoua la tête.

– Je ne veux pas de son argent. Je n'en ai pas besoin. Tant que Poppy ne manque de rien, je suis capable de m'assumer. (Elle sourit.) C'était la garde qui m'inquiétait, et nous avons gagné.

Elle avait obtenu les soixante-dix pour cent demandés, et ils partageraient Noël et les vacances. Un accord équitable, principalement conçu pour le bien de Poppy. Ainsi, elle passerait du temps avec ses deux parents.

– Et j'ai son autorisation d'emmener Poppy au mariage de ma sœur. Voilà qui me comble de bonheur.

– Lisez donc la seconde page, conseilla Gloria. Le juge a confirmé votre changement de nom. Vous n'êtes plus Madame Marshall.

Elle retourna la page et lut le décret au verso.

Juliet Shakespeare.

Elle eut l'impression de retrouver une vieille amie perdue de vue. Allégée d'un poids, elle laissa échapper une longue expiration.

– N'est-ce pas charmant ? dit-elle.

– Un nom charmant pour une femme charmante.

Elle rit.

– Je vous dois un supplément pour cet ajout ?

Elles atteignirent l'escalier du tribunal et croisèrent un couple. La femme portait une robe blanche et un voile. La naissance d'un couple en contrepoint de la fin du mariage de Juliet. Très approprié.

En un sens, le monde continuait à tourner.

– Bon, quoi d'autre ? J'ai des documents à signer ? demanda-t-elle à son avocate.

Mettre la dernière main à cet accord la rendait nerveuse. Son divorce avait été une lutte sans merci, aussi ne voulait-elle pas risquer de le saboter.

– Vous n'avez plus rien à faire, la rassura Gloria. Sinon descendre ces marches et commencer une nouvelle vie.

– Ça, je peux y arriver.

Elle serra les documents sur sa poitrine pour les protéger du vent. Elle ouvrit la bouche pour parler quand une ombre s'imposa au-dessus d'elle.

– Satisfaite ? Tu as obtenu ce que tu voulais ?

Le visage de Thomas était dépourvu de gentillesse. Il était décoiffé comme s'il s'était tiré les cheveux.

–Vous devriez laisser ma cliente tranquille, s'interposa Gloria.

Juliet posa une main apaisante sur le bras de son avocate.

–N'ayez crainte, Gloria. Je vais me faire un plaisir de lui répondre. (Elle se tourna vers Thomas et le regarda droit dans les yeux.) Puisque ça t'intéresse, oui, les modalités me conviennent. Je suis contente que notre fille bénéficie de tout le soutien qu'elle mérite. Et je suis enchantée de ne pas toucher d'argent pour moi, car je suis capable de subvenir à mes besoins.

Il eut un rire sec.

–Je le sais.

–Et peut-être que nous ne sommes plus ensemble, mais nous avons un enfant en commun. Et pour les douze années à venir, c'est ton devoir de veiller à ce qu'elle s'épanouisse. (Elle planta ses yeux dans les siens.) Et je ferai de mon mieux pour m'assurer que ce soit le cas. Le reste m'importe peu. Pas plus toi que moi.

–Bien envoyé, murmura Gloria.

–Mais tu m'as également demandé si j'avais obtenu ce que je voulais et, sur ce point, la réponse est non. Je n'ai pas souhaité que tu me trompes, et je ne voulais certainement pas être traitée comme quantité négligeable par toi et ta famille. Je ne voulais pas non plus que ma fille me manque un week-end sur deux, mais comme tu as pris toutes ces décisions à mon insu, je m'adapte. Et je m'en sortirai la tête haute, parce que je suis une Shakespeare et personne ne peut rabaisser éternellement une fille Shakespeare. Quand bien même tu y mettrais toute ton énergie.

Les yeux étrécis en deux fentes, Thomas la fixait, le vent frais soulevant la pointe de ses cheveux.

–Si tu le dis, souffla-t-il. Je passe prendre Poppy samedi matin. Arrange-toi pour qu'elle soit prête à l'heure.

Juliet lui sourit patiemment.

– Naturellement. Comme tu voudras, Thomas.

Elle ne le laisserait plus l'ébranler. Ni aujourd'hui ni jamais. Bien sûr, elle traverserait des moments difficiles. Il ne renoncerait pas à la manipuler et il s'appliquerait certainement à lui chercher des noises à la première occasion. Mais il n'avait plus d'emprise sur elle, pas plus sur un plan légal qu'émotionnel.

Elle était libre, et c'était une sensation merveilleuse.

Tandis que son ex-mari dévalait les marches, elle adressa un ultime sourire à Gloria.

– Je ferais bien d'aller partager la bonne nouvelle avant que mon téléphone n'implose.

– Je n'ai pas besoin de vous demander à qui vous l'annoncerez en premier, s'amusa Gloria.

– Non, pas la peine.

Elles échangèrent un regard entendu. Ryan avait demandé à l'accompagner à la délibération. Avec force persuasion, elle était parvenue à l'en dissuader. Par bonheur, Gloria l'avait soutenue. En ce qui concernait Juliet, elle aimait autant que Ryan se tienne à bonne distance du tribunal. Thomas avait retiré sa plainte pour agression, mais il représentait toujours une menace. En réalité, elle tenait à éviter que Ryan le provoque.

Le téléphone de Juliet se remit à vibrer dans sa poche. Elle savait assurément qui c'était.

– Je vous laisse, dit-elle en souriant à son avocate. Merci encore pour tout.

– Je vous en prie, Mademoiselle Shakespeare.

Gloria la gratifia d'un immense sourire.

Elle allait devoir se réhabituer à son nom.

Ryan releva les yeux de la poutre qu'il sciait et vit un homme remonter la promenade. Sa démarche lui était familière, car il la connaissait depuis son plus jeune âge.

Il reposa soigneusement la scie circulaire sur son support et veilla à la débrancher. Il ôta son masque de protection, se releva et épousseta la sciure de bois de ses cheveux d'un geste de la main.

– Papa.

Le vieil homme le considéra, les yeux plissés.

– J'essaie de te joindre depuis des jours.

Ryan posa automatiquement la main sur la poche de son jean.

– Et je t'évite depuis des jours.

Son père cligna des yeux. La poussière volante retombait sur lui, une fine couche brune souilla son costume sur-mesure.

– Tu me dois des explications.

– Je ne crois pas.

Le visage de son père devint rubicond.

– Tu as osé vendre tes parts à un tiers. Qu'est-ce qui t'a pris ? Comprends-tu la portée de ton choix ?

Ryan se força à contrôler son rictus jubilatoire.

– C'est évident, non ? J'avais besoin d'argent pour acquérir l'embarcadère. En fait, c'est toi qui m'en as donné l'idée quand tu m'as suggéré de te céder mes actions.

Son père secoua la tête.

– Sais-tu depuis combien de temps la société est dans la famille ? Et voilà que tu ouvres la porte aux requins. Ils ont déjà exigé un audit et il est question de faire intervenir des consultants.

Il se balançait sur ses talons, les semelles de ses mocassins en cuir lustré se recouvrèrent aussi de poussière.

– Ils ont osé me suggérer de prendre ma retraire.

Ryan aurait aimé être là. L'image de son père à qui l'on annonçait qu'il était devenu inutile à l'entreprise lui donna envie d'éclater de rire.

– Tu ne rajeunis pas. Peut-être que tu devrais y réfléchir.

– Tu n'as pas le sens de la famille, n'est-ce pas ? Tu ne l'as jamais eu. Tu as déjà essayé de me trahir une fois et tu as recommencé. Tu n'es qu'un bon à rien, Ryan. Tu ne mérites pas de porter mon nom.

Ryan secoua la tête. C'était si facile de retourner les choses de manière à étayer ses propos que c'en était incroyable.

– Je n'étais qu'un gosse, dit-il en s'efforçant de garder son calme. Tu m'as laissé partir sans rien et tu ne t'es jamais soucié de ce que je devenais. Ce n'est pas le genre de famille à laquelle je souhaite appartenir.

C'était l'entière vérité, non ? Enfant, il aspirait à s'intégrer. À faire partie de ces familles heureuses mythiques avec un père aimant et une mère protectrice. Plus tard, déçu par la réalité, il avait passé la moitié de sa vie à fuir. À tenter de se persuader qu'il n'avait besoin de personne. Qu'il était très bien seul.

Mais désormais ? Eh bien, sa vie avait brusquement changé.

Il avait sa propre famille.

Peut-être pas une famille traditionnelle, mais avec lui, Juliet et les enfants, ainsi que Sheridan, Carl et leur futur bébé formaient un clan. Et c'était un pur bonheur.

Derrière l'épaule de son père, il l'aperçut qui remontait la jetée, ses cheveux roux se soulevant dans sa nuque. Elle ne marqua aucune hésitation lorsqu'elle nota leur présence à mi-chemin. Elle portait l'une de ses robes aguichantes, celles qu'elle réservait aux rendez-vous à la banque et au tribunal. En lainage gris, chic, elle épousait ses formes d'une manière qui invitait au péché.

– Tu ferais bien de partir, dit-il, incapable de détacher son regard d'elle. Ma petite amie arrive, et nous avons des choses à discuter.

Son père se retourna et suivit le regard de Ryan.

– La femme de Thomas Marshall, tu veux dire.

– Non, ma petite amie. Alors, je te prie de partir, tu n'es pas le bienvenu.

Son père le fixa, ses yeux n'étaient plus que deux fentes.

– Tu m'as trahi. Je ne l'oublierai pas.

–Ça m'est égal que tu oublies ou non. Ce que tu penses m'indiffère. Je ne manque pas de sujets autrement intéressants pour m'occuper l'esprit.

Elle se rapprochait. Suffisamment pour que Ryan la voie sourire lorsqu'elle croisa son regard impatient. Suffisamment pour que le besoin de la toucher serre et desserre ses doigts.

Elle était comme l'éclat vif du soleil inondant une fraîche journée d'automne. Opportune et intense, elle le réchauffait.

–London, cria-t-il sans se soucier de son père qui fulminait devant lui. Qu'essaies-tu de me faire avec cette robe ?

Arrivée à quelques mètres d'eux, ses traits s'affaissèrent quand elle reconnut son père. Ryan la vit inspirer avant de redresser les épaules.

–Salut, fit-elle en souriant. (Puis elle s'adressa à son père et son sourire s'évanouit.) Bonjour, Monsieur Sutherland.

–Ne t'embête pas avec les civilités, il allait partir, lui dit Ryan.

Elle haussa les sourcils.

–Ah oui ? Ce n'est pas à cause de moi ?

Ryan rit.

–Tu n'as rien fait, ma chérie.

Il l'attira contre lui. Le contact le détendit immédiatement.

–C'est plutôt parce qu'il n'a plus rien à dire.

–Tu as raison. Je n'ai plus rien à te dire, cracha son père. J'ai honte de toi, tu fricotes avec une femme mariée. Pas étonnant que tu aies brisé le cœur de ta mère.

Ryan ne put s'empêcher de saisir la balle au bond.

–London, es-tu une femme mariée ? s'enquit-il.

Ravie, elle secoua la tête.

–Non.

–C'est bien ce que je pensais.

Malgré sa voix posée, son cœur battait à tout rompre. Il se tourna vers son père.

– Fiche le camp. Je souhaiterais parler à cette belle femme en privé.

Reculant, son père les toisa, un rictus suffisant tordait ses lèvres.

– Je n'en ai pas fini, l'avertit-il. Loin de là.

– Pour moi, c'est bien fini, conclut Ryan d'un ton sans appel.

Un instant, son père resta figé, sa bouche s'ouvrant et se refermant comme s'il cherchait quelque chose à répondre. Puis il pivota sur ses talons et remonta la promenade d'un pas rageur, déposant de la poussière dans son sillage.

Il allait avoir des difficultés à s'en défaire.

Juliet caressa sa joue, sa barbe naissante frotta sa main.

– Que vient-il de se passer ?

– Mon père dans toute sa splendeur.

– Aussi réjouissant que Thomas qui fait son Thomas.

– Ces deux-là se ressemblent comme deux gouttes d'eau, concéda Ryan. Alors, raconte-moi. C'est bien vrai ? C'est réellement terminé ?

Il se plaça face à elle. Elle dodelina de la tête.

– Je ne suis plus Madame Juliet Marshall.

Il soupira, et toute la tension quitta ses muscles.

– Une vraie bénédiction. As-tu obtenu gain de cause ?

– Sur tous les points. Gloria s'est battue comme un requin affamé. (Elle sourit.) Non que j'aie obtenu grand-chose. Ça te tente de sortir avec une femme fauchée ?

– Ce qui est à moi est à toi. (Il rit.) Non pas que j'aie grand-chose moi non plus.

Elle lui pinça le flanc.

– Menteur. Tu as un fils, une maison, un port. Une ex-petite amie qui vit au bout de la rue et une nouvelle petite amie qui habite la porte à côté. Que cela te plaise ou non, ta vie est bien remplie.

– Elle me paraît compliquée, plaisanta-t-il.

– Elle l'est, admit-elle. Comment le vis-tu ?

Un petit sourire se dessina sur son visage.

– Extrêmement bien. Se fixer n'est effrayant que si l'on préfère être ailleurs.

– Et tu ne voudrais vraiment pas être ailleurs qu'à Shaw Haven ? s'enquit-elle.

Il se pencha et planta un baiser sur le bout de son joli nez. Presque aussitôt, la poussière la fit froncer du nez et éternuer bruyamment.

– Je ne voudrais être nulle part ailleurs qu'ici avec toi, murmura-t-il, se retenant de rire alors qu'elle recommençait à éternuer. Vous êtes ma famille. Toi, Charlie et Poppy. Chez moi, c'est là où vous êtes. Je suis photographe, je n'ai besoin que d'un appareil photo pour gagner ma vie. Je trouve que Shaw Haven, c'est aussi bien qu'ailleurs pour exercer mon métier.

Qu'il renonce à s'installer à New York lui avait réchauffé le cœur. Bien qu'elle lui ait promis qu'ils feraient tout pour entretenir leur relation à distance, il s'était ravisé. Il avait choisi de rester avec elle. Et désormais, il retapait l'embarcadère et travaillait en tant que photographe free-lance dès qu'une commande tombait. Entre ces deux activités, il était débordé.

Ils l'étaient tous deux, pour leur plus grande joie.

– J'aime entendre ça.

Elle l'enlaça et tenta de l'attirer contre elle.

– Tu vas tacher cette robe affriolante. Je suis couvert de poussière, l'avertit-il.

Elle remonta ses mains et les noua derrière sa nuque.

– Je me fiche bien de cette robe, susurra-t-elle. Si ça ne tenait qu'à moi, elle finirait roulée en boule sur ton parquet avant la fin de journée.

– Ah oui ? J'ai hâte de voir ça.

Il effleura ses lèvres avec les siennes. Son souffle haletant le réchauffa.

– Moi aussi, murmura-t-elle, ses mots vibrant sur sa bouche. Mais d'abord, nous devons aller chercher les enfants et leur révéler le pot aux roses.

–C'est obligatoire ? Nous ne pourrions pas filer à la maison et nous arracher nos vêtements ?

À son ton, elle comprit qu'il plaisantait.

–Tu es aussi insatiable qu'un adolescent.

–J'ai l'impression d'être un adolescent. Comme si nous devions expliquer à nos parents que nous sommes tombés amoureux. Et si l'idée leur déplaisait ? Et si ça les rendait malheureux ?

–Et s'ils nous interdisaient de nous revoir ? renchérit-elle en souriant. Détends-toi, ils seront ravis. Nous ne sommes pas Roméo et Juliette. Nous ne sommes pas condamnés par le destin.

–Tant mieux. Autrement, je l'aurais défié.

Elle le regarda en haussant les sourcils.

–Tu parodies Shakespeare ?

–Tu me connais, bébé.

Elle éclata de rire.

–Viens, mon Roméo, allons chercher les enfants. Nous avons des choses à leur expliquer.

–Ça veut dire que nous allons habiter chez Ryan ? voulut savoir Poppy, inquiète. Je devrai partager la chambre de Charlie ? Il sera fâché que je range mes affaires avec les siennes ? Tu te rappelles qu'il a boudé quand j'ai voulu décorer la cabane avec des fleurs ?

–Elle ne dormira pas dans ma chambre, hein papa ? demanda Charlie. Elle peut prendre une autre chambre, pas vrai ?

–Je pourrai la peindre en rose ? reprit Poppy en tapant dans les mains. Je la voudrais rose avec des nuages blancs, et un lit à baldaquin. Je peux ?

Juliet consulta Ryan du regard. Un mélange d'amusement et de surprise lui faisait écarquiller les yeux et ouvrir la bouche. Depuis cinq minutes, depuis qu'ils avaient réuni les enfants dans la cuisine de Ryan pour leur présenter la situation, ils les mitraillaient de questions comme des soldats en exercice.

– Calmez-vous, dit Juliet en riant. Nous n'allons pas emménager ici.

Ryan pencha la tête sur le côté et la considéra d'un air interrogateur.

– Ou pas dans l'immédiat, reprit-elle. Nous devons avancer pas à pas.

– Mais je préfère sa maison. Ryan, tu aimerais qu'on habite chez toi, pas vrai ? lui demanda Poppy.

Il leva les mains.

– Ta mère a raison, il vaut mieux y aller doucement. Mais Charlie et moi adorons vous avoir ici, et vous savez que vous êtes toujours les bienvenues.

– Dois-je t'appeler papa ?

Juliet plaqua la main sur sa bouche pour réprimer un rire. Ryan fit rouler sa lèvre entre ses dents et l'appela à l'aide du regard.

– Tu as déjà un papa, rappela Juliet à sa fille. Ryan est ton ami, pas ton papa.

– C'est mon papa à moi, fanfaronna Charlie.

– Exact.

Ryan retroussa ses lèvres et exhala avant de reprendre.

– Et ça me ferait extrêmement plaisir d'être ton ami, Poppy.

Il lui tendit la main. Le visage de la fillette s'éclaira et elle lui serra fermement la main.

– Ça me fait très plaisir aussi, Ryan.

Sa voix avait une intonation si sérieuse que Juliet se retint de sourire.

– Au fait, ça veut dire que Poppy va devenir ma sœur ? demanda Charlie, confus. Et le bébé dans le ventre de maman, Poppy sera aussi sa sœur ?

– Ah oui... je serai leur sœur ? reprit Poppy en écho.

Juliet inspira à fond et leur prit une main chacun.

–Essayez d'y aller doucement, tous les deux. Je sais que ça fait beaucoup d'un coup et que vous avez tellement de questions. Et nous ferons notre maximum pour y répondre du mieux possible. Mais nous n'avons pas toutes les réponses pour l'instant. C'est nouveau pour nous tous. Nous progresserons ensemble, pas à pas.

Ryan l'enlaça.

–Elle a raison, dit-il calmement. Certains points sont encore flous, mais l'essentiel, nous le connaissons. Nous vous aimons tous les deux et vous nous aimez.

–Et vous vous aimez tous les deux, c'est ça? voulut clarifier Poppy.

Il rit.

–Exactement. Nous nous aimons aussi. Nous sommes une famille et nous voulons être ensemble. Pour le reste, ça se fera petit à petit.

–Nous sommes une famille, reprit Charlie, émerveillé, les yeux écarquillés. Poppy, moi, toi et Juliet, maman et Carl...

–Et le nouveau bébé, ajouta Poppy.

–Oui, quand il naîtra, dit Charlie. Mais je ne changerai pas des couches dégoûtantes.

–Moi non plus, concéda Poppy en plissant le nez. Maman, comment le bébé est entré dans le bidou de Sheridan?

Juliet resta la mâchoire pendante. D'où lui venait cette idée? Dans l'attente de sa réponse, Ryan lui fit un clin d'œil et dissimula son sourire.

–Quelqu'un a soif? demanda Juliet. Je meurs d'envie de boire un verre d'eau.

Elle se dirigea vers la cuisine, reconnaissante de profiter d'un moment de répit volé à cet interrogatoire intense. Elle sortit quatre verres du placard, les posa sur le plan de travail en granite et sentit deux bras l'envelopper par-derrière.

–Ça va, London? demanda Ryan, la tête sur son épaule. J'ai bien cru que tu allais faire une attaque.

Elle orienta son visage vers lui.

– Je suis désolée pour la ribambelle de questions.

– Je trouve qu'ils prennent ça très bien. Tu verras, demain ils en auront de nouvelles à nous poser.

Elle rit.

– Tu as raison. Tu les connais drôlement bien.

– Ils se chamaillent pour savoir laquelle de nos maisons est la plus chouette, la vôtre ou la nôtre. Si ça continue, ils s'installeront ensemble dans la cabane.

Elle écarquilla les yeux.

– Ne va pas leur mettre cette idée en tête, ils n'hésiteraient pas. Ensuite, ils se querelleraient pour savoir à qui appartient la cabane.

Il noua les bras autour de sa taille et la serra contre lui. Son regard s'adoucit et il lui sourit.

– Tu n'as pas l'impression que ce sont eux qui font la loi ? Imagine un peu comment ce sera à l'adolescence !

Elle frémit.

– Je refuse de penser à tout ça. (Le visage tendu vers lui, elle sourit.) Au moins, nous deux, nous serons là l'un pour l'autre. Peut-être pourrons-nous nous planquer dans la cabane ?

Il pressa le front contre le sien.

– Ça me plairait bien.

– Toi ?

– Oui. Pas toi ?

Elle ouvrit la bouche pour répliquer qu'elle était heureuse, là ou ailleurs, tant qu'ils étaient ensemble. Mais elle la referma, réduite au silence par l'intensité de son regard. Les mots étaient futiles quand les actes disaient tout.

Ryan était trop occupé à l'embrasser pour la laisser parler.

Épilogue

« Doute que les étoiles soient de feu,
doute que le soleil tourne,
doute que la vérité elle-même puisse mentir,
mais ne doute jamais que je t'aime »

Hamlet

Cesca entra dans la pièce où ses sœurs l'attendaient, le bas de sa robe relevé pour éviter de l'accrocher en passant la porte. Le souffle coupé, Juliet plaqua ses mains sur sa bouche, les yeux irrités par les larmes.

Sa sœur était splendide. Comme toutes les futures mariées devraient l'être le jour de leur mariage.

Des larmes chaudes coulèrent et tracèrent des sillons dans son maquillage appliqué par la main experte de la professionnelle engagée par Cesca, arrivée en avion dans la matinée. Sans un mot, Lucy tendit un mouchoir blanc à Juliet. Elle se tamponna les joues et sécha prudemment ses larmes.

– Tu es magnifique, dit Kitty en s'avançant avec un grand sourire. Sam va grimper aux rideaux en te voyant.

– Tu es ravissante, renchérit Lucy, souriant à sa sœur cadette. Cette robe est aussi somptueuse que dans mes souvenirs.

Elle portait la robe blanche essayée devant ses sœurs réunies sur Skype, de longs mois plus tôt, dans une boutique de Bervely Hills. Les broderies de fleurs blanches sur le tissu vaporeux du corsage reprenaient les fleurs tissées par le coiffeur dans les cheveux de Cesca. Elle restait attachée à la simplicité : robe blanche, fleurs blanches, cravates blanches pour les garçons d'honneur. Les uniques touches de couleur apparaissaient sur les robes de ses sœurs et de sa nièce. Lucy, Juliet et Kitty étaient drapées dans des robes fourreau rose pâle, tandis que la robe de Poppy était un peu plus foncée et volumineuse, ses jupons la faisant gonfler comme une héroïne d'*Autant en emporte le vent.*

Bien sûr, elle était aux anges.

– Où est Poppy ? s'enquit Cesca en regardant autour d'elle.

Cesca semblait lire dans les pensées de Juliet.

– Aux toilettes. J'ai voulu l'aider, évidemment, mais elle m'a chassée en arguant qu'elle souhaitait se refaire une beauté, comme elle dit, seule devant le miroir.

Cesca ravala son sourire.

– C'est vrai qu'elle est splendide. La petite assistante idéale pour porter mon bouquet.

Juliet haussa les sourcils.

– Espérons-le.

Elle pivota vers la table encombrée des bouquets qu'elle avait composés au petit jour avant que ses sœurs ne se lèvent.

– Es-tu prête à prendre tes fleurs ? demanda-t-elle à Cesca.

Cesca acquiesça de la tête.

Délicatement, Juliet souleva le bouquet et sentit sa gorge se nouer. Elle n'allait pas encore éclater en sanglots, si ? Depuis leur arrivée au Royaume-Uni, deux jours plus tôt, elle avait déversé des torrents de larmes. D'abord en retrouvant son père, malgré sa santé fragile, puis en montrant à Poppy la ville de son enfance. Et à présent qu'ils étaient tous réunis dans les Highlands écossaises et logeaient dans ce lieu devenu le foyer de Lucy, elle était plus émotive que jamais.

À force de pleurer, elle aurait de quoi remplir une rivière, ou un *loch* comme on disait ici.

– Elles sont fabuleuses, dit Cesca d'une petite voix tandis que Juliet plaçait prudemment les fleurs dans sa main.

Des roses blanches associées à des coquelicots blancs – leurs cœurs noirs ajoutant de la profondeur à l'ensemble. Entre les deux, Juliet avait intercalé des gypsophiles, symbole d'amour infini et éternel.

– Tu es tellement douée, je n'en reviens pas.

Au bord des larmes, Juliet sourit à sa sœur, déterminée à ne pas accaparer l'attention avec ses émotions. Elle devait se débrouiller pour les contrôler sinon elle sangloterait pendant toute la cérémonie, et cela n'était pas envisageable.

Quelqu'un frappa à la porte, puis le pasteur passa la tête à l'intérieur. Le soleil entra par la fenêtre derrière lui et fit luire son crâne arrondi. Sur sa simarre noire retombaient un rabat blanc et une longue écharpe descendant sur sa tunique. Il arborait un très grand sourire. Dès le début, il s'était montré enthousiasmé par leur mariage et il avait promis de faire son possible pour que la nouvelle ne s'ébruite pas. Il tendit la main à Cesca et la complimenta sur sa tenue.

– Tu es sûre que ça va ? chuchota Lucy à Juliet qui se mordait la lèvre, de nouveau submergée par les émotions. Je ne t'ai pas vue dans cet état depuis des années. Pas depuis que nous avons vu *Mary Poppins* au cinéma et que tu pleurais comme une madeleine. Bien sûr, cette fois-là tu étais enceinte, tu avais une excuse...

Sa voix s'arrêta net. Leurs regards se croisèrent et elles ouvrirent de grands yeux, comme choquées par la même révélation. Juliet posa inconsciemment la main sur son ventre. Toujours aussi plat, ou aussi plat que possible après une première grossesse. Non, c'était impossible. Si ?

Ils prenaient leurs précautions. Scrupuleusement.

La porte des sanitaires s'ouvrit derrière elles et Poppy surgit avec énergie.

–Vous ne partez pas sans moi, hein ? lança Poppy en forçant le passage pour se glisser entre une table et une chaise, sa robe rose renversant tout sur son passage.

Elle était une force de la nature. Unique en son genre. Il n'y en avait pas deux comme elle.

Et vraiment, Juliet voyait cela comme une bonne chose.

Le pasteur ne parut pas perturbé par l'entrée de Poppy. Il ne se départit pas de son sourire.

–Bon, nous procéderons comme lors des répétitions. J'entre en premier, ensuite Poppy arrive et sème des pétales dans l'allée. Puis Cesca suivra et ses demoiselles d'honneur fermeront la marche. (Il les regarda en hochant la tête.) Par ordre d'âge.

Bon, elles s'étaient un peu chamaillées à qui serait en tête de cortège. Les vieilles habitudes ont la vie dure.

–Êtes-vous prête ? redemanda-t-il à Cesca.

Elle hocha résolument la tête.

–Je suis prête.

Soucieuse, Lucy accorda un ultime regard à Juliet.

–Nous en discuterons plus tard, articula-t-elle.

Juliet se demanda si elle devait s'en réjouir. Elle n'était pas sûre d'être disposée à en parler, même s'il n'y avait rien de spécial à dire.

Car il n'y avait rien à dire, c'était impossible autrement.

Elles suivirent le pasteur vers un petit vestiaire conduisant au vestibule de la chapelle. Bien qu'ils aient pris soin de garder le mariage secret, une foule considérable s'amassait au-dehors. Des fans de Sam principalement, prêtes à tout pour apercevoir le célèbre acteur et futur mari de Cesca. Le murmure des conversations à l'extérieur de la chapelle répondait aux bruits émanant de l'intérieur, de l'autre côté des doubles portes. La chapelle ne disposant que de quatre-vingts places assises, les invités avaient été triés sur le volet par les futurs mariés. Juliet avait l'impression d'assister à un mariage royal.

Alors, le pasteur poussa les portes, et les notes de musique jaillirent de l'orgue de l'église, entonnant la marche nuptiale tandis qu'ils remontaient la nef. Poppy, totalement dans son élément, répandaient des pétales de rose devant Cesca et ses sœurs.

Ainsi que Juliet l'avait imaginé, les bancs étaient remplis à craquer. Des acteurs et des réalisateurs célèbres côtoyaient la famille et les amis de Cesca et de Sam. Tous se tournaient vers la radieuse future mariée. À l'avant, sur deux places réservées, son père et le parrain de Cesca, leurs visages marqués par l'âge éclairés par un sourire béat. Cesca déplorait que son père n'ait pu la conduire à l'autel mais, au moins, il était présent et suffisamment en forme pour assister à la cérémonie.

Derrière eux, d'autres visages familiers ponctuaient la seconde rangée. Lachlan, le petit ami de Lucy, à côté d'Adam, le fiancé de Kitty. Et puis l'homme qui avait chamboulé la vie de Juliet. Celui qui lui coupait le souffle et la faisait se sentir vivante.

Ryan la regardait franchement, la main sur l'épaule de Charlie qui suivait lui aussi leur entrée. Le regard doux, appréciateur, il souriait. Juliet humecta ses lèvres sèches et tenta de garder son sérieux et de ne surtout pas craquer comme elle l'avait fait cent fois au cours de la journée.

Elle ne pouvait pas sérieusement être enceinte ? Elle se repassa le film des derniers mois. Certes, le sexe occupait une grande partie de leur temps libre, mais ils faisaient attention.

Tout comme elle était prudente, avant d'avoir Poppy. Tout comme Ryan, avant Charlie.

Oh non, leur taux de fertilité crevait le plafond. Ensemble, ils étaient comme une bombe à retardement attendant le déclic. Il lui fallait dégoter rapidement un test de grossesse.

Dès qu'elles atteignirent le devant de l'église, Sam s'avança pour prendre les mains de Cesca en souriant jusqu'aux oreilles. Il ressemblait au grand vainqueur de la Loterie nationale avide de clamer sa joie à la cantonade. Et quand il prit le visage de sa fiancée entre ses mains pour murmurer quelques paroles à son oreille, l'amour irradiait de lui. Juliet ne put retenir le flot d'émotions qui l'assaillit de nouveau.

Et, naturellement, elle fondit en larmes.

Quelque chose clochait avec Juliet. Ryan le sentit dès que les portes s'ouvrirent et que le pasteur entra dans la chapelle, suivi de Poppy, de ses tantes et, bien sûr, de Juliet. D'après lui, c'était sans rapport avec Poppy. Aussi exubérante qu'à l'accoutumée, elle virevolta et se pavana devant Charlie puis l'entraîna sur la piste de danse contre son gré.

Juliet était silencieuse. Mortellement muette. Elle avait à peine décroché un mot durant le repas assis, dans la grande salle du manoir de Glencarraig, et sitôt les discours prononcés, elle s'était ruée aux toilettes, talonnée par sa sœur Lucy, laissant Lachlan et Ryan seuls au bar.

– C'est formidable chez vous, dit Ryan, portant sa pinte de bière à ses lèvres.

Il inspecta la salle en haussant les sourcils. Cet endroit tenait plus du château que d'une simple demeure. La vaste salle principale, luxueusement décorée d'immenses tapisseries représentant des scènes de l'histoire écossaise, accueillait aisément les centaines d'invités conviés par Cesca et Sam à la réception.

– Merci, répondit Lachlan en levant son verre pour trinquer avec Ryan. Mais ça ne m'appartient pas totalement. Je ne suis propriétaire que de la moitié. (Il but une gorgée de bière chaude.) Bon sang, je ne m'habituerai jamais à ce goût.

Dès qu'on lui avait présenté Lachlan, Ryan l'avait trouvé sympathique. Du même âge, ils étaient tous deux américains et épanouis dans leur vie professionnelle. Et, bien sûr, ils avaient les sœurs Shakespeare en commun.

Cela faisait d'eux les hommes les plus chanceux de sa connaissance.

– Je m'attendais plus ou moins à ce qu'on nous serve des haggis à midi, dit Ryan, buvant une gorgée malgré le goût. Non que je sois déçu, le steak était délicieux.

– Ils savent cuisiner pour un grand nombre de convives ici, concéda Lachlan. C'est une vieille tradition qui remonte à plus de cinq siècles.

Ryan rit.

– La pratique fait l'excellence.

– Papa, tu pourrais dire à Poppy que je ne veux plus danser. (Charlie se jeta contre Ryan, les yeux ronds.) Elle n'arrête pas de me bousculer avec sa robe. Elle est ridicule.

– Elle n'est pas ridicule, dit Poppy en galopant vers eux.

Sa jupe accrocha le coin d'un tabouret haut et le fit chanceler sur ses pieds.

– Elle est belle, ma robe. Pas vrai, Ryan ?

Il n'avait pas encore trouvé le truc pour apaiser leurs chamailleries.

– C'est vrai, admit-il en hochant la tête. Mais Charlie a peut-être besoin de faire une pause. Vous voulez boire quelque chose ?

Où était passée Juliet ? Il tourna le regard dans la direction des toilettes. La porte s'ouvrit et elle reparut, plus blême que jamais. Lucy l'accompagnait. Elle lui tapota le bras et murmura quelque chose à son oreille.

Lucy fut la première à les rejoindre. Elle sourit à Lachlan et lui prit la main.

– Nous devrions aller contrôler le buffet du soir, suggéra-t-elle. Poppy et Charlie, venez aussi. Nous avons besoin de votre aide.

Juliet arriva devant eux. Eh oui, elle était blanche comme un linge. Ryan la scruta dans l'espoir qu'elle le regarde aussi. Et lorsqu'elle le fit, son cœur exécuta un petit saut. Sa beauté lui sauta aux yeux. Pas une beauté d'un genre superficiel. Car elle était amusante et gentille, une mère formidable et une entrepreneure hors pair, mais par-dessus tout, elle était à lui.

Et il comptait tout faire pour qu'elle le reste.

– Ça va ? murmura-t-il en lui prenant la main.

Elle était glacée. Il la frotta pour la réchauffer.

– Je peux te parler ? demanda-t-elle à mi-voix. Dans un coin tranquille.

Perplexe, il hocha la tête.

– Certainement.

Ils trouvèrent une petite pièce à l'avant de la demeure. Elle était remplie de cartons recouverts d'une épaisse couche de poussière. À peine entrée, Juliet éternua. Puis elle fronça le nez à sa manière adorable, et Ryan ne put se retenir de tendre la main tant le besoin de la toucher, de la sentir, était puissant.

– Il y a un problème ? murmura-t-il en l'enlaçant, son corps fondant contre le sien. Tu n'es pas dans ton assiette aujourd'hui.

Elle dodelina de la tête contre son épaule.

– Je sais. Je pleure pour un rien.

– Est-ce le mariage ? J'imagine que c'est émouvant de voir ta petite sœur se marier.

– Non, ce n'est pas ça. Je suis folle de joie pour Cesca. (Son visage se plissa.) Très heureuse, sanglota-t-elle.

– Ma chérie, dis-moi ce qui ne va pas. (Du pouce, il essuya ses larmes.) C'est moi ? Tu es triste que ce ne soit pas nous qui nous marions ? Parce que nous pouvons nous marier, tu sais, et nous le ferons. En temps voulu.

Ses larmes affluèrent. Flûte, il était aussi nul pour la consoler que pour enrayer les disputes de Charlie et Poppy. Ryan se lécha les lèvres et la serra plus fort.

– J'ai tout gâché. Ne m'en veux pas, murmura-t-elle contre son épaule.

Il sentit sa chemise habillée s'imbiber de larmes.

– Pourquoi je t'en voudrais ? Je t'aime, tu le sais, n'est-ce pas ?

Il glissa l'index sous son menton et releva sa tête pour l'obliger à le regarder dans les yeux. Et il vit là l'amour, la passion et, juste en dessous, l'appréhension. Il pressa ses lèvres sur les siennes et la sentit exhaler sur sa bouche. C'en fut assez pour réveiller son envie de la posséder.

À peine eut-elle fermé les yeux que son regard lui manqua.

– C'est fou que ce soit arrivé, chuchota-t-elle. Je n'essaie pas de t'enchaîner ou je ne sais quoi.

– Tu ne m'enchaînes pas, tu m'as libéré. (Il l'embrassa en tenant son visage entre ses mains.) Nous allons parfaitement ensemble.

– Un peu trop parfaitement.

– Comment ça ?

Elle rouvrit les yeux.

– Je... (elle soupira) ou plutôt, nous... nous attendons un bébé.

– Quoi ? s'écria-t-il un peu trop fort, sous le coup de la surprise. Comment est-ce arrivé ?

– Tu veux que je te fasse un dessin ?

Il rit malgré lui. Juliet paraissait anxieuse, les yeux écarquillés et la mine crispée.

– Wouah, souffla-t-il. Un autre bébé.

– Tu es fâché ?

D'instinct, il passa la main sur son ventre.

– Pourquoi serais-je fâché ? Il faut être deux pour danser le tango, après tout. Nous allons avoir un bébé, ça se fête.

Elle se détendit dans ses bras.

– Tu le penses ? dit-elle d'une voix pleine d'espoirs.

– Bien évidemment. C'est merveilleux.

Il commençait à s'accoutumer à cette idée. À l'aimer, même. Une nouvelle vie s'épanouissait en elle, un être qu'ils avaient engendré ensemble. Il l'imaginait déjà avec son ventre arrondi, la mine éclatante. Il était impatient.

– Voilà qui explique ton émotivité.

Elle hocha la tête.

– Sûrement. Tu m'aimeras toujours quand les hormones provoqueront des sautes d'humeur ?

Il souriait, un grand sourire qu'il n'aurait pu effacer.

– London, je t'aimerai encore plus. Tu portes notre bébé. De quoi pourrais-je me plaindre ?

Pour la première fois, elle sourit.

– C'est vrai, ça.

De nouveau, il promena ses doigts sur son ventre.

– C'est la plus belle surprise de ma vie.

– J'avais peur que tu sois contrarié, admit-elle. Que tu penses que j'essaie de te piéger.

Confus, il la scruta.

– Les bébés ne nous piègent pas. Sauf si on se laisse faire. Regarde-toi, tu as changé de continents pendant ta grossesse. Et Charlie est né au milieu de nulle part, sous une tente d'hôpital. Les bébés sont les êtres humains les plus mobiles. (Il posa un baiser dans le creux de sa paume.) Je suis très heureux de devenir père pour la seconde fois. Et, le moment venu, Charlie et Poppy seront aussi très heureux.

Elle ronchonna.

– Le cauchemar ! Imagine combien de fois ils vont se chamailler à propos du bébé.

– Laisse-les chicaner. Imagine, nous pourrions tourner cela à notre avantage. Qui sait, peut-être que nous n'aurons plus jamais à changer une seule couche. (Il sourit plus largement.) Ce bébé sera aimé, Juliet. Et il est déjà grandement désiré. (Embrassant sa paume une dernière fois, il serra sa main dans la sienne.) Maintenant, allons danser et célébrer le mariage de ta sœur.

– D'accord, dansons. (L'éclat dans ses yeux n'était plus dû aux larmes) Mais n'oublie pas ce que tu m'as fait le soir où nous avons fait trembler une autre piste de danse.

– Ça, je m'en souviens.

Ils regagnèrent le couloir et, un bras autour de sa taille, il la pressa contre son flanc. C'était si bon de la tenir, de la sentir tout près. Tous ceux qu'il voulait auprès de lui se trouvaient dans ce manoir. Juliet, Charlie, Poppy et, à présent, le bébé qui se développait dans le ventre de Juliet.

Chez soi, ce n'était pas une maison. Ni même un pays. Chez soi, c'était là où se trouvait sa famille, et c'était exactement là que Ryan voulait être, lui aussi.

Remerciements

Je remercie Eleanor Russell, Anna Boatman et toute l'équipe de Piatkus pour le travail, l'enthousiasme et les conseils apportés pour perfectionner mon livre.

Comme toujours, je remercie mon agent, Meire Dias et toute l'équipe de l'agence Bookcase pour leur gentillesse et leur soutien sans faille.

Ash, Ella et Oliver: je vous aime de tout mon cœur et je vous suis reconnaissante pour tout ce que vous faites quand je suis plongée dans mon travail en phase d'écriture. Vous serez contents d'apprendre que je ne « mets plus vos questions en mémoire tampon » et qu'il se peut que j'y réponde dès que vous les poserez!

Nombreux sont ceux qui m'ont encouragée durant la période d'écriture. J'aimerais que vous sachiez tous que j'apprécie énormément votre soutien. Que vous soyez auteur, blogueur, lecteur ou ami: vous m'êtes précieux. Mention spéciale à Claire Robinson et Melanie Moreland, mes premières lectrices, ferventes supportrices des Shakespeare Sisters. Merci également à tous les abonnés de ma page Facebook: on s'éclate bien sur ce média, et vous m'inspirez à écrire davantage. C'est réellement un espace où l'on s'amuse.

Pour finir, merci à VOUS qui lisez ce livre. Je suis profondément touchée. J'espère que vous avez aimé la compagnie des sœurs Shakespeare autant que j'ai aimé écrire leurs histoires.

Carrie Elks

Carrie Elks habite près de Londres et écrit des romances contemporaines pimentées d'une pointe de mystère. Elle aime voyager et rencontrer des gens. Elle a vécu aux États-Unis, en Suisse, ainsi qu'au Royaume-Uni. Très active sur les réseaux sociaux, elle essaie de limiter son temps sur Facebook et Twitter à des instants volés entre deux chapitres à rédiger. Quand elle n'est pas occupée à lire et à écrire, elle aime faire de la pâtisserie, boire du vin ou chercher un moyen de combiner les deux.

N'hésitez pas à visiter son site
www.carrieelks.com
et à la suivre sur
Twitter@CarrieElks.